लहर लौट आई

(उपन्यास)

वाणी प्रकाशन

नयी दिल्ली-110002

फोन : 3273167, 3275710 • फैक्स : 3275710

e-mail : vani_prakashan@yahoo.com

vani_prakashan@mantraonline.com

लहर लौट आई

रश्मि कुमार

ISBN 81-7055-129-3

वाणी प्रकाशन
21-ए, दरियागंज, नयी दिल्ली-110002
द्वारा प्रकाशित

प्रथम संस्करण : 2002

मूल्य : 150.00

नागरी प्रिंटर्स, दिल्ली-110032
में मुद्रित

LAHAR LAUT AAE (Novel)
by Rashim Kumar

भाग-1

प्लेन जब मॉरीशस के हवाई अड्डे पर पहुँचा तो वहाँ धूप खिली हुई थी। खिड़की से झाँक कर मुक्ता ने देखा तो वह विदेशी धरती उसे भारत के ही किसी हरे-भरे प्रांत सी नजर आई। अपना हैंडबैग लेकर जब वह उतरने लगी तो उसने एक उचटती सी निगाह इधर-उधर दौड़ाई, पर वह होस्टेस उसे नजर नहीं आई। अपने मन से उसके ख्याल को झटक कर वह प्लेन से लगे उस पुलनुमा रास्ते से सीधे एयरपोर्ट पर चली आई। करीब सारे भारतीय डेलीगेट्स एक ही जगह इकट्ठे थे। अपना सामान लेने के बाद वह उनके साथ आ कर खड़ी हो गई। महिला डेलीगेट्स की संख्या देखकर वह मन ही मन आश्वस्त हुई, दिल्ली की कई महिलाएँ, लखनऊ के लेखक, कलाकार सभी थे। सबके जाने की तथा ठहरने की व्यवस्था एक ही जगह की गई थी। अपना वीसा तथा पासपोर्ट चेक कराकर वह बाहर निकल आई। सामान रखकर कतार में लगी हुई उन रंग-बिरंगी प्लास्टिक की कुर्सियों में से एक कुर्सी पर बैठ कर वह अन्य सहयात्रियों का इतजार करने लगी। सामने टँगी हुई बड़ी सी घड़ी में साढ़े दस बज रहे थे, मुक्ता ने अपनी सुनहरी रिस्टवाच पर निगाह डाली तो वह आठ बजा रही थी। दोनों देशों के समय में ढाई घंटे का अंतर था। काँच की दीवार से बाहर देखने पर तीन-चार मिनी बसनुमा वाहन दिखाई दिए तथा थोड़े बहुत लोग जिनमें से अधिकतर उसी विमान से उतरे थे। अचानक ही उसे मुंबई के सहार तथा दिल्ली के इंदिरा गाँधी हवाई अड्डे की चहल-पहल याद आ गई। उनके मुकाबले यह एयरपोर्ट उसे सन्नाटा भरा, तथा थोड़ा बेरौनक ही लगा।

करीब दस मिनट बाद हौले से किसी ने उसके कंधे पर हाथ रखा, मुक्ता ने घूमकर देखा तो वही लंबी, साँवली एयर होस्टेस एक काले रंग का एयरबैग लिए हुए मुस्कुराती खड़ी थी। मुक्ता हड़बड़ाकर उठ खड़ी हुई, तब तक वह बोल पड़ी–

"माई गॉड, मैडम को इतनी चाय पिलाई, इतनी खातिरदारी की पर मैडम ने पहचानने तक की मेहरबानी नहीं की, स्टुपिड।"

वही लहजा, वही तेवर, वही आवाज, 'स्टुपिड' कहने का वही अंदाज। मुक्ता तो इस बार सचमुच आसमान से सीधे मॉरीशस की ठोस धरती पर ही गिर पड़ी। समय के बहुत-बहुत पीछे मुक्ता ने सुनी है यह आवाज, नहीं इतनी देर से मुक्ता जो सोच रही थी, वह गलत नहीं था, हो न हो यह केतकी ही है, बल्कि शत-प्रतिशत है। क्या कहे, कैसे अपनी प्रतिक्रिया व्यक्त करे, गड़बड़ा-सी गई वह, बोल उठी–

"आप-आप, तुम केतकी हो।"

"यस मैम, आई एम केतकी।"

"तो नाम याद है मेरा श्रीमती मुक्ता श्रीवास्तव जी। बहुत-बहुत मेहरबानी आपकी।"

"अकेली आई हो, तुम्हारे श्रीमान जी कहाँ हैं?"

"वो मैं एक प्रोग्राम में आई हूँ, करीब बत्तीस इंडियंस का ग्रुप है...।" मुक्ता की बात पूरी होने से पहले ही बाहर खड़ी उस मिनी बस का हॉर्न जोर-जोर से बज उठा। दिल्ली की वह प्रोफेसर श्रीमती वर्मा, हाँफती हुई आई और बोली, "सब लोग बस में बैठ चुके हैं, तुम्हारे लिए ही बस रुकी हुई है, चलो, जल्दी करो, क्या कर रही हो?"

मुक्ता ने बेबसी से क्या करें और क्या न करे की मुद्रा में केतकी की ओर देखा, केतकी जैसे समझ गई। अपने बैग से अपना एक विजिटिंग कार्ड निकालकर उसने मुक्ता को थमाया और बोली–

"इट्स ऑल राइट, ये मेरा कार्ड रखो, इसमें फोन नम्बर है, फोन करना, वैसे तुम्हें जाना कहाँ है।"

"पता नहीं, मुझे तो कुछ ठीक से मालूम नहीं, आपको पता है मिसेज वर्मा।"

"हाँ, कुछ फ्लीक एम फ्लैक नाम बता रहे हैं, वहीं के किसी होटल में बुकिंग है।" श्रीमती वर्मा खासी उत्साहित थीं, उत्साह उनके लहजे में झलक उठा।

"ओके-ओके, मैं पता कर लूँगी, अब तुम जाओ।" कहते हुए उसने मुक्ता का लगेज उठा लिया। मुक्ता के न न करते हुए भी उसे बस तक छोड़ने आई। बस में सवार सभी भारतीय उसे कौतूहल से देख रहे थे। एकाएक ही मुक्ता को लगा वह अन्य सभी से विशिष्ट हो उठी है। सामान सहित उसे बस के अंदर करके उसने दरवाजा बंद कर दिया। पहले से ही स्टार्ट हो चुकी बस चिकनी सड़क पर फिसलती हुई सी चल पड़ी। मुक्ता इस यात्रा में घटे सुखद संयोग के बारे में सोचने लगी।

कल रात अपनी सीट पर बैठकर मुक्ता ने चैन की साँस ली थी। विमान के सारे यात्री करीब-करीब आ चुके थे। आने वाला दरवाजा बंद हो चुका था। रात के करीब ढाई बजे थे। मुक्ता ने खिड़की के बाहर झाँका। मुंबई के सहार एयरपोर्ट पर झिलमिलाती असंख्य बल्बों की रोशनी, आसपास खड़े छोटे-बड़े कई विमान। ठेलने

वाली सीढ़ी को ले जाते हुए एयरपोर्ट के वर्दीधारी कर्मचारी। विमान के अंदर का परिवेश भी मुक्ता को हमेशा शांति और सुकून से भरा हुआ लगता है। एयर मॉरीशस का विमान, गहरे नीले रंग की कुर्सियाँ, तीन कतार में लगी हुई। मुस्कुराती हुई एयर होस्टेस ने साफ्टड्रिंक की ट्रे बढ़ाई तो उसने एक गिलास उठा लिया। कागज का वह ठंडा गिलास उसने अपनी दोनों हथेलियों में थाम कर उसकी ठंडक को महसूस करने की कोशिश की तो एक हल्की सी ठंडक हाथों की राह से होती हुई उसके मन में भी उतर गई। उसने अपने आपको वैसा ही महसूस किया जैसा कि वह प्रायः हर सफर की शुरुआत में करती है, शांत, क्लांत। सफर शुरू होने से पहले ही उसे लगता है मानो वह एक लंबा रास्ता तय कर के आई हो। फिर यह तो विदेश यात्रा थी। वह भी पहली, और वह अकेली थी। इस बार तो सफर से पहले का वह रास्ता अधिक जोखिम भरा और दुर्गम था। जब तक लखनऊ के अमौसी एयरपोर्ट से उसके विमान ने उड़ान नहीं भरी तब तक वह जाऊँ या नहीं जाऊँ के झूले में झूलती रही है। उसके साथ अक्सर ऐसा ही होता है। किसी भी यात्रा पर जाने से पहले इतने अवरोध पार करने होते हैं कि यात्रा की शुरुआत में ही एक थकान भरी तंद्रा छा जाती है। वैसे ही वह इस सेमिनार के लिए दो दिन लेट हो चुकी है। अधिकांश लोग पहले ही जा चुके हैं, फिर भी एयर मॉरीशस की इस उड़ान में कई परिचित चेहरे दिख रहे हैं, कम से कम तीस-पैंतीस तो होंगे ही। अधिकतर लोग किसी न किसी कॉलेज या यूनिवर्सिटी से संबंधित हैं। उसकी तरह गृहिणी शायद ही कोई हो। किंतु इधर कुछ वर्षों से मुक्ता को अपने आपको केवल गृहिणी मानने से खासा एतराज है। होना भी चाहिए। क्योंकि मुक्ता को लोग अब स्वयं उसके नाम से जानने लगे हैं। पढ़ने-लिखने का शौक बचपन से था, पूरे घर में वह सबसे ज्यादा पढ़ी-लिखी महिला है। अभी दो साल पहले ही उसने अपनी पी-एच.डी. पूरी की। थीसिस जमा करने और मौखिक परीक्षा होने के बाद जब उसने अपने नोटिफिकेशन का पेपर देखा तो अंदर एक गहरा आत्मविश्वास जाग उठा। उसके बाद से वह अपना नाम 'श्रीमती मुक्ता श्रीवास्तव' की जगह 'डॉ. मुक्ता श्रीवास्तव' लिखने लगी है। कुछ कहानियाँ लिखने का भी शौक है, इधर चार-पाँच वर्षों से उसकी कहानियाँ छपने लगी हैं, पाठकों की प्रतिक्रियाएँ मिलने लगी हैं, जैसे-जैसे उसके परिचय का दायरा बढ़ने लगा है, उसे लगने लगा है, कि वह अच्छा लिखती है। सभा, गोष्ठी, सेमिनार वगैरह के निमंत्रण मिलने लगे हैं, वह जाती भी है, अपितु जरूर जाती है। शुरू-शुरू में परेशानी होती थी, साथ कौन जाए, इसे लेकर झमेला हो जाता था। पति की नौकरी ऐसी नहीं है कि हमेशा पत्नी के साथ-साथ हर जगह जा सकें, उनके अलावे घर में और किसी को मुक्ता के पढ़ने-लिखने से कोई लेना-देना नहीं है। आखिर मुक्ता ने स्वयं ही अपने 'शक्ति रूप' को ध्यान में रखकर हर जगह अकेली जाने की हिम्मत की और उसकी उसी हिम्मत का नतीजा है कि आज की यह विदेश यात्रा भी वह अकेली

ही कर रही है और खासी रोमांचित है। यात्रा की अन्य तैयारियों के साथ उसने अपने नाम का विजिटिंग कार्ड और लेटर पैड भी छपवा लिया है, वैसे तो इसके पहले उसे कभी इस अतिरिक्त सामग्री की जरूरत ही नहीं पड़ी, हमेशा वह अपने पति 'श्री विशाल श्रीवास्तव' के विजिटिंग कार्ड से ही काम चला लेती पर इस बार की विदेश यात्रा को ले कर पति से जो मुठभेड़ हुई कि मुक्ता ने मारे गुस्से के अपना अलग विजिटिंग कार्ड ही नहीं, लेटर पैड भी छपवा लिया, और सामान पैक करते वक्त सबसे पहले उसी को अपनी अटैची में रखा। खैर, सब कर कराके, अपना पासपोर्ट और वीसा अपने वैनिटी बैग में सँभालकर वह आराम से अपनी कुर्सी पर बैठ कर धीरे-धीरे कोल्डड्रिंक सिप करने लगी। बोझिल आँखों को थोड़ा आराम देने के उद्देश्य से उसने हौले से मूँद लिया।

''कृपया ध्यान दीजिए, एयर मॉरीशस की उड़ान संख्या एम.के., सेवन, फाइव वन में आपका स्वागत है। हमारी उड़ान के पाइलट हैं....।''

मधुर, महीन, मीठी आवाज में यह एनाउंसमेंट सुनते ही मुक्ता ने आँखें खोल दीं।

''हम आपकी सुकद यात्रा की कामना करते हैं, ड्न्यवाद।'' एनाउंसमेंट खत्म होते ही मुक्ता को बरबस हँसी आ गई, रोकते-रोकते भी चेहरे पर एक मुस्कुराहट खेल गई। हिंदी साहित्य के क्षेत्र में दखल रखने के बावजूद मुक्ता अक्सर अपनी हवाई यात्रा के दौरान ऐसी आवाज को सुन कर 'ड' और 'ध' में, 'त' और 'ट' में स्पष्ट भेद नहीं कर पाती है। उच्चारण विशुद्ध हिंदी न होते हुए भी उसे अच्छा लगता है। हिंदी भाषा में हल्का सा यह विदेशी लहजा उसे अक्सर किसी बेहद आत्मीय चेहरे की याद दिलाता है जो अतीत में काफी पीछे छूट गया। यद्यपि जिसकी आवाज से वह इस अवाज की तुलना करती है, वह आवाज हर्गिज इतनी विनम्र नहीं थी, उसका तो हर वाक्य शुरू होता था 'स्टुपिड' से और खत्म होता 'ईडियट' पर, फिर भी कुछ है जो उसे उस विस्मृत चेहरे की याद दिला जाता है और वह सोच में पड़ जाती है। लगभग पैंतीस वर्षीया मुक्ता जब अपनी जिंदगी के करीब चौदह-पंद्रह साल पीछे लौट कर अपने अतीत में झाँकती है तो अपनी सखी केतकी का चेहरा उसे सबसे पहले दिखाई देता है। लंबी, ऊँची, छरहरी, साँवली केतकी उसके कॉलेज में जब फर्स्ट ईयर में एडमिशन लेने आई जो अनायास ही सबके कौतूहल का केंद्र बन गई। कोई कहती विदेशी है, कोई कहती अंग्रेज है, कोई उसे इटालियन बताती तो कोई कनाडा की। एक तो किशोरावस्था से निकलकर यौवन की दहलीज को छूती हुई उम्र, उस पर अभी-अभी कन्या विद्यालय की सख्त पाबंदियों से छुटकारा मिलने के कारण लड़कियों में व्याप्त आजादी का हल्का सा नशा। अपने सामने किसी को कुछ नहीं समझने का भाव। यद्यपि कॉलेज में बी.ए. तक की पढ़ाई तो थी ही, किसी-किसी विषय में एम.ए. की भी पढ़ाई थी, परंतु सुबह के नौ-साढ़े नौ बजते

ही पूरे कॉलेज कैंपस में फर्स्ट ईयर में आई हुई लड़कियाँ ऐसे छा जातीं जैसे सूने वैहार में ढेर की ढेर कचबचिया चिड़ियाँ किचिर-पिचिर करती हुई उतर आई हों। पटना के उस ख्याति प्राप्त कालेज में बिहार के कोने-कोने से लड़कियाँ आती थीं, किंतु किसी विदेशी लड़की का आना थोड़ी अनोखी बात थी। अन्य लड़कियों की भाँति मुक्ता ने भी सोचा था कि वह विदेशी लड़की खूब गोरी होगी, बाल सुनहरे होंगे, आँखें नीली या हरी। किंतु जब पहले दिन वह आई तो मुक्ता उसे देख कर चकित रह गई। यद्यपि उसके आने की खबर मुक्ता के झुंड में पहले ही पहुँच गई थी, दरभंगा से आई हुई सुनीता ने आँखें गोल-गोल घुमाते हुए कहा था–

''ऐ जी, उ नई लड़की आ गयी है।''

''कौन-कौन।''

''अरे, वही जो अमीरका से आई बताते हैं सब।''

''अमीरका से कि इंग्लैंड से।''

''क्या मालूम, ई तो उहे न बताएगी।''

तब तक वह लड़की सचमुच आ पहुँची। अपेक्षाकृत ऊँचा कद, तथा अधिकतर भारतीय लड़कियों की तरह हल्का साँवला रंग। नाक-नक्शा भी विशुद्ध भारतीय, गहरी, काली खूबसूरत आँखें खिंची हुई भौंहों के बीच कत्थई छोटी सी बिंदी, होठों पर बेहद आत्मीय मुस्कुराहट, बालों को विभक्त कर दो लंबी चोटियाँ बनाई थीं। और तो और उसने तो कानों में सोने की छोटी-छोटी बालियों के साथ नाक में नन्ही सी कील भी पहन रखी थी। जिसका फैशन के माने अधिकतर लड़कियों ने घर की बड़ी बूढ़ियों की टेढ़ी भौंहों की परवाह न करते हुए बहिष्कार कर रखा था। हाँ पहनावा अवश्य थोड़ा अलग सा था, प्रिंटेड लंबी स्कर्ट तथा सफेद टॉप जिसकी बाँहों में झालरदार नेट लगी हुई थी। लड़कियों के उस शरारती झुंड के ताबड़तोड़ प्रश्नों के उत्तर में उसने जो कुछ बताया उससे मालूम हुआ कि उसका नाम केतकी है, और वह मॉरीशस की रहने वाली है। दस वर्ष पहले जब वह मात्र छः साल की थी, अपने माँ-बाप के साथ मॉरीशस से भारत आ गई थी और तबसे यहीं है। स्कूली पढ़ाई उसने हजारीबाग के एक बोर्डिंग स्कूल में रहकर पूरी की तथा यहाँ भी कॉलेज के हॉस्टल में ही रह कर पढ़ेगी। लड़कियाँ शायद उसके सात पुरखों का ब्यौरा ले लेतीं, पर वह बड़ी ही नफासत से, 'एक्सक्यूज मी' कह कर आफिस की तरफ चली गई जहाँ से उसे अपना 'आइडेंटिटी कार्ड' लेना था। उसके जाने के बाद सुनीता फिर बोली–

''लो इ तो दस बरस से भारते में है तो भारतीये न हुई जी।''

''और क्या, मुँह-कान भी तो इंडियन ही लगता है।'' सुनीता की अमित्र सखी मीरा बोली।

''नामों तो केतकीये है, हम तो सोचे थे नैन्सी, चार्ली, किटी, विटी कुछ होगा।''

मुक्ता ने यह सब कमेंट सुनकर कोई प्रतिक्रिया व्यक्त नहीं की थी। एक

ही क्लास में होने के बावजूद सुनीता, मीरा के ग्रुप से उसकी बिल्कुल ही नहीं पटती थी। दरभंगा के किसी गाँव से स्कूल पास करने के बाद दोनों अभी-अभी पटना आई थीं और स्वयं को अन्य सभी लड़कियों से श्रेष्ठ समझती थीं। इसके बाद क्लास में जब मुक्ता पहुँची तो केतकी को कोने की सीट पर बैठे देखकर मुक्ता झट जा कर उसकी बगल वाली सीट पर बैठ गई। यही नहीं अपने कान्वेंटी लहजे में 'इफ यू डोंट माइंड' भी बोल उठी। केतकी ने मुस्कुराकर उसकी बात का समर्थन किया था। मुक्ता को लगा कि मानों इस लड़की के सिर्फ होंठ ही नहीं आँखें भी मुस्कुराती हैं, कमनीय साँवले चेहरे का हर नक्श मुस्कुराता है। आज अरसे बाद केतकी की बातें याद कर मुक्ता के चेहरे पर बरबस मुस्कुराहट खेल गई। काफी लंबा अरसा बीत गया है, अन्य सखी-सहेलियों की तरह ही केतकी का साथ भी बहुत पीछे छूट चुका है, वर्तमान स्थिति में तो सिर्फ इतना ही पता है कि पढ़ाई खत्म करने के बाद केतकी वापस मॉरीशस लौट गई थी, उड़ती-उड़ती खबर ही सुनी थी कि उसके माँ-बाप अलग हो गए थे और केतकी उन दोनों को छोड़कर मॉरीशस लौट गई थी।

विमान में भोजन सर्व किया जा रहा था। यद्यपि भारतीय समय के अनुसार रात्रि के साढ़े तीन बज रहे थे, पर इन अंतर्राष्ट्रीय हवाई उड़ानों की यही समस्या है। मध्यरात्रि के बाद जब अधिकतर यात्री नींद में होते हैं तो उनके रात्रि भोजन का समय होता है। मुक्ता भी आधी नींद में थी, मुस्कुराती एयर होस्टेस ने उससे डिनर के लिए पूछा तो उसने मना कर दिया, वैसे भी खाने की इच्छा नहीं थी। उसके मना करने पर दूसरी ओर खड़ी एयर होस्टेस ने एक पल मुड़ कर मुक्ता की ओर देखा फिर अपनी तरफ की पंक्ति के यात्रियों को भोजन की ट्रे देने में व्यस्त हो गई। मुक्ता ने फिर से आँखें बंद कर लीं। भोजन की ट्राली ले कर दोनों एयर होस्टेस आगे बढ़ गईं। थोड़ी ही देर बाद कानों में आवाज आई 'टी प्लीज, कॉफी प्लीज', मुक्ता की सीट के ठीक पीछे जो बुजुर्ग दंपती बैठे थे उनसे वह लंबी एयर होस्टेस चाय-कॉफी के लिए पूछ रही थी। अनायास ही मुक्ता को चाय की तलब हो आई। यूँ भी डिनर, जूस, हॉट ड्रिंक, कोल्डड्रिंक या फिर ड्रिंक की आवाज सुनते-सुनते नींद उचट सी गई थी। मुक्ता ने सोचा कि वह उस लंबी होस्टेस से चाय के लिए कहेगी, तब तक वह सामने आ गई। एक हाथ में चाय की पारदर्शी केटली दूसरे में कॉफी की। बिना उससे कुछ पूछे उसने मुक्ता की सामने की सीट से वह छोटा सा टेबल खोल कर एक छोटी सी ट्रे उस पर रख दी और मुक्ता के चाय के लिए कहने से पहले ही उसने एक केटली से उस प्लास्टिक के कप में गर्म-गर्म कोई द्रव्य डाल कर मुस्कुराते हुए कहा 'हेव सम टी प्लीज।' मुक्ता आश्वस्त होते हुए थोड़ी आश्चर्यचकित भी हुई। वह कॉफी नहीं पीती यह बात जैसे इस होस्टेल को पहले से मालूम हो। बिना पूछने की औपचारिकता निभाए उसका कप भर कर अन्य यात्रियों से फिर 'टी प्लीज, कॉफी प्लीज' पूछती हुई आगे बढ़ गई। मुक्ता ने उसे देखने

की कोशिश की पर उसका पार्श्व भाग ही दिखाई दिया। ऊँची-लंबी संतुलित काया, पहनावे में सफेद और गहरी नीली चेक की टाइट स्कर्ट, सफेद टाप के ऊपर स्कर्ट से मैच करता बिवनुमा खूबसूरत डिजाइन, बालों को कस कर बाँधा गया जूड़ा, न एक बाल इधर, न एक बाल उधर, लंबी सुडौल टाँगों पर सफेद स्लैक्सनुमा मोजे तथा गहरे नीले जूते।

खैर, उस ओर से आँखें फेर कर मुक्ता ने चीनी का पैकेट खोल कर चाय में डाला, थोड़ा सा मिल्क पाउडर डाल कर एक घूँट लिया तो जैसे गर्म तरलता अंदर तक उतर गई। जब तक मुक्ता ने चाय खत्म की वह एयर होस्टेस फिर लौट कर आई, और मुस्कुराती हुई उससे और चाय के लिए पूछने लगी 'हैव सब मोर टी प्लीज' मुक्ता ने सिर हिलाकर मना किया तो बोल उठी 'श्योर'। मुक्ता ने फिर सिर हिला दिया। वह मुस्कुराते हुए ट्रे उठाने लगी। अब मुक्ता ने उसका चेहरा गौर से देखा, खास कर आँखें उसे पहचानी हुई सी लगीं, नाक-नक्शा में भी मानों कोई भूला-बिसरा अक्स कौंध गया। उसके जाने के बाद मुक्ता सोच में पड़ गई। वह चेहरा उसके दिमाग में हलचल मचा गया। यद्यपि उसके चेहरे पर किसी अतिरिक्त भाव का मुक्ता को आभास नहीं हुआ, अन्य यात्रियों की तरह ही वह मुक्ता से भी पेशेवर विनम्रता से ही पेश आई थी पर मुक्ता को वह कुछ जानी-पहचानी सी जाने क्यों लग रही थी। ऊपर से उसने बिना उसकी इच्छा जाने ही उसे चाय सर्व कर दिया था, जैसे मालूम हो कि मुक्ता कॉफी नहीं पीती। मुक्ता देखने-भालने में अच्छी ही है, बल्कि सुंदर कही जाती है। रूपरंग में भी 'बहन जी' या 'माता जी' वाली छाप नहीं है जिससे यह लगे कि वह जन्म से ही चाय पीती रही है, कॉफी का स्वाद तो उसने चखा ही नहीं है। ऊपर से इस विदेश यात्रा के अनुरूप उसने पारंपरिक साड़ी की जगह अत्याधुनिक चूड़ीदार सलवार व कुर्ता पहन रखा है। दो दिन पहले ही ब्लीचिंग और फेशियल कराया है, बाल तो सेट कराए ही हैं, लंबे बालों को सिर्फ ट्रिम ही नहीं कराया, कंधे से थोड़ा नीचे रखते हुए, स्टेप्स में कटवा कर बाकायदा सेट कराया है, घरवालों की आँख बचा कर डाई किया है, पैडिक्योर और मैनिक्योर तक करवाया है, फिर इस लंबी एयर होस्टेस को उससे कॉफी पूछने की जरूरत क्यों नहीं महसूस हुई। मुक्ता थोड़ी उलझन में पड़ गई। दिमाग पर जोर डाला तो फिर से केतकी का ही चेहरा याद आ गया। मन ही मन मुक्ता ने अपने मन को बरज दिया, 'धत्त, वह भी एक ही है बस। यह विदेश यात्रा की पूरे साढ़े पाँच घंटे की उड़ान कोई हिंदी फीचर फिल्म है कि सारे संयोग इसी में घटित हो जाएँ। यह सब उटपटाँग बातें सोचने से तो अच्छा है एक नींद ले ली जाए।' सोचते हुए मुक्ता ने आँख बंद कर लीं।

क़रीब दो-ढाई घंटे बाद मुक्ता ने आँखें खोलीं तो घड़ी सुबह के सात बजा रही थी। पीछे की सीट वाले यात्री विशुद्ध हिंदी में एयर होस्टेस से कुछ माँग रहे

थे जो चाय, नाश्ता सर्व कर रही थी। बातचीत मुक्ता के कानों में पड़ी–

"देखिए, जब वह फार्म बँटा तो हम सो गए थे।"

"सो, व्हाट केन आई डू।"

"आप हमें दूसरा फार्म ला दीजिए।"

"पार्डन।"

"हमें दो फार्म चाहिए बिना उसके हमें हवाई अड्डे से बाहर निकलने में परेशानी होगी।"

"यू डिडिन्ट फिल अप द पेपर।"

"हमें मिला नहीं।"

"वेरी डिफिकल्ट, इस तरह सब लोग पेपर मिस करेंगा तो हम एवरीटाइम कैसा लाएंगा।"

मजबूर होकर एयर होस्टेस को हिंदी बोलनी पड़ी, अपने आप ही कुछ कहती हुई वह दूसरे यात्रियों को ब्रेकफास्ट सर्व करने लगी। तब मुक्ता को ध्यान आया कि वह भी सो रही थी, तो वह पेपर उसने भी नहीं लिया होगा। पर उस होस्टेस के तेवर देखकर उसे उससे पूछने की हिम्मत नहीं हुई। मन ही मन वह झुँझलाई। एक तो मुंबई में एयरपोर्ट की औपचारिकताएँ पूरी करने में उसे पूरे ढाई घंटे लग गए थे, ऊपर से जब प्लेन में भी कोई पेपर भरना पड़ेगा नहीं तो कोई समस्या खड़ी हो जाएगी वहाँ मॉरीशस में उतरने पर। तब तक वह लंबी सी एयर होस्टेस प्रकट हुई चाय की केटली और नाश्ते की ट्रे लिए हुए। ट्रे में से केवल चाय की सामग्री निकालकर उसने मुक्ता की टेबल पर रखा और अपनी स्कर्ट के पाकेट से हल्के पीले रंग का एक कागज निकालकर उसकी ओर बढ़ा दिया और मुस्कुराती हुई चली गई। नाश्ते के लिए पूछा ही नहीं, जैसे जानती हो कि मुक्ता सुबह-सुबह बगैर नहाए-धोए नाश्ता नहीं करती है जबकि अन्य कई यात्री नाश्ता करने में व्यस्त थे। मुक्ता ने हैरान होते हुए वह पेपर देखा, वही नाम, जन्म तिथि, राष्ट्रीयता आदि जाने-पहचाने कॉलम जो इस यात्रा की तैयारी के दौरान वह कई बार भर चुकी थी। अपने वैनिटी बैग से पासपोर्ट निकालकर उसने धैर्य से चाय की घूँटों के साथ वह फार्म भरा और पासपोर्ट के साथ सहेज कर रख लिया। मन ही मन वह उस एयर होस्टेस के प्रति कृतज्ञ हो उठी। उसकी कदकाठी, रूपरंग का ध्यान आते ही उसे फिर केतकी याद आ गई। फिर अपने मन को समझा लिया कि संसार में मिलते-जुलते रंगरूप और कदकाठी के कई व्यक्ति हो सकते हैं। और फिर इस तरह के प्रोफेशन की तो प्राथमिकता ही है, ऊँचा कद, स्मार्टनेस, अंग्रेजी बोलना आदि। मुक्ता का ध्यान भंग हुआ। साथ बैठी श्रीमती वर्मा ने पूछा–

"आप उस एयर होस्टेस को जानती हैं।"

मुक्ता चौंक पड़ी, जैसे नींद से जागी हुई सी बोली–

"हाँ, वो मेरे साथ कॉलेज में पढ़ती थी।"

"इंडियन है।"

"नहीं है तो मॉरीशन ही, कुछ वर्ष इंडिया में थी।"

"वेरी स्ट्रेंज मॉरीशन होकर भारत में पढ़ने गई, गजब।"

मुक्ता ने कोई जवाब नहीं दिया। वैसे भी श्रीमती वर्मा उन महिलाओं में से थीं जिनके लिए अपने देश की हर चीज बेकार है और विदेश की हर चीज अच्छी, यहाँ तक कि हवा पानी भी। बस एयरपोर्ट की परिधि से निकलकर खुली सड़क पर आ गई। मुक्ता ने खिड़की से बाहर झाँककर देखा तो सड़क की दोनों तरफ की हरियाली देखकर उसकी आँखें जुड़ा गईं। थोड़ा गौर से देखने पर पता चला कि दोनों तरफ गन्ने की घनी फसल खड़ी है। चौड़े, लंबे, हरे रंगों की वैविध्यता लिए हुए साफ-सुथरे चिकने पत्ते। देखकर लगता था मानों अभी-अभी किसी ने एक-एक पत्ते को धो-पोंछकर निखार दिया है। ऐसी घनी गन्ने की खेती मुक्ता ने अपने देश में शायद ही कहीं देखी थी, जहाँ तक निगाह जाती सड़क की दोनों तरफ गन्ने की ही फसल दिखाई दे रही थी। बीच-बीच में पानी छिड़कते हुए गोल-गोल घूमते फव्वारे। कहीं-कहीं तो ये घूमते हुए फव्वारे ऊपर किसी तार के सहारे टँगे हुए थे जैसे घनी फसल को बारिश की फुहार से भिगो रहे हों। सड़क को छोड़कर सारी जमीन हरी-भरी, जैसे चप्पे-चप्पे में खेती की गई हो। मुक्ता थोड़ी चमत्कृत हुई। इस देश में क्या घास की तरह गन्ने उगते हैं। बस में बैठे हुए अन्य सहयात्री बातचीत में मशगूल थे।

"यहाँ का मुख्य उत्पादन चीनी है, इसलिए चारों तरफ गन्ने ही गन्ने नजर आ रहे हैं।" प्रो. तिवारी कह रहे थे।

"सच, और किसी चीज का प्रोडक्शन यहाँ नहीं होता।" मिसेज वर्मा ने पूछा।

"शायद नहीं, सभी मुख्य चीजें दूसरे देशों से इंपोर्ट की जाती हैं।"

"खेती की टेकनीक बहुत एडवांस है।"

"सो तो है ही, इसी खेती के बल पर इनकी सारी सम्पन्नता, सुविधा, निर्भर करती है।"

बीच-बीच में इक्का-दुक्का बस्ती भी दिखाई दे जाती। बस जब आबादी के बीच से गुजरने लगी तो घर, दुकान, बाजार सभी दिखाई दे रहे थे, पर सड़कों पर भीड़ नहीं के बराबर, जहाँ तक निगाह जाती, बस कार ही कार दिखाई देतीं। बस का ड्राइवर बीच-बीच में बताता जा रहा था।

"अभी बीस मिनट और लगेगा, फ्लीक एम फ्लैक पहुँचने में।"

"जाना कहाँ है, तुम्हें तो मालूम होगा।"

"मालूम है शब हमको, होटल ईजी-वर्ल्ड जाना है आपको।"

"तुम तो अच्छी हिंदी बोलते हो।"

"नहीं बोलेगा तो नौकरी कईसे करेगा, बाहर का टूरिस्ट को कईसा घुमाएगा।" हमको तो भोजपुरी बोलने बी आता है, इंगलिश बी।"

"तुम भोजपुरी भी बोलते हो," मुक्ता आश्चर्यचकित हो उठी।

ड्राइवर थोड़े गर्व से जी भरकर मुस्करा लिया, फिर बोला–

"फ्रेंच और क्रोएल भी जानता हूँ हम।"

"तुम तो बहुत कुछ जानते हो जी, नाम क्या है तुम्हारा।"

"हमारा नाम गनेश है, टुमारा नाम क्या है?" उसने इतने सहज ढंग से पूछा कि बस में बैठे सभी यात्रियों को एकदम से हँसी आ गई। साठ वर्षीय वह प्रो. तिवारी बच्चों की तरह हँसकर बोल उठे–

"हमारा नाम कृष्ण कांत तिवारी है गणेश जी।"

"बहुत अच्छा नाम है। तुम सब ईहाँ घूमने आया है।"

"नहीं अंतर्राष्ट्रीय भोजपुरी कॉन्फ्रेंस में आए हैं हम।"

"इधर भोजपुरी का कॉन्फ्रेंस होता है, भोजपुरी तो इधर बहुत लोक जनता है।"

गणेश जी शायद और भी अपनी विशेषताओं के बारे में बताते, तब तक फ्लीक एम फ्लैक का वह होटल आ गया जहाँ उन्हें रुकना था। पूरे रास्ते मुक्ता के दिमाग में केतकी छाई रही। अचानक ही उसे मॉरीशस और अधिक खूबसूरत और अधिक हरा-भरा लगने लगा। होटल तक पहुँचते-पहुँचते सवा नौ बज गए थे। वहाँ पहुँचने पर मालूम हुआ कॉन्फ्रेंस स्थल वहाँ से करीब चालीस-पैंतालिस कि.मी. दूर मोका नामक स्थान पर महात्मा गाँधी इंस्टीट्यूट में है। सुबह का सेशन साढ़े नौ-दस बजे शुरू हो जाएगा। वहीं दोनों गाड़ियाँ उन्हें इंस्टीट्यूट तक ले जाएँगी। होटल की दूसरी मंजिल का सूट मुक्ता तथा श्रीमती अनुराधा वर्मा के नाम पर बुक था। कमरे में पहुँचकर उसने खिड़की खोली तो समुद्री हवा का झोंका कमरे में आ समाया। सामने ही खूबसूरत लंबा-सा सी-बीच था। एक कमरे में दो पलँग लगे हुए थे। दूसरे में बेंत की चार कुर्सियाँ, टी.वी. तथा चार कुर्सियों वाला ही छोटा सा डाइनिंग टेबल। सामने की बालकनी दूसरे सूट से जुड़ी हुई थी। श्रीमती वर्मा जल्दी-जल्दी तैयार होने चली गईं, मुक्ता को भी सहेज गईं कि जल्दी से तैयार हो जाए, कॉन्फ्रेंस स्थल पर समय से पहुँचना है, वैसे ही काफी देर हो गई है। नहा-धोकर मुक्ता ने अपनी लाल तथा सफेद कम्बीनेशन की कॉटन कांजीवरम् साड़ी पहनी तथा गले में सफेद मोतियों की एक लड़ी पहनी, कानों में मोती के ही टॉप्स तथा मोती की दो-दो चूड़ियाँ। तैयार होकर जब दोनों नीचे डाइनिंग हाल में पहुँचीं तो वहाँ खासी चहल-पहल थी। करीब-करीब सभी आ चुके थे। कुछ अपरिचित चेहरे भी थे जो इस डेलिगेशन के साथ नहीं आए थे। बड़ी तत्परता से, बड़ी खुशी से वे एक-एक व्यक्ति को पूछ-पूछकर नाश्ता सर्व कर रहे थे। चाय, कॉफी, जूस, ब्रेड के विभिन्न प्रकार, अंडे, फल और

जाने क्या क्या। मुक्ता को लगा कि जैसे होटल का डाइनिंग हाल न होकर, किसी के घर में पूरे परिवार का जमावड़ा हो, हँसी, कहकहे, शोर-शराबा बड़ा ही अनौपचारिक वातावरण। होटल के स्टाफ में अधिकतर महिलाएँ ही थीं। पहनावे में छींट की स्कर्टनुमा फ्राक, और शर्ट। ऊँची एड़ी की सैंडिल। और जिस चीज ने मुक्ता का ध्यान खींचा वह था उनका चटक नारंगी सिंदूर तथा बड़ी सी लाल बिंदी। स्कर्ट, टॉप के साथ इतना चटक सिंदूर, बिंदी तथा लाल लिपिस्टिक का प्रयोग उसने पहली बार देखा था। करीब पंद्रह मिनट में नाश्ता खत्म कर सभी उस मिनी बस में आकर बैठ गए। ड्राइवर वही गणेश ही थे।

होटल के परिसर से निकलकर बस फिर चिकनी सड़क पर फिसलती हुई चलने लगी। श्रीमती वर्मा बोल उठीं–

"आपको पता है न गणेश जी, हमें कहाँ जाना है।"

गणेश के बोलने से पहले ही कृष्ण कांत तिवारी बोल उठे, "हाँ-हाँ, इन्हें पता तो होगा ही। मोका जाना है, महात्मा गाँधी इंस्टीट्यूट में।"

"शब पता है जी, उडर मोका में महात्मा गाँधी इंस्टीट्यूट में जाना है आपको। वहाँ इंडिया से बहुत लोक आया है। कल हम उहाँ नौकरी किया था।"

"आप वहाँ कल नौकरी कर रहे थे।"

"हाँ डिडि, आज आपको साट नौकरी कर रहा है।"

अब मुक्ता की समझ में आया कि गणेश ड्यूटी के लिए नौकरी शब्द का प्रयोग कर रहा है। वह बरबस मुस्कुरा उठी, फिर बोली–

"आपका मॉरीशस बहुत सुंदर है गणेश जी।"

सुनकर वह वाकई खुश हो गया, फिर मुस्कुराते हुए बोला, "अरे डिडि, महात्मा गाँडी इंस्टीट्यूट तो अउर भी शुन्दर है।" दो मिनट चुप रहने के बाद वह फिर शुरू हो गया।

"टुमको मालूम है, अउर भी गाँडी है। बहुत गाँडी है।"

"बहुत गाँधी है?" मुक्ता चौंककर बोल उठी।

"हाँ ऽऽ डिडि। अउर बी है न। महात्मा गाँडी है। इंडिरा गाँडी है, राजीव गाँडी है। इंडिया में बहुत गाँडी हुआ है न।"

मुक्ता की समझ में नहीं आया कि क्या कहे, तब तक अनुराधा जी बोल उठीं।

"आपको इतना सब मालूम है।"

"हाँ जी, हम तो उनको देका भी है।"

"किनको देखा है?"

"इंडिरा गाँडी को। आया था इहाँ एक बार, टब हम उहाँ नोकरी किया था।"

"गणेश जी, आप तो इंडिया के बारे में बहुत कुछ जानते हैं। कभी गए हैं।"

“नहीं जी, हम तो कबी नहीं गया। वो हमारा डाडा का पिता आया था इंडिया से।”

“अच्छा, ये तो बहुत पहले की बात होगी। तब तो आप भी एक तरह से इंडियन हुए।”

“हम नहीं, हमारा तो जनम यहीं हुआ, हमारा पिता का जनम भी।”

“आपके दादा जी के पिता जी कहाँ से आए थे?”

“वही कलकत्ता-बिहार से।”

“कलकत्ता से कि बिहार से?”

“दोनों एक ही न है?”

“दोनों एक नहीं, अलग-अलग स्टेट है।”

बस में सभी ने सहमति में सिर हिला दिया। सवाल करने वाले कई थे, लेकिन जवाब देने वाला एक। पर गणेश को इसकी कोई फिकर नहीं थी। वह अकेले ही इन सबों के लिए काफी था। इसलिए बोल उठा–

“नहीं जी, कलकत्ता-बिहार एक ही है।” पूरे रास्ते इसी तरह की बातें होती रहीं। बातचीत में शामिल रहते हुए भी मुक्ता के मन में बार-बार केतकी कौंधती रही। जितना उसके बारे में सोचती, उतना ही उससे दुबारा मिलने की इच्छा तीव्र होती गई। करीब चालीस मिनट में वे सभी ‘महात्मा गाँधी इंस्टीट्यूट’ के परिसर में दाखिल हुए। बहुत ही हरा-भरा, साफ-सुथरा कैंपस। दूर-दूर तक मानों हरी-हरी घास की मखमली कालीन बिछी हो। कई देशों के राष्ट्रीय ध्वज अपनी रंग-बिरंगी आभा बिखेरते हुए लहरा रहे थे। मॉरीशस, भारत, नेपाल, हालैंड, फिजी, त्रिनिडाड। इन सभी देशों के प्रतिनिधि इसमें शामिल होने के लिए आए थे। इंस्टीट्यूट के ठीक सामने घास की टीला-नुमा ऊँचाई पर हाथ में डंडा लिए हुए महात्मा गाँधी की बड़ी सी मूर्ति लगी हुई थी। प्रवेश-द्वार पर दो महिलाएँ हाथ में फूल लेकर खड़ी थीं। गुलाबी, आसमानी रंग संयोजन की एक सी साड़ी। लाल बिंदी, चूड़ियाँ पूरी तरह भारतीय पहनावा। मुक्ता ने एक बात गौर की कि अधिकतर मॉरीशस नागरिकों का रूप-रंग भारतीय लोगों से मिलता-जुलता है। रंग थोड़ा साँवला जरूर था। वैसा ही जैसा कि भारत के समुद्रतटीय राज्यों के लोगों का होता है। हाल के अंदर प्रोग्राम शुरू हो चुका था। लखनऊ की कोई महिला डेलिगेट अपना पेपर पढ़ रही थी। मुक्ता जाकर अपनी सीट ढूँढ़कर बैठ गई। हाल करीब-करीब भरा हुआ था। चारों ओर निगाहें फेरने पर कई जाने-पहचाने चेहरे नजर आए। करीब एक घंटे बाद, कॉफी के लिए ब्रेक हो गया तो सब लोग बाहर निकल आए। बाहर भारतीय रीति-रिवाजों के चित्रों की प्रदर्शनी लगी हुई थी। अलग-अलग देशों के लोग, महिलाएँ-पुरुष सभी आपस में इस तरह से घुल-मिलकर बातें कर रहे मानों एक ही परिवार के सदस्य हों। माहौल करीब-करीब वैसा ही था जैसे घर के किसी ‘शुभ कार्य’ में दूर-पास

के सभी नाते-रिश्तेदार, कुटुंब शामिल हुए हों। दोपहर के भोजन में भी पारंपरिक भारतीय तथा मॉरीशन व्यंजन।

पूरा दिन किस तरह से बीत गया, पता ही नहीं चला। शाम के सांस्कृतिक कार्यक्रम ने वातावरण को और खुशनुमा बना दिया। मॉरीशन महिलाओं की कजरी सुनकर मुक्ता चकित थी।

"कई से खेलन जईवे सावन में कजरिया,
बदरिया घिरी आई ननदी।"

यद्यपि उच्चारण में फ्रेंन्च तथा क्रोएल का प्रभाव था, फिर भी कानों को भला लग रहा था। खासकर उनके परिधान मन को लुभाने वाले थे। चटख लाल, पीले, गुलाबी, नारंगी रंगों की सीधे-पल्ले की साड़ी, किसी के हाथ में सूप, किसी के हाथ में ढोलक, किसी के हाथ में मंजीरा। हाव-भाव ऐसे जैसे मंच न होकर यू.पी. या बिहार के किसी गाँव का आँगन हो। उनके बाद आई लखनऊ की कलाकार ने तो अपने भोजपुरी गीतों से पूरे वातावरण में मानों रस घोल दिया।

"अउर महीनवाँ में बरसे न बरसे,
फानुनवाँ में रंग रच-रच बरसे।"

वापस होटल पहुँचते-पहुँचते रात के नौ बज चुके थे। रिसेप्शन काउंटर पर बैठे हुए व्यक्ति ने मुक्ता को देखते ही कहा–

"आपका नेम मुक्ता है।"

मुक्ता ने हाँ में सिर हिला दिया।

"आपके वास्ते यन टेलीफोन कॉल था।"

"किसका था।"

"सम केटकी नेम बटाया, बोला आपका फ्रेंड है।"

मुक्ता का जी धक से रह गया। हड़बड़ाकर बोल उठी, "कोई नंबर दिया, ऐनी कॉन्टैक्ट नंबर।"

जोर-जोर से सिर हिलाते हुए वह बोल उठा, "यस, यस, नंबर है, वेट, वेट, हम अबी बात करटा है।"

मुक्ता अपनी बेचैनी को दबाकर वहीं पड़ी एक कुर्सी पर बैठ गई। नंबर मिलाकर उस व्यक्ति ने खूब ही खुश होते हुए रिसीवर मुक्ता को थमा दिया, "यस-यस, रिंग हो रहा है, नाऊ यू केन स्पीक।"

रिसीवर उसके हाथ से लेकर मुक्ता ने अपने कान से लगा लिया। उधर से किसी ने फोन उठाया कोई पुरुष स्वर बोल उठा–

"यस।"

"केतकी है, मुझे केतकी से बात करनी है।"

"मे आई नो योर गुड नेम प्लीज।"

"मैं मुक्ता श्रीवास्तव।"

"ओ, यस, यस, जस्ट होल्ड ऑन प्लीज, मैं अभी देता हूँ।"

पल भर में केतकी की आवाज सुनाई दी।

"हलो, मुक्ता, माई गॉड, शाम से तीन बार फोन किया, गई कहाँ थीं तुम।"

"वो मैं महात्मा गाँधी इंस्टीट्यूट गई थी। सेमिनार वहीं चल रहा था।"

"तो तुम सेमिनार में आई हो।"

"नहीं तुम्हारे मॉरीशस में गन्ना छीलने आई हूँ।"

टेलीफोन की लाइन में सुरीली हँसी गूँज उठी।

"क्या, क्या कहा गन्ना छीलने आई हो। वेरी गुड, वो तुम इसी तरह का एक मुहावरा पढ़ा करती थीं न, घास छीलने आई हूँ।"

"हाँ, पढ़ा करती थी, पर तुम्हारे मॉरीशस में घास की तरह गन्ने उगते हैं। इसलिए घास की जगह गन्ना ही ठीक है।"

"बिलकुल, तो कल क्या कर रही हो?"

"कल, कल दिन में तो शायद हमारे ग्रुप का विलेज व्यू का प्रोग्राम है, और शाम को कवि सम्मेलन।"

"सुनिए मैडम, कल आपका कोई प्रोग्राम नहीं है, और परसों संडे है। ये दो दिन आप मेरे साथ, मेरे घर पर रहेंगी। सोमवार की सुबह मैं आपको सकुशल कॉन्फ्रेंस की जगह पर पहुँचा दूँगी। अंडरस्टैंड।"

चाहती तो मुक्ता स्वयं भी यही थी, फिर भी ऊपर से बोली–

"सो तो ठीक है, जरा मैं एक बार सबसे कह दूँ।"

"जिसे कहना हो कह दो, जिससे पूछना हो पूछ लो। दो दिन साहित्यकारों, स्कॉलरों, कलाकारों की बिरादरी से बाहर आ जाओगी तो वे तुम्हें जात से बाहर नहीं कर देंगे।"

मुक्ता हँस पड़ी। बोली, "ठीक है, पर तुम्हारा घर है कहाँ पर।"

"जानकर करोगी क्या, यह कोई तुम्हारे लखनऊ के हजरतगंज का मोतीमहल है, जो सीधी पहुँच जाओगी। मैं कल सुबह आ जाऊँगी तुम्हें लेने। कितने बजे आऊँ।"

"जितनी जल्दी हो सके।"

"ठीक है, सात-साढ़े सात तक आ जाऊँगी।"

फोन रखकर अनायास ही मुक्ता का मन गुनगुना उठा। विदेश के इस प्रवास में केतकी जैसी सखी के अनायास मिल जाने से जैसे यह प्रवास उसे और सुहावना लगने लगा।

डिनर के लिए जब पहुँची, तो भोजन की खुशबू बड़ी जानी-पहचानी सी लगी। टेबल पर भोजन के विभिन्न प्रकार, चावल, लाल मिर्च और पता नहीं कौन से पत्ते से छौंकी हुई चने की दाल, मिक्स्ड वेजीटेबल, सलाद, पापड़, दही, अचार और आमिष

खाने वालों के लिए चिकन-करी। इन सबसे बढ़कर जिस चीज ने मुक्ता को प्रभावित किया वह थी टेबल के आस-पास मँडरा रहे व्यक्तियों के चेहरे से फूटता उल्लास। बड़ी ही तत्परता से वे एक-एक व्यक्ति को पूछ-पूछकर आग्रह सहित परोस रहे थे। मुक्ता ने सुबह नाश्ते के वक्त उन्हें नहीं देखा था। पहले तो उसने सोचा कि वे होटल के ही शाम की शिफ्ट में ड्यूटी करने वाले कर्मचारी होंगे, पर उनकी बातचीत सुनकर मुक्ता सोच में पड़ गई। अपनी प्लेट में थोड़ा-सा दाल-चावल और सब्जी लेकर वह खाने बैठी तब तक वह दुबला-पतला साँवला सा युवक बोल उठा।

"और लिजिए न मयडम, आपने तो कुछ लिया ही नहीं।"

चौंक पड़ी मुक्ता, यह तो मॉरीशस में बोली जाने वाली फ्रेंच मिश्रित हिंदी नहीं है। ठेठ पूर्वी लहजा सुनकर वह बोल उठी।

"तुम यहाँ काम करते हो!"

"हाँ, मयडम, हम सब यहाँ फैक्टरी में काम करते हैं।"

"कहाँ से आए हो?"

"उत्तर प्रदेश के बस्ती जिले से आए हैं हम।"

तब तक अनुराधा जी बोलीं, "ये सभी इंडियन हैं मुक्ता। कोई बिहार से आया है, कोई यू.पी. से, कोई एम.पी. से, तो कोई दिल्ली से। यहाँ अलग-अलग मिलों में सभी काम करते हैं। होटल के ही एक हिस्से में जो छोटे-छोटे कमरे बने हैं, उसी में रहते हैं।"

"और उनका परिवार।"

"सभी यहाँ अकेले ही रहते हैं, इनकी फैमिली इंडिया में है। आज का यह डिनर इन्हीं लोगों की तरफ से है।" प्रो. तिवारी बोले।

"इनकी तरफ से।"

"हाँ, जब इन लोगों को मालूम हुआ कि इंडिया से कुछ लोग इस होटल में मेहमान बनकर आए हैं तो इन सभी ने मिलकर खुशी-खुशी इस भोजन का प्रबंध किया है।"

"आपसे किसने कहा।"

"होटल के मालिक ने।"

मुक्ता आश्चर्यचकित हो उठी। ध्यान से युवकों की उस टोली को देखने लगी। करीब पच्चीस से चालीस वर्ष के बीच की उम्र के पंद्रह-बीस युवक। ऐसे मनोयोग से पूछ-पूछकर परोस रहे थे, मानों उन्हें खिलाकर वे कृतार्थ हो रहे हों। अपना देश, अपना घर-परिवार सभी कुछ छोड़कर ये यहाँ विदेश में रोजी-रोटी की तलाश में ही आए होंगे। आज के इस भोजन के आयोजन में उनकी गाढ़ी कमाई का एक अच्छा भाग भी खर्च हो गया होगा। पर उनके चेहरे पर तृप्ति की जो छाप थी, वह मुक्ता को दुर्लभ ही लगी। अनायास ही उसे अपना घर याद आ गया। जहाँ किसी मेहमान

के आने की खबर सुनकर ही गृहिणी के माथे पर बल पड़ जाते हैं। सबसे पहले बजट गड़बड़ हो जाने की ही बात दिमाग में आती है। पर ये सब लोग, न इसके पहले कभी मिले हैं न बाद में कभी मिलने की संभावना है, सिर्फ एक ही देश के वासी होने का सूत्र पाकर खुले मन से उनकी मेजबानी में तल्लीन हैं।

''आप चिकन लीजिए न मयडम।''

''अरे नहीं नहीं, बस काफी हो गया।''

''लगता है आपको चिकन पसंद नहीं, ठीक है कल हम आपके लिए मछली लाएँगे।''

''अरे नहीं, ऐसी बात नहीं है, वो नॉनवेज मैं जरा कम खाती हूँ इसलिए।''

''आप कहाँ से आई हैं मयडम?''

''लखनऊ से।''

''अरे, लखनऊ तो हमारे यू.पी. में ही है, हमारा घर लखनऊ के पूरब पड़ता है, बस्ती जिले में, आजमगढ़ के पास।''

''मुझे मालूम है।'' सहज भाव से मुस्कुराकर बोल उठी मुक्ता।

मन-ही-मन सोचने लगी कि अभी अगर अपने लखनऊ में होती तो 'मैडम' की जगह 'मयडम' सुनकर या तो झुँझलाती या फिर हँसती बल्कि अब तो 'मैडम' की जगह लोग 'मैम' ही बोलते हैं। पर आज उसे उस भारतीय युवक के मुख से 'मैडम' की जगह 'मयडम' सुनकर न तो हँसी आई और न ही झुँझलाहट हुई। बल्कि इस विदेश में उस 'मयडम' शब्द में छुपा हुआ अपनापन उसके मन को बहुत गहरे तक भिगो गया। धन्यवाद देकर वह उठ खड़ी हुई तो फिर बोल उठा।

''खाना अच्छा लगा न आपको।''

''हाँ बहुत अच्छा लगा बिलकुल घर की तरह।''

''तब ठीक है, हमको तो लग रहा था कि कहीं आप लोगों को पसंद नहीं आया तो।'' कहते हुए उसके चेहरे से खुशी फूटी पड़ रही थी।

मुक्ता जब अपने कमरे में आई तो उसकी सुनहरी रिस्ट-वाच में रात के साढ़े बारह बज रहे थे। हिंदुस्तान में अभी रात के दस बजे होंगे। उसने मन-ही-मन सोचा। अनुराधा जी आते ही बोल उठीं—

''मैं तो सोने जा रही हूँ, मुक्ता, थककर चूर हो गई हूँ।''

कपड़े बदलकर जब वह सोने आई तो अनुराधा जी गहरी नींद सो चुकी थीं। कमरे की बत्ती बुझाकर उसने नाइट बल्ब जला दिया। शाम को वहाँ इंस्टीट्यूट में किसी ने उसे फूलों का एक गुलदस्ता दिया था। अन्य फूलों के साथ उसमें रजनीगंधा की दो टहनियाँ भी थीं। केतकी से टेलीफ़ोन पर बातें करने के बाद उसने वहीं लॉन में लगी हुई कुर्सी पर बैठकर उन दो टहनियों को अन्य फूलों एवं पत्तों से अलग किया था। अभी वह उन्हें अपने साथ ही ले आई थी। काँच के गिलास में तीन

चौथाई पानी भरकर उसने दोनों टहनियाँ उसमें डाल दीं। साइड टेबल पर गिलास रखकर वह थोड़ी देर तक उन शुभ्र, सफेद, कोमल अधमुँदी कलियों को देखती रही, जल का परस पाकर उसे लगा कि शायद उन कलियों में जान आ गई। थकी हुई होने के बावजूद उसे नींद नहीं आ रही थी। उठकर वह खिड़की के पास आकर खड़ी हो गई। बाहर वातावरण बिलकुल शांत था। कभी-कभी सड़क पर तेज रफ्तार से कोई गाड़ी गुजर जाती। सड़क की दूसरी तरफ कुछ दूर तक कुछ मकानों की छतें दिखाई दे रही थीं। उसके बाद घनी हरियाली उसके बाद सागर की अथाह जलराशि। दिन में नीला दिखने वाला समुद्र रात में गहरा नीला दिखाई दे रहा था। अपेक्षाकृत शांत सागर की धुँधली फेनिल लहरें किनारे तक आ-आकर बेआवाज लौट जा रही थीं। शायद आवाज हो भी रही हो तो होटल की तीसरी मंजिल के इस कमरे की खिड़की तक नहीं पहुँच रही थी। अचानक ही मुक्ता को बड़ा अकेलापन महसूस हुआ। घर से दूर इस विदेश के प्रवास की यह पहली रात थी। जाने क्यों मुक्ता को घर की याद तीव्रता से आई। लखनऊ के महानगर में बना हुआ वह बड़ा सा मकान, जिसकी दूसरी मंजिल पर बने हुए फ्लैट में मुक्ता का घर है। तीन बेडरूम एवं ड्राइग-रूम, डाइनिंग हाल वाला सुसज्जित फ्लैट। सामने खुली हुई छत। नीचे की मंजिल पर इसी तरह के दो फ्लैट और बने हुए हैं, एक में मुक्ता के सास-ससुर रहते हैं तथा दूसरे में देवर का परिवार। वैसे परिवार तो पूरे मकान में एक ही है, गृहस्थी अलग-अलग है। बोलचाल की भाषा में कहें तो एक घर में तीन चूल्हे जलते हैं। पहला मुक्ता की सास का, दूसरा स्वयं का तथा तीसरा मुक्ता की देवरानी का। आने से पहले हमेशा की तरह घर का वातावरण भारी ही था, बल्कि इस बार तनाव कुछ अधिक था। फरवरी का महीना, मार्च के पहले हफ्ते से शुरू होने वाली बच्चों की वार्षिक परीक्षा सर पर थी। आठवीं में पढ़ने वाली मुक्ता की बेटी इरा ने कहा भी था–

"इस बार मत जाओ मम्मी, मेरी फाइनल परीक्षा शुरू होने वाली हैं।"

मुक्ता पहले से ही झुँझलाई हुई थी। इसी बात को लेकर पति से एक झड़प हो चुकी थी। नाराज होकर बोल उठी–

"कैसी बच्चों सी बातें करती हो, फाइनल परीक्षा है तो मैं क्या बैठकर पढ़ाऊँगी तुम्हें। पढ़ना तो तुम्हें स्वयं है। ट्यूटर आते तो हैं।"

किशोरी होती हुई बेटी की आँखें छलक उठी थीं, यूँ भी जाने उम्र का असर था या घर के तनाव भरे वातावरण का, आजकल आँखें बात-बात में छलक उठती हैं। मुक्ता ने कोई खास ध्यान नहीं दिया तो वह फिर बोल उठी–

"दरअसल यह बाबू बहुत लड़ता है मुझसे, खुद नहीं पढ़ता, मुझे भी पढ़ने नहीं देता।"

"तुम भी हद करती हो इरा, एक ही तो छोटा भाई है, वह भी तुम्हें एक

आँख नहीं भाता। हमारे जमाने में तुम्हारी उम्र की लड़कियाँ पूरी गृहस्थी सँभालती थीं।''

इरा ने कुछ कहा नहीं, सर झुकाकर दूसरे कमरे में चली गई। मुक्ता अकेली भुनभुनाती हुई सामान पैक करती रही।

''हुँह, जिंदगी भर मैं इन्हीं सबकी चाकरी करती रहूँ। चार दिन को बाहर जाना चाहूँ तो सबका मुँह लटक जाता है। एक मिसेज सिन्हा हैं। समाज सेवा के नाम पर जाने कहाँ-कहाँ घूम आईं। आस्ट्रेलिया, कनाडा तक हो आईं, मजाल जो घर के किसी सदस्य के चेहरे पर जरा सी शिकन आ जाए। यूनिसेफ न कौन सेफ की तो मेम्बर बनी फिरती हैं। अरे पूरा परिवार सहयोग करता है तब न। और एक मैं हूँ। इतनी मुश्किल से विदेश जाने का मौका मिला है और ये सभी चाहते हैं कि न जाऊँ। कौन सा अपने खर्चे से जाना है। टिकट तक कान्फ्रेंस वाले दे रहे हैं। अभी मिसेज सिन्हा होतीं तो बिना किसी से पूछे चली जातीं। मैं सबसे पूछती रहती हूँ तो सभी भाव खाते हैं। अपनी-अपनी किस्मत है।''

इतना कहते-कहते इरा की ही तरह मुक्ता की भी आँखें छलक उठी थीं। चटपट उसने आँखें पोंछ लीं। धत्, वह भी एक ही है, बात-बात में बच्चों की तरह आँसू बहाने लगती है, इसीलिए तो सब दबाते हैं उसे। यद्यपि आते वक्त उसने दोनों बच्चों को खूब-खूब प्यार किया था, ढेरों चीजें लाने का वादा भी किया था। समझाया-बुझाया था। विशाल भी कुछ नाराज से ही थे। विदेश यात्रा के लिए तो किसी तरह से तैयार हो भी गए थे पर वापसी में वह दो दिन दिल्ली रुकना चाहती थी, बस इसी बात पर झड़प हो गई थी। विशाल बोल उठे थे–

''अब दिल्ली रुकने की क्या जरूरत है।''

''तुम्हें तो मालूम ही है, वहाँ कबीर पर अंतर्राष्ट्रीय सेमिनार होने वाला है, और कबीर पर ही मैंने अपनी पी-एच.डी. की है। उसके लिए मैं अपना सहमति पत्र भेज चुकी हूँ। आते हुए दो दिन अटेंड कर लूँगी साथ ही पिंकी से भी मिल लूँगी।''

''जानता हूँ, सेमिनार अटेंड करने का तो बहाना है। दरअसल तुम्हारी विदेश यात्रा का पूरा ब्यौरा सुनाने के लिए तुम्हें कोई मूक श्रोता भी तो चाहिए, तुम्हारी वह निरीह सी छोटी बहन। सुनने के अलावे उसके पास चारा ही क्या है।''

मुक्ता झुंझलाकर चुप हो गई थी। इतनी नोक-झोंक होने के बावजूद विशाल उसे एयरपोर्ट छोड़ने ही नहीं आए, आते वक्त पचासों हिदायतें दें डालीं, अपना ध्यान रखना, खाना ठीक से खाना, दवा लेना मत भूलना और अपने गुस्से पर जरा काबू रखना। मुक्ता पिघलने लगी थी, और अंत में सिर्फ यात्रियों के लिए बने लाउंज में जाने से पहले जब विशाल ने कहा कि–

''घर की चिंता मत करना, मैं सब सँभाल लूँगा। वैसे भी बच्चे अब बड़े हो

गए हैं, उन्हें थोड़ा इंडिपेंडेंट होना चाहिए।"

तो यह सुनकर मुक्ता मन-ही-मन अफसोस से भर उठी कि बेकार चलने से पहले इतनी लड़ाई इतना झगड़ा किया।

आज मॉरीशस के इस होटल की खिड़की के एकांत में बैठकर, उन सारी बातों को याद कर मुक्ता का मन अनायास ही उदास हो उठा। पता नहीं इरा ने सोने से पहले दूध पिया होगा या नहीं, दूध से उसे हमेशा ही चिढ़ है, बाबू को रात में सोते हुए वह कई बार कंबल उढ़ाती है, पता नहीं अभी कंबल ओढ़ के सो रहा होगा या वैसे ही और विशाल, उसे तो सामने रखी हुई चीज भी नहीं मिलती है, अपने हर काम के लिए वह मुक्ता को आवाज देता है, उसकी फरमाइशें पूरी करते हुए मुक्ता की नाक में दम हो जाता है, पता नहीं अभी कैसे सब काम करते होंगे। उनके खाने-पीने की उसे चिंता नहीं थी क्योंकि वह जानती थी कि चूल्हे अलग होने के बाद भी जब वह बाहर जाती है तो बच्चों के दादा-दादी सिर्फ पोते-पोती का ही नहीं, अपने बेटे का भी खास ख्याल रखते हैं। मुक्ता ने विदेश की इस धरती पर आज पूरी ईमानदारी के साथ शिद्दत से यह महसूस किया कि सम्मिलित परिवार का कोई मुकाबला नहीं है, भले ही हम अपनी हर परेशानी का कारण उसे मान लें। आज अगर उसका परिवार अलग होने के बाद भी एक साथ एक घर में नहीं होता तो वह इतनी दिलेरी से अपने पति और बच्चों को अचेतन रूप से उनके भरोसे छोड़कर यह विदेश यात्रा नहीं कर पाती। उदास होते हुए भी उसने राहत की एक गहरी साँस ली। अनायास ही उसे केतकी याद आ गई। जो छात्र जीवन के उन पाँच बहुमूल्य वर्षों की सखी रही है। मुक्ता को तो केतकी की हर चीज पसंद थी ही, पर जो चीज केतकी की सबसे अधिक पसंद थी, वह था मुक्ता का सम्मिलित बड़ा सा परिवार।

शुरू-शुरू में तो उसकी दोस्ती कॉलेज तक ही सीमित थी पर पाँच-छः महीने में ही दोनों में ऐसी घनिष्ठता हो गई कि केतकी ने अपने माँ-बाप से कह-सुनकर मुक्ता के पिता का नाम अपने लोकल गार्जियन के रूप में लिखवा लिया। और उसके बाद ग्रेजुएशन पूरा होने तक लोकल गार्जियन होने की सारी औपचारिकताएँ केतकी के लिए मुक्ता के पिता ही पूरी करते रहे। करीब-करीब हर छुट्टी के दिन वह मुक्ता के घर आ जाती और आते ही सबसे पहले मुलाकात होती मुक्ता की सत्तर वर्षीया दादी माँ से। यूँ भी घर के हर आने-जाने वाले पर उनकी विशेष नजर रहती, कौन कब आता है, कब जाता है। घड़ी तो नहीं देखती थीं पर समय का अनुमान लगाने में उनसे कभी भी गलती नहीं होती थी। आँगन की दीवार पर सरकती धूप से वे समय का अनुमान लगा लेतीं। मुक्ता चूँकि घर की सबसे सयानी लड़की थी, और दादी माँ के अनुसार ब्याह लायक हो जाने पर भी जो उसके बाप-चाचा कान में तेल डाले बैठे थे, इससे उनकी जिम्मेदारी बहुत बढ़ गई थी। उनका वश चलता तो

वे मुक्ता को आँखों के ओट नहीं होने देतीं, पर मुक्ता की पढ़ाई की जिद और स्वयं अपने बेटे के पोती को एक दम से छूट दे देने की सनक की वजह से मजबूर थीं। सो जब तक मुक्ता कॉलेज से घर नहीं आ जाती उन्हें चैन नहीं पड़ता। पहली बार केतकी को लेकर घर आई, आते ही दादी ने टोक दिया।

''क्यों री मुक्ती आज एतना अबेर काहे हुआ। कल तो जल्दीए आ गई थी।''

''कल दो-चालीस तक की क्लास थी और आज साढ़े तीन तक की, तुम भी न दादी, कुछ नहीं समझती हो।''

''वहीं तो, कल तो धूप उ कनेर के गाछ तक थी जब तू आई रही, आज अँगना के मोरी तक पहुँच गई, एही से हम चिंता कर रही थी।''

''तुम मत करो मेरी चिंता, तुमको और कोई काम नहीं है।''

''अरे दिन भर की भूखी प्यासी अब आई है और कहती है कि चिंता न करें। और सब ईस्कूल त दूए बजे छूट जाता है, तुम्हारा ईस्कूल रोज देर से अउर अलग-अलग समय से काहे छूटता है।''

मुक्ता बेतरह झुँझला गई, केतकी के साथ होने से शर्म भी आई, चिढ़कर बोल उठी—

''मैं तुमसे रिक्वेस्ट करती हूँ दादी, अब मैं बी.ए. में पहुँच गई हूँ, अब तो मुझे कॉलेज में पढ़ने दो, स्कूल में नहीं।''

लेकिन दादी पर इसका कोई असर नहीं होता। वे नर्सरी कक्षा से लेकर यूनिवर्सिटी तक को स्कूल ही कहती थीं। मुक्ता से सवाल-जवाब करने के बाद उनकी नज़र पड़ी केतकी पर। केतकी ने उनका घुटना छूकर प्रणाम किया तो बोलीं—

''हाँ-हाँ खुस रहो, चिरंजीवी हो, प्रसन्न रहो।''

केतकी खड़ी-खड़ी मुस्कुराती रही तो फिर बोलीं, ''बैठ जाओ बेटी, तू हमारी मुक्ती के साथ पढ़ती हो तो हमरे लिए मुक्तीए जैसी न हो।''

केतकी ने सिर हिला दिया

''का नाम है तुम्हारा?''

''जी, केतकी।''

''कौन जात हो?''

केतकी के कुछ बोलने से पहले ही मुक्ता मारे गुस्से के बोल उठी, ''जात क्यों पूछ रही हो दादी, केतकी इंडियन नहीं है, मॉरीशन है, मॉरीशन।''

''कौन चीज नहीं है, और का है।''

''ओफ्फोह, तुम भी बस! अरे केतकी विदेशी है, भारतीय नहीं अब समझीं।''

''ओ, अच्छा तो विदेशी है।'' दादी गंभीर होकर बड़ी समझदारी से बोलीं, अपनी साड़ी समेटकर हाथ-पाँव ढँककर सावधानी से बैठती हुई फिर बोलीं—

''हाँ तो केतकी बेटी, कै भाई-बहिन हो तुम?''

"जी मैं अकेली हूँ।"

"अकेले हो, भाई नहीं तो कौनो बहिनों नहीं है।"

केतकी ने ना में सिर हिलाया।

"भगवान के मर्जी।" दादी लंबी साँस लेती हुई वाकई सहानुभूति जताती हुई कहने लगीं–

"तुम्हारे बाप किया करते हैं?"

"जी, डॉक्टर हैं।" केतकी सहज भाव से बोली पर मुक्ता को दादी का 'डैडी' को 'बाप' कहना तनिक नहीं सुहाया, पर दादी इन सबसे बेखबर बातों का सिलसिला जारी रखते हुए बोली–

"तुम्हारी महतारी कहाँ की हैं?"

"जी वो तो बनारस की ही हैं।"

"आँय, बनारस के हो के विदेश में बियाह हुआ।"

"हाँ, दरअसल मेरे डैडी बी.एच.यू. के मेडिकल कॉलेज में पढ़ते थे और मम्मी भी, वहीं उनकी शादी हुई।"

"ओ, तब तो महतारी भी डाक्टरे हुई।"

"जी हाँ।"

"दोनों मिल के तो खूब कमाते होंगे।"

केतकी चुप रही पर मुक्ता चिढ़कर कह उठी–

"हाँ दोनों की बहुत अच्छी प्रैक्टिस है, मम्मी बनारस की लिडिंग गायनाकोलोजिस्ट हैं और डैडी प्रिडिटीशियन।"

"का है, केतकी तो कह रही है कि दूनों डॉक्टर हैं।"

"हाँ-हाँ वही, गायनाकोलोजिस्ट और प्रिडिटीशियन डॉक्टर ही होते हैं समझीं। उनके क्लीनिक में मरीजों की लाइन लगी होती है।"

"जो ई बात है तो दूनों ऐसी सोने सी बिटिया के होस्टल में काहे डाले हैं। दूसर कौनो बाल-बच्चा भी त नहीए हैं।"

दादी की इस दो टूक बात को सुनकर के हमेशा उन्नत रहने वाला केतकी का सर एकदम झुक गया। तो मुक्ता के गुस्से का पारावार न रहा, बोली, "तुम भी न दादी बस। बनारस में इतना अच्छा कॉलेज नहीं है, इसलिए यहाँ पटना में एडमिशन कराया है उन्होंने। चलो केतकी अंदर चलो, मेरे कमरे में चलकर बैठते हैं।" इतना कहकर वह दादी की घूरती नजरों की परवाह किए बगैर केतकी का हाथ पकड़कर खींचती हुई अंदर ले गई। अंदर आकर दोनों मुक्ता के कमरे में बैठीं। पर मुक्ता का कमरा क्या खूबसूरत सिंगल बेड, मिकी माउस की डिजाइन वाला बेडकवर, रंगीन शेड वाला साइड लैंप, मुरादाबादी पीतल के फ्रेम वाली ड्रेसिंग टेबल, मिर्जापुरी दरी या कालीन, लेस लगे पर्दे तथा टेडि-बियर और बार्बीडॉल से सुसज्जित

था। नहीं, वहाँ तो एक अलग से टेबल कुर्सी और टेढ़ा-मेढ़ा टेबल लैंप तक नहीं था। ऐसा कमरा फिल्मों में भले ही होता हो, पर मध्यमवर्गीय संयुक्त परिवार की बड़ी बेटी का कमरा ठीक इसके विपरीत होता है, सो वही मुक्ता का भी था। ताऊ-चाचा के बच्चों को मिलाकर इस परिवार में कुल आठ बच्चे थे और मुक्ता थी सबसे बड़ी बेटी। उसके दोनों भाई अवश्य उससे बड़े थे जिनका रौब देख-देखकर मुक्ता चिढ़ती और दिन में तीन-चार राउंड लड़ाई अवश्य होती। वो तो उन दोनों के लिए ताऊजी ने छत पर एक बरसाती की तरह का कमरा बनवा दिया था तो मुक्ता को थोड़ा चैन मिला था, फिर भी दिन भर उनकी फरमाइशें पूरी करने में ही मुक्ता की नाक में दम हो जाता, पानी लाओ, चाय बनाओ, कमीज में बटन टाँको, मेरी किताबों पर कवर चढ़ाओ वगैरह-वगैरह।

मुक्ता का कमरा उसकी तीन छोटी बहनों का भी कमरा था उनके साथ उसे कोई परेशानी भी नहीं होती थी। दो बड़े-बड़े तख्त मिलाकर लंबा-सा बिस्तर लगा था, ताऊजी की ऑफिस की एक पुरानी बड़ी-सी मेज कमरे के एक कोने में लगी थी, उसी पर चारों बहनें पढ़ती थीं। दीवार में बने हुए रैक में अखबार बिछाकर अपनी किताबें रखतीं। एक दूसरी के दुपट्टे, सैंडिल, हेयर क्लिप, चूड़ियाँ अदल-बदलकर पहनतीं। लकड़ी की एक बड़ी अलमारी उनका साझा कपवर्ड था तथा उसके पल्ले में लगा हुआ शीशरा उनका ड्रेसिंग टेबल। सुबह नौ बजे तक कमरा उन बहनों का रहता पर उनके स्कूल कॉलेज जाते ही सार्वजनिक संपत्ति हो जाता। छोटी चाची का तीन वर्षीय बेटा आशू तथा पाँच वर्षीया बेटी पिंकी दोनों मिलकर जी भरकर ऊधम मचाते। उस वक्त भी जब वह केतकी को लेकर कमरे में आई तो कमरा उन दो नौनिहालों की कृपा से रंग-बिरंगा हो रहा था। एक तरफ झूल रही चादर ठीक कर के तथा कुर्सी सीधी करके उसने केतकी को बिठाया और बोली—

"तुम यहीं बैठो। बैठक में तो दादी के सवालों का अंत ही नहीं रहता। तुम उनकी बात का बुरा मत मानना। उनकी आदत ही ऐसी है, हर आने-जाने वाले का वह ऐसे ही इंटरव्यू लेती हैं।"

और केतकी उसे चकित करती हुई बोल उठी थी, "कैसी बातें करती हो, मैं बुरा मानूँगी। दादी माँ की बातों का। इम्पॉसिबिल। आई लव दैट ओल्ड स्वीट लेडी।"

और मुक्ता अपनी दादी के लिए 'ओल्ड स्वीड लेडी' का विशेषण सुनकर चमत्कृत हो गई थी, फिर उनके व्यक्तित्व के साथ 'लव' शब्द जोड़कर देखा और हँस पड़ी। मन-ही-मन उसने केतकी की समझदारी की प्रशंसा की, उसके किसी बात का बुरा न मानने पर राहत की साँस ली। किंतु यह राहत का भाव अस्थाई था, उस घर में और भी तो मोर्चे हुआ करते थे। मुक्ता की कोई सहेली आई है यह बात इस घर की गृहिणी यानि कि मुक्ता की बड़ी ताई से छुप सकती थी भला, पर वह दादी

की तरह प्रश्न दर प्रश्न नहीं करतीं, अपनी दरियादिली के अनुरूप उन्हें कुछ खिलाने-पिलाने को व्यग्र हो उठतीं। शाम का रोज का नाश्ता कुर-कुरे लाई-चने में नमक, आम के अचार का तेल-मसाला, कटा प्याज, हरी मिर्च और हरा धनिया मिलाती हुई ताई ने उसे रसोई से ही आवाज दी।

''अरी मुक्ती, आकर अपने लिए और सहेली के लिए 'भूजा' ले जा।''

यह सुनकर मुक्ता तो शर्म से ऐसे पानी-पानी हो गई जैसे उस चटपटे व्यंजन को चखे बिना ही दाँतों के नीचे तीखी हरी मिर्च आ गई हो। लपकती हुई रसोई में गई और दबे स्वर में कहने लगी–

''तुम भी ताई हद करती हो, मेरी सहेली भला यह सब खाती है।''

''लो, ई कोनो खराब चीज है जो वह नहीं खाएगी। तू तो बड़े मन से खाती है, अच्छा चल इसके साथ खजूर-निमकी भी ले जा।''

यह सुनकर मुक्ता की परेशानी का अंत नहीं रहा। यह ठीक है कि रोज कॉलेज से आकर वह कटोरा भर लाई-चना गपागप खा जाती है, पर उसकी इस कॉन्वेंट ऐजुकेटेड मॉरीशन सहेली के सामने अपना यह चटोरा रूप कैसे दिखा दे, यह ताई समझती ही नहीं। थोड़ा-बहुत मुक्ता की माँ जो कि इस घर की मँझली बहू थीं, वह समझती थीं। बड़ी जिठानी का मान रखते हुए वह मुक्ता की समस्या का समाधान करने की कोशिश करते हुए बोलीं–

''क्यों री रोज तो यही खाती है तू, आज क्या हो गया। जाने दीजिए दीदी, इतनी मेहनत से आपने भूजा बनाया, इसे नहीं खाना है तो कल से मत बनाइएगा इसके लिए।''

''हाँ मत बनाना।'' मुक्ता तुनककर बोली।

''अच्छा चल पकौड़ी बना दूँ।'' माँ बोली तो मुक्ता ने पूछा।

''छोटी चाची कहाँ गई।'' अपनी ग्रेजुएट छोटी चाची पर मुक्ता को अगाध भरोसा था, जो स्कूल में टीचर थी।

''आ रही है, अभी स्कूल से आकर जरा आराम कर रही है।''

''ब्रेड है।''

''ब्रेड, लो ब्रेड कहाँ से होगा, घर में कोई बीमार थोड़े ही है।'' ताई गाल पर हाथ रखकर बोली।

''क्यूँ, बीमार हुए बिना ब्रेड नहीं खाया जाता। छोटू को भेजकर ब्रेड मँगवा लो और चाची से कहो सैंडविच बना दें।'' यह कहकर मुक्ता पाँव पटकती वापस अपने कमरे में आ गई। आकर देखा तो केतकी उसकी उस पाँच वर्षीया चचेरी बहन पिंकी की कटोरी से लाई-चना लेकर बड़े मजे से खा रही है। मुक्ता को देखते ही बोल उठी–

''डेलिशियस।''

"क्या?"

"यही, मेरे लिए भी लाओ ना।"

मुक्ता तो जैसे आसमान से गिरी, बोली, "तुम–तुम यह सब खाओगी?"

"क्यों नहीं मुझे तो बहुत पसंद है, खाया तो पहले भी है, पर इतना टेस्टी नहीं।"

अब मुक्ता क्या करे, अभी तुनककर जिस चीज को रसोई में छोड़ आई है, अब वापस जाकर फिर से कैसे माँगे। रसोई में केवल चाची होती तो फिर भी हिम्मत करती, पर माँ और ताई भी जरूर उपस्थित होंगी, और हमेशा की तरह मुक्ता की ही चर्चा हो रही होगी, "कि ससुराल में इस नकचढ़ी लड़की का निबाह कैसे होगा।" इसलिए वह बोली–

"तुम यह सब क्या खाओगी, तुम्हारे लिए सैंडविच बनवा रही हूँ।"

"मैं तो यही खाऊँगी, जाओ पिंकी, आंटी से मेरे लिए भी माँग लाओ।"

खैर मुक्ता को अपना मान गँवाकर दुबारा रसोई में नहीं जाना पड़ा था। हँसती-मुस्कुराती, गदबदी पिंकी बड़ी ही सावधानी से दोनों हाथों में दो प्लेट पकड़े हुए आई और उस अनोखे व्यंजन को लाकर उनके बीच रख गई। यह देखकर मुक्ता ने एक बार फिर राहत की साँस ली थी कि "गनीमत, ताई ने प्लेट के साथ चम्मच भी लगाकर लाई-चना भेजा। कटोरों में ही नहीं डाल दिया।"

पीछे से पानी का गिलास उठाए छोटू को देखकर उससे बोली, "चल, पानी यहीं रख दे, और सुन, चाय बन जाए तो यहाँ भी दे जाना।"

शुरू-शुरू में मुक्ता जब भी केतकी को घर लाती तो इसी तरह असहज हो उठती। धीरे-धीरे उसने गौर किया कि उसकी उलझन फिजूल है। जिन बातों को वह टालने की कोशिश करती, केतकी को उन्हीं बातों में दिलचस्पी होती। उसे मुक्ता के घर की हर चीज भाती, उसका घर, आँगन, यहाँ तक कि आँगन में लगा हुआ तुलसी का पौधा, केले का पेड़, नीम के पेड़ पर बैठे हुए सुग्गे, सभी केतकी के लिए आकर्षण का केंद्र थे। मुक्ता के ताऊजी का बनवाया हुआ पुराने ढंग का मकान था। लंबे-चौड़े बरामदे, खुले हुए हवादार कमरे, बड़ा-सा आँगन, पिछवाड़े छोटा सा किचन गार्डन। और इस बड़े-से मकान को घर बनाता हुआ बड़ा-सा सम्मिलित परिवार। धीरे-धीरे केतकी को सभी ने बड़े मन से अपना लिया। यहाँ तक कि दादी ने भी। हाँ थोड़ी सी पूछताछ उन्होंने अवश्य की थी। पहली बार केतकी के होस्टल लौट जाने के बाद उन्होंने मुक्ता को फिर से घेरा–

"क्यों री मुक्ती, तुम्हारी ई सहेली कौन जात की है?"

"कहा न दादी मॉरीशन है।"

"माने।"

"माने विदेशी है।"

"तो अंग्रेज है।"

"नहीं दादी, विदेशी सिर्फ अंग्रेज नहीं होते, और भी होते हैं।"

"एकके बात है, सब विदेशी एकके न होते हैं। तब तो क्रिशिचन होगी।"

"अब ये हमें क्या मालूम, कोई जरूरी है कि क्रिश्चियन ही हो।"

"होगी ही, विदेसी है तो क्रिशिचन ही होगी।"

यह सुनकर मुक्ता ने हथियार डाल दिए। दादी को समझाना मुश्किल था। वह हर विदेशी को अंग्रेज समझती थीं, और उनके अनुसार सभी विदेशी क्रिश्चियन ही होते हैं। इसलिए केतकी के विशुद्ध भारतीय रूपरंग होने के बावजूद उसे हमेशा विदेशी ही समझती रहीं। गनीमत कि उनके खाने-पीने का बर्तन घर के अन्य सदस्यों से अलग था, वरना वह तो केतकी के लिए शीशे के अलावे स्टील का बर्तन इस्तेमाल ही नहीं करने देतीं। केतकी धीरे-धीरे उसके लिए घर की सदस्य की तरह हो गई थी। अपने घर बनारस वह साल में केवल दो बार जाती थी। गर्मी की लंबी छुट्टियों में या फिर जाड़े की छुट्टियों में। उसी समय एक बार गर्मी की छुट्टियों में मुक्ता जब अपने माता-पिता के साथ बनारस गई तो केतकी के दिए हुए पते पर उससे मिलने चली गई। केतकी तो उन्हें देखते ही बौरा गई थी। वह उन्हें कहाँ बिठाए, क्या खिलाए, सोच-सोचकर परेशान हो गई थी। जबकि केतकी का घर मुक्ता के अनुसार बिलकुल फिल्मों वाला घर था। खूबसूरत बड़ा-सा बंगला, सामने गहरे हरे कार्पेट ग्रास से ढँका हुआ मखमली लॉन। बिलकुल साफ-सफेद दीवारों पर लगे हुए हजारों के तैल-चित्र। किसी फाइव स्टार होटल के लाउंज का आभास देता हुआ ड्राइंग-रूम। गुदगुदे कालीन, लटकते फानूस और केतकी का कमरा तो बिलकुल फिल्मों के कमरे की तरह। पीतल का चमचमाता पलंग, ड्रेसिंग टेबल, लैंप, सॉफ्ट ट्वाएज तथा लंबे वार्ड-रोब वाला कमरा। मुक्ता अकड़ होने के बावजूद मंत्रमुग्ध रह गई थी। किंतु ऐसे सजे-सजाए महलनुमा खामोश घर में केतकी का असहज होना मुक्ता को अटपटा लगा। उसके मम्मी-डैडी दोनों अपने नर्सिंग होम गए हुए थे। केतकी के बार-बार फोन करने के बावजूद कोई नहीं आ पाया। वैसे घर में आया, नौकर, दरबान, खानसामा के अलावे तीन अल्सेशियन कुत्ते भी थे। आया तथा खानसामा को सैकड़ों निर्देश देकर उसने मुक्ता तथा उसके माँ-बाप से खाना खाकर जाने का बहुत आग्रह किया पर उन्होंने विश्वनाथ मंदिर में दर्शन-पूजन करने के बाद ही खाना खाने की बात कहकर माफी माँग ली। मन-ही-मन अपने माँ-बाप के ऊपर कुढ़ती हुई मुक्ता अकेले ही दो बोतल कोका-कोला पी गई थी। करीब घंटे भर रुककर जब वे वापस आने लगे तो केतकी उन्हें मेनगेट तक छोड़ने आई। टैक्सी जब तक मुड़ नहीं गई मुक्ता बार-बार खिड़की से झाँककर उसे देखती रही थी। उस विशाल लोहे के दरवाजे पर चुपचाप बुत की तरह खड़ी केतकी उसे बड़ी अकेली सी लगी थी।

पिछली बातें याद करके मुक्ता ने एक गहरी साँस ली। मन-ही-मन सोचने लगी, जाने यहाँ केतकी का घर कैसा होगा। सुबह होने से कुछ ही देर पहले उसकी आँख लग गई।

सुबह अनुराधा जी के जगाने पर हड़बड़ाकर उठ गई। यह सुबह उसे और सुबहों से अलग लगी। एक पल को आस-पास का परिवेश उसे बड़ा अपरिचित सा लगा। ''मैं तो तैयार होने जा रही हूँ, साढ़े आठ बजे 'विलेज व्यू' के लिए निकलना है, जल्दी करो।''

अनुराधा जी के कहने पर वह चौंक पड़ी। नींद से भारी पलकें पूरी तरह खुल गईं। महसूस हुआ वह अपने घर में नहीं, विदेशी होटल के कमरे में है। यह सुबह कुछ अधिक ही शांत लगी। न बच्चों को स्कूल भेजने की हड़बड़ी, न पति से चाय और अखबार के लिए तकरार, न ही महरी के न आने की आशंका। उसने एक लंबी साँस ली। अपने आपको टटोला। किसी पुलक का अहसास नहीं हुआ। यहाँ आने से पहले जितनी उत्तेजित थी, वह उत्तेजना कहीं खो सी गई थी, अपितु थोड़ी निर्लिप्तता से उसने सोचा कि अभी यहाँ पूरे पाँच दिन रहना है। आज और कल केतकी के साथ बिताना है। केतकी का ख्याल आते ही खोई हुई पुलक लौट आई, थोड़ी व्यग्रता भरी उत्तेजना भी जागी। उठकर खड़ी हो गई, टेबल पर रखे हुए छोटे से टी पॉट से उसने प्याले में चाय उँड़ेली और चाय लेकर खिड़की पर आ खड़ी हुई। खिड़की होटल के पिछले हिस्से की तरफ थी। दूर तक हरियाली, साफ-सुथरी सड़क, तथा ढलवाँ छतों वाले रंग-बिरंगे मकान। नारंगी, लाल, हरी, आसमानी रंग की छतें, जैसे अभी-अभी पेंट की गई हों। बिलकुल एशियन पेंट के विज्ञापन की तरह। चाय का एक बड़ा-सा घूँट भरते ही उसका स्वाद थोड़ा अलग-सा लगा। कुछ-कुछ बोर्नविटा की तरह। उसने वापस आकर प्याला मेज पर रख दिया।

नहा-धोकर उसने अपनी पीले और हरे रंग की कोसासिल्क साड़ी पहनी, साथ में गहरी हरी चूड़ियाँ, गले में हल्की सी चेन तथा कानों में छोटे-छोटे ईयरिंग्स। शीशे के सामने खड़ी होकर बाल सँवार ही रही थी कि कानों ने सुना 'मुक्ती।' और वातावरण में रस और सुगंध दोनों भर गए। घूमकर देखा तो सामने केतकी हँसती हुई खड़ी थी। ''यही कहती थी न तुम्हारी दादी तुम्हें, दैट स्वीट ओल्ड लेडी।'' मुक्ता गहरे अपनत्व से भरकर मुस्कुराई। आज केतकी अपनी एयर होस्टेस वाली यूनिफार्म में नहीं थी। उसने खूबसूरत सफेद और आसमानी प्रिंट का सलवार-कुर्ता पहन रखा था, साथ में लंबा सफेद जार्जेट का दुपट्टा। आँखों में काजल, गहरे नारंगी सिंदूर की रेखा, तथा उसी रंग की बिंदी देखकर मुक्ता चमत्कृत हुई। सहज होकर बोली—

''अच्छी लग रही हो, अपनी लग रही हो, उस दिन तो तुम्हें एयर होस्टेस की पोशाक में देखकर मैं पहचान नहीं पाई थी।''

''पर मैं पहचान गई थी, तुम्हारी तरह बेवकूफ जो नहीं हूँ।''

मुक्ता हँसी।

"तुम भी अच्छी तरह से तैयार हुई हो, और समय से हो गई हो। मैं तो सोच रही थी कि कहीं सो न रही हो। वो सोने को लेकर तुम एक दोहा पढ़ा करती थीं न–

"गोरी शोवे शेज पर, मुख पर डाले केश।
चल खुशरो घर आपने, साँझ भई चहुँ देश।।"

मुक्ता हँसती-हँसती दोहरी हो गई, बोली "हे भगवान, दोहा थोड़ा सही करके पढ़। 'शोवे' नहीं 'सोवै', 'शेज' नहीं 'सेज' और कम से कम 'अमीर खुसरो' को 'खुशरो' तो मत कह, क्या अनर्थ कर रही है।"

"रहने दे, लगी लेक्चर देने। रिक्वेश्ट है तुमसे कहीं जीव और आत्मा का उदाहरण देकर इसका आध्यात्मिक अर्थ मत समझाने लगना। मुझमें यह समझने का धैर्य नहीं है। मैं क्या तुम्हारी स्टुडेंट हूँ। कहीं पढ़ाने-बढ़ाने तो नहीं लगी है। पढ़ने का रोग तो तुम्हें हमेशा से था।"

"नहीं रे, थोड़ी-बहुत कहानियाँ लिख लेती हूँ, कहीं पढ़ाने का अभी अवसर नहीं मिला।"

"तुम कहानियाँ लिखती हो, आई एम इम्प्रेस्ड। नीचे जब तुम्हारा कमरा नंबर पूछा तो रजिस्टर में तुम्हारा नाम डॉ. मुक्ता श्रीवास्तव देखकर तो मैं निराश ही हो गई थी कि मेरी 'मुक्ती' अब मुझे मिलने से रही, पर थैंक गॉड तू मिल गई।"

बातों के बीच मुक्ता ने ढीली-ढाली चोटी बनाई, दो जोड़ी कपड़े एयर बैग में रखे, तथा अपना वैनिटी बैग लेकर चलने को तैयार हो गई।

"चलें।"

"चाय नहीं पियोगी।" केतकी की निगाह अनपिये प्याले पर पड़ी।

"नहीं, कैसा तो मिल्क फ्लेवर सा टेस्ट है।"

"वो होटल वालों को मालूम नहीं होगा कि आप सिर्फ 'ग्रीन लेबल' पीती हैं। वो भी शक्कर कम, दूध नाम मात्र को, और ज्यादा पत्ती। है न।"

"तुम्हें याद है।"

"नहीं, भूल गई हूँ।"

दोनों चलने को तैयार हुईं कि किसी ने दरवाजा खटखटाया। सामने मेस वाली महिला खड़ी थी। हाथों में लंबा ब्रश तथा नीली बाल्टी लिए हुए। स्थूल काया, साँवला रंग, लंबा कद, सामान्य चेहरा, छींट की लंबी स्कर्ट तथा उसी तरह का टॉप। सफेद एप्रन बाँधे हुए उस महिला ने भी वही चटख नारंगी सिंदूर लगा रखा था। लाल बिंदी तथा कत्थई लिपिस्टिक। जिस चीज ने मुक्ता को सबसे ज्यादा आकृष्ट किया वह था उसके कानों में पहना गया आभूषण। सोने की तीन नन्ही पत्तियों के बीच जड़ा हुआ लाल नग, बहुत महीन चेन की तीन लटकन के सहारे झूलते हुए सोने के तीन

बुंदे। बीच वाली लटकन बाकी दोनों लटकनों से थोड़ी बड़ी थी। एकदम से मुक्ता को अपनी दादी की याद आ गई। ऐसा ही एक आभूषण उनके पास भी हुआ करता था। बड़े शौक से उन्होंने अपना वह गहना मुक्ता को दिया था। मुक्ता ने उसे 'आउटडेटेड' कहकर एक भव्य शो-रूम में जाकर नए फैशन की बड़ी-बड़ी बालियाँ ले ली थीं। दादी इस बात पर बहुत नाराज हुई थीं, हमेशा की तरह घर की सारी बहुओं ने उनकी नाराजगी में उनका साथ दिया था कि "यह सरासर घाटे का सौदा है, टाँकों के नाम पर सुनार ने आधा से ज्यादा सोना काटकर मुक्ता को ठग लिया।"

आज उस विदेशी महिला का गहना देखकर मुक्ता को अनायास ही वह घटना याद आ गई। उसने सोचा शायद वह चाय के बर्तन समेटने आई है पर उसके हाथों में सफाई का सामान देखकर उलझन में पड़ गई। वह कप उठाकर ट्रे में रखने लगी तो वह महिला बोली–

"छोड़ दीजिए डिडि, हम वॉश करने के बाद उठा लेंगे।"

"पर तुम तो मेस में काम करती हो।"

"हाँ, सफाई भी हम लोग ही करते हैं।"

"कमरे की।"

"हाँ, कमरा, वॉश वेशिन, टॉयलेट सब।"

मुक्ता का सनातनी मन थोड़ा सिहर उठा। किचन और टॉयलेट की सफाई एक ही इंसान को करनी पड़ती है। वही ब्रेकफास्ट बनाते हैं, सर्व करते हैं, और वही स्वीपर का काम भी करते हैं। हिंदुस्तान में ऐसा हो तो। हो सकता है दिल्ली, मुंबई वगैरह में होता हो, पर लखनऊ के महानगर की अनेक गृहस्थियों में या घरों में इस 'मजबूरी' का प्रवेश अभी नहीं हुआ है। विदेश आने के बाद यह पहली बार था जब मुक्ता को अपने देश, अपना शहर और अपने घर की इस दुर्लभ सुविधा की याद आई जो विदेश में असंभव थी। मुक्ता को सोच में पड़ा देखकर वह बोली–

"आप लोग जाओ डिडि, कमरा लॉक करके 'की' हम काउंटर पर जमा कर देंगे।"

"चलो अब।" केतकी उसे लगभग खींचते हुए बोली।

"हाँ-हाँ चलो।" वह केतकी के पीछे सीढ़ियाँ उतरने लगी।

"नाश्ता नहीं करोगी।" केतकी शरारत से मुस्कुराई।

"नहीं मन नहीं है।"

"क्यों उस महिला ने सही बात बता दी इसलिए।"

"धत्त मैं क्या इतनी दकियानूसी हूँ, दरअसल मुझे यह बात मालूम नहीं थी।"

"मालूम होती तो।"

"तो क्या, कुछ भी नहीं, मैं भूखी थोड़ी रहती, कल उसी के हाथों बना हुआ नाश्ता किया है तो आज भी कर लूँगी।"

"गुड गर्ल, वैसे तुमने क्या सोचा था, यह तुम्हारे शहर का 'माड़वाड़ी होटल' है जहाँ ब्राम्हन खाना बनाता है, और जमादार सफाई करता है।"

"अरे नहीं, तुम भी बस, अच्छा चलो मेस में जाकर सबसे कह दूँ कि मैं तुम्हारे साथ जा रही हूँ।"

डाइनिंग हाल में पहले दिन की तरह ही चहल-पहल थी। अनुराधा जी ने देखते ही पुकार लिया–

"आइए मुक्ता जी, बड़ी देर लगा दी तैयार होने में।"

"हाँ, ये मेरी सहेली है केतकी, आज मैं इसके साथ जा रही हूँ, परसों सुबह आ जाऊँगी।"

"इसका मतलब आप हमलोगों के साथ नहीं जाइएगा। हमलोगों का आज और कल घूमने का प्रोग्राम है न।"

"नहीं ये दो दिन मैं इसके साथ रहूँगी।"

"दो दिन ऐसे ही बरबाद कर दीजिएगा, मॉरीशस नहीं घूमिएगा।" अनुराधा जी दो टूक बोलीं।

"दरअसल ये दो दिन कॉन्फ्रेंस का कोई सेशन नहीं है न, इसलिए सोचा मैं अपनी सहेली का घर देख लूँ।"

"और शाम का सांस्कृतिक कार्यक्रम, उ तो रोज है।"

"कोई बात नहीं परसों देख लूँगी।"

"जैसी आपकी मर्जी।" अनुराधा जी उस पर तरस खाते हुए बोलीं।

प्रो. तिवारी बोले, "कोई बात नहीं, आप जाइए मुक्ता जी, परसों सुबह नौ बजे तक आ जाइएगा। आपका पेपर पहले सेशन में ही है।"

"मैं पहुँचा दूँगी इन्हें समय से। आप सब भी मेरे घर आने का समय निकालिए न।" केतकी बड़ी विनम्रता से बोली।

"जी जरूर, समय मिलेगा तो हम सब आएँगे। आप लोग नाश्ता लीजिए।"

कुछ उन लोगों की बात रखने के लिए तथा कुछ केतकी तथा स्वयं अपनी गलतफहमी को दूर करने के लिए मुक्ता केतकी को साथ लेकर उन सबके साथ बैठ गई। चाय पीने की इच्छा नहीं हुई। शीशे के जग में 'पाईन एपल' जूस था, उसने अपने लिए एक गिलास में भर लिया। बिस्कुट की प्लेट में से दो पीस उठा लिए। केतकी ने कॉफी ली, साथ में 'आमलेट'। नाश्ता करते हुए केतकी बड़ी विनम्रता से बातें करती रही, मुक्ता को लगा ही नहीं कि यह वही केतकी है जो उसकी किसी बात का सीधा जवाब नहीं देती है।

डाइनिंग हाल से बाहर निकलने पर उन्होंने देखा कि दोनों वैननुमा बसें आ चुकी हैं। कुछ लोग पहले से उसमें बैठ चुके हैं। होटल के मेनगेट के पास ही केतकी की छोटी-सी गहरी नीली कार खड़ी थी। कार का दरवाजा खोलकर उसने पहले मुक्ता

को बिठाया फिर स्वयं ड्राइविंग सीट पर बैठ गई। कार स्टार्ट करने से पहले उसने सीट-बेल्ट बाँध ली, तथा मुक्ता से बोली–

"तुम भी सीट बेल्ट बाँध लो।"

"ऐसे ही ठीक है।"

"नहीं, नहीं बाँध लो।"

"लखनऊ में तो मैं कभी नहीं बाँधती और फिर ये कोई तुम्हारा प्लेन थोड़े ही है।"

"जी नहीं, न तो यह आपका लखनऊ है न ही मेरा हवाई जहाज। पर यहाँ अगर ट्रेफिक पुलिस ने तुम्हें बिना सीट बेल्ट बाँधे देख लिया तो सीधे फाइन कर देगा। पर्स तो तुम्हारा खासा बड़ा है, फाइन देने के लिए पैसे साथ लाई हो।"

"नहीं, पैसे भी नहीं हैं।" मुक्ता शरारत से बोली।

"तो फिर जेल जाना पड़ेगा। फिर पढ़ती रहना कॉन्फ्रेंस में पेपर और जाती रहना लखनऊ, ठीक।"

"यहाँ वाकई ऐसा सख्त कानून है।" मुक्ता सीट बेल्ट बाँधती हुई बोली।

कार चिकनी सड़क पर फिसलती हुई चल पड़ी। पंद्रह मिनट में 'फ्लीक एम फ्लैक' की बस्ती पीछे छूट गई। कार गन्ने के खेतों के बीच की सड़क पर आ गई।

"ये यहाँ के गाँव का रास्ता है।"

"नहीं मेन रोड है।"

"कमाल है, यहाँ सड़कों पर इंसान नजर ही नहीं आते हैं।"

"गाड़ियाँ नजर आती हैं कि नहीं।"

"हाँ बहुत, एक से एक।"

"तो यहाँ इंसान गाड़ियों के अंदर होते हैं। पैदल, या रिक्शा, साइकिल पर चलने वाली भीड़ तुम्हें कहीं दिखाई नहीं देगी। ये रौनक तो बस हिंदुस्तानी शहरों की किस्मत में है।"

"तुम्हारा घर कितनी दूर है।"

"बीस किलोमीटर और जाना है।"

"उस जगह का नाम क्या है?"

"कात्रीवोर्न।"

"फ्लीक एम फ्लैक से काफी दूर है।"

"हाँ है तो, वैसे यहाँ एक शहर से दूसरे शहर की दूरी अधिकतम चालीस-पैंतालीस किलोमीटर है।"

"बस।"

"बस, पूरा मॉरीशस इतना ही बड़ा आईलैंड है कि अगर तुम्हारी कार लगातार चालीस किलोमीटर से अधिक चल गई तो तुम कार सहित सीधे समुद्र में जा गिरोगी।"

"अरे रे, क्या कह रही हो।"

"क्यों डर गईं, मैं क्या तुम्हें सचमुच समुंदर में गिराने ले जा रही हूँ, स्टुपिड, मरने से इतना डरती हो!"

अरसे बाद केतकी के मुख से 'स्टुपिड' शब्द सुनकर मुक्ता को उससे गाढ़ी अभिन्नता का एहसास नए सिरे से हुआ। हँसते हुए बोली–

"ये गिरने, मरने के अलावे तुम्हें कोई और उदाहरण नहीं सूझता।"

"जब मैं स्वयं रोज गिरने, डूबने और मरने से बचती रहती हूँ तो और क्या उदाहरण दूँ, बोलो।"

"क्या मतलब?"

"एयर मॉरीशस का प्लेन जब यहाँ से उड़ता है तो पूरे पाँच-साढ़े पाँच घंटे बाद उसे इंडिया की धरती नसीब होती है, उसके पहले केवल समुंदर ही समुंदर। गहरा नीला, हरा, आसमानी, जाने कितने ही रंगों का समुंदर। इंडिया पहुँचने से पहले अगर वह किसी कारणवश गिरा तो सीधे समुंदर में जाकर गिरेगा। फिर इस एयर मॉरीशस की विमान संख्या-751 को 'टाईटेनिक' बनते देर नहीं लगेगी, समझीं आप।"

"क्यों गिरेगा ही क्यों और डूबेगा भी क्यों? बचने के कई उपाय तो हैं। लाइफ जैकेट, पैराशूट और जाने क्या-क्या? तुम्ही लोग तो यात्रियों को बताती हो।"

"हाँ बताती हूँ, पर कोई इन बातों को सुनता भी है।"

"नहीं सुनता।"

"जी नहीं, क्योंकि सबको पता है कि अगर प्लेन क्रैश हुआ तो क्या होना है, मुझे भी। ये सब सिर्फ कहने-सुनने की ही बातें हैं। मुसीबत के वक्त कुछ याद नहीं रहता।"

"फिर भी रोज ये जोखिम उठाती हो।"

"उठाना पड़ता है। अपने बाल-बच्चों के लिए सब करना पड़ता है।"

"तुम्हारे बच्चे।"

"दो नौनिहाल हैं, एक बेटा और एक बेटी।" बच्चों का जिक्र करते हुए केतकी का चेहरा अनायास ही चमक उठा।

"और तुम्हारे पति।"

"बिजनेस करते हैं। इनका लकड़ी के फर्नीचर का काम है।"

कार खेतों के बीच से निकलकर किसी बस्ती में आ गई थी। साफ-सुथरी सड़क। कतार में बने हुए दोमंजिले घर। घरों के अहाते में लगे हुए पेड़-पौधे। खासकर आम के पेड़ों में आम लगे हुए देखकर मुक्ता को आश्चर्य हुआ। फरवरी के महीने में भारत में आम तो क्या अमियाँ भी नहीं दिखतीं। सड़कें वैसी ही सूनी, इक्का-दुक्का लोग आते-जाते दिख जाते। कार एक साफ-सुथरी कॉलोनी में आकर एक घर के सामने रुक गई। घर के ठीक सामने एक पार्क था। पार्क की बाउंड्री के पास एक

बड़ा-सा, गहरे हरे पत्तों वाला पेड़ था। उसके हल्के पीले-सफेद फूल देखकर मुक्ता को याद आया, पटना के उस घर के सामने की सड़क पर भी ठीक वैसा एक पेड़ हुआ करता था। अचानक ही वह परिवेश मुक्ता को बड़ा अपना सा लगने लगा।

केतकी के घर के दरवाजे पर लगी नेमप्लेट पर उसकी निगाह गई। 'गणपति रामआधार' नाम लिखा देखकर मुक्ता ने सोचा यह शायद केतकी के पति का नाम होगा। डोरबैल बजाने पर ग्यारह-बारह बरस की लड़की ने दरवाजा खोला। हँसती हुई वहीं से अंदर की ओर मुँह करके बोली–

''मम्मी और मम्मी की फ्रेंड आ गईं।''

''मेरी बेटी है देवयानी।''

तब तक अंदर से सात-आठ वर्ष का एक बच्चा खरगोश की तरह कूदकर निकल आया।

''और ये है केशव।''

केशव ने बहन की देखा-देखी हाथ जोड़ दिए।

''गुड मार्निंग आंटी।''

''फिर आंटी, क्या कहा था मैंने।'' केतकी ने आँखें तरेरीं।

''ओ सॉरी, मौसी।'' दोनों बच्चे एक साथ ही बोल उठे।

अंदर आकर मुक्ता बैठ गई। केतकी भीतर गई तो दोनों बच्चे उसका अनुसरण करते हुए ऐसी तत्परता से अंदर गए जैसे बहुत ही व्यस्त हों। मुक्ता ने कमरे को ध्यान से देखा। खासा बड़ा-सा ड्राइंग कम डाइनिंग रूम। एक तरफ खूबसूरत लकड़ी का नक्काशीदार सोफा, कुछ-कुछ वैसा ही जैसा भारत में सहारनपुरी सोफे होते हैं। साथ में सुंदर पैचवर्क की चादर से ढँका हुआ दीवान। शीशे की टॉप वाली सेंटर टेबल। दो तरफ की दीवारों पर सुंदर पेंटिंग्स लगे थे। एक तरफ की दीवार पर पूरी दीवार को घेरता हुआ बुकशेल्फ, जिसमें करीने से किताबें सजी हुई थीं तथा चौथी दीवार पूरी की पूरी शीशे की। शीशे के बाहर आँखों को ठंडक देता हरा-भरा गार्डन तथा शीशे को भीतर से ढँकते हुए खूबसूरत लेस की झालर वाले सुंदर सफेद नेट के परदे। और जिस चीज ने मुक्ता को सबसे अधिक प्रभावित किया वह थी पूरे कमरे में व्याप्त भीनी-भीनी चंदन की सुगंध। मुक्ता ने निगाहें दौड़ाईं तो पाया एक कोने में स्टैंड पर रखी हुई गणेश जी की मूर्ति के आगे चार-पाँच अगरबत्तियाँ एक पीतल के अगरबत्ती स्टैंड पर जल रही हैं। मुक्ता यह सब देखकर थोड़ी चकित हुई। केतकी जैसी अल्हड़ लड़की से ऐसी सुरुचिपूर्ण सज्जा की उम्मीद उसे नहीं थी।

करीब पाँच मिनट में केतकी हाथों में ट्रे लिए निकल आई। पीछे-पीछे दोनों बच्चे। ट्रे में लंबे-लंबे काँच के दो गिलासों में नारंगी रंग का कोई शरबत ऊपर बर्फ के तैरते हुए टुकड़े। ट्रे टेबल पर रखते हुए बच्चों से बोली–

''ये तुम दोनों मेरे पीछे-पीछे क्यों घूम रहे हो। जाओ गाड़ी में से मौसी का

सामान निकाल लाओ।''

शरबत का गिलास थामते हुए मुक्ता को लगा कि वाकई उसे प्यास लग आई थी। एक बड़ा-सा घूँट भरते हुए उसने कहा।

''घर बड़ा सुंदर सजा रखा है।''

''थैंक्स।'' केतकी बड़ी अदा से बोली।

''ये किताबों का कलेक्शन किसका है, तुम्हारा।''

''यह, आफकोर्स, मेरा है, घर आए मेहमानों को इम्प्रेस करने में बड़ा काम आता है।''

''धत् ये क्या बात हुई।''

''यही बात है जी, पढ़ने-लिखने का इतना ही शौक होता तो मैं भी तेरी तरह डॉ. केतकी रामआधार होती, अंडरस्टैंड।''

''तो क्या हुआ, इतनी अच्छी नौकरी कर तो रही हो। मेरी तरह घर थोड़े ही बैठी हो गृहस्थिन बनकर।''

''गृहस्थिन, यू मीन हाउस वाइफ। लकी गर्ल। यहाँ मॉरीशस में होती तो यह सुख नहीं उठा पाती।''

''क्यों?''

''क्योंकि यहाँ सभी काम करते हैं। औरत-मर्द सभी।''

''जरूरी है, और फिर सभी को काम मिल जाता है आसानी से।'' कहते हुए मुक्ता को अपने देश की याद आ गई, जहाँ नौकरी आकाश कुसुम हो गयी है।

''हाँ, जरूरी इसलिए है कि अच्छे रहन-सहन का शौक सभी को है। और नौकरी मिल इसलिए जाती है कि काम को लेकर छोटे-बड़े का भेद-भाव नहीं है। अब मेरे ही परिवार को लो, हम सभी सात देवरानी-जिठानी ही नहीं, सास, चाची, बुआ सभी कुछ न कुछ काम करती हैं, वो चाहे घर के बिजनेस में हाथ बँटाना हो या फिर स्कूल में पढ़ाना।''

''तुम सात देवरानी-जेठानी हो।''

''हाँ, मेरे ससुर के तीन भाई और दो बहनें हैं, सबके बच्चों को मिलाकर खासा बड़ा परिवार है।''

''सभी साथ रहते हैं।''

''नहीं, सभी का अपना-अपना घर है, वक्त जरूरत सभी एक-दूसरे के घर जाते-आते हैं।''

''तुम्हारे सास-ससुर।''

''यही हैं, यहाँ से करीब दो किलोमीटर की दूरी है। एक देवर है, कानपुर से इंजीनियरिंग करके आया है, यहाँ एक फर्म में जॉब मिल गई है उसे। पीर्टतुई में रहता है। अब तुम बताओ, घर में सब कैसे हैं। बच्चे कितने बड़े हो गए।''

"बेटी है तुम्हारी देवयानी से थोड़ी सी बड़ी, उससे छोटा बेटा है।"

"और तुम्हारे इनलॉज वहीं हैं न लखनऊ में ही।"

"हाँ।"

"सभी साथ ही रहते हैं।"

"हाँ, सभी एक ही जगह रहते हैं।"

जाने क्यों यह कहते हुए मुक्ता ने नजरें चुरा लीं।

"और पटना में सब कैसे हैं, वह तुम्हारा नंदन कानन सा गुलजार घर।"

"सभी अच्छे हैं।" कहते हुए मुक्ता के भीतर फिर कुछ टूटा, मन में सोचा सभी क्या पहले जैसा है? केतकी को कैसे समझाए कि जमीन के उस चौकोर टुकड़े में बना हुआ वह नंदन कानन सा घर तीन भाइयों के बीच तीन विषम भागों में बँट चुका है। उसे सोच में डूबी हुई देखकर केतकी बोली–

"क्यों, भूख लगी है, होटल में तो मारे नफासत के जूस पीकर ही उठ गई थी। ये प्रतिष्ठा में प्राण देने की आदत अभी भी गई नहीं तुम्हारी।"

मुक्ता को हँसी आ गई। 'प्रतिष्ठा में प्राण देना' ये मुहावरा तो मुक्ता की ताईजी का प्रिय मुहावरा था। केतकी को अब तक याद है।

जब तक केतकी ने खाने की तैयारी की उसके पति गणपति आ गए। खूब ही खुश होते हुए मुक्ता से मिले। यद्यपि मुक्ता ने जैसा अनुमान लगा रखा था उससे अलग ही व्यक्तित्व था गणपति रामआधार का। वे केतकी की तरह चुस्त-दुरुस्त नहीं, थोड़ा भारी शरीर के गहरे साँवले व्यक्ति थे। पहनावा भी फैशनेबुल नहीं, सामान्य कत्थई टी शर्ट तथा क्रीम शेड की पतलून। लंबाई में केतकी के बराबर ही लगे। उस भारी-भरकम करीब चालीस वर्षीय पुरुष के चेहरे पर बच्चों-सी मुस्कान थी, खुशी और कौतूहल से मिली-जुली। खाने की टेबल लगाने में केतकी की मदद करते रहे। बड़े ही आग्रह से उन्होंने मुक्ता से खाने के लिए कहा, मुक्ता टेबल के पास आकर खोई हुई सी खड़ी रही। कैसी तो एक चिर-परिचित, भूली-बिसरी सुगंध ने मुक्ता को मानों मुग्ध कर दिया। खाने की टेबल पर निगाह डाली तो फिर एक बड़ा ही परिचित-सा अहसास हुआ। केतकी ने भोजन किसी महँगे डिनर सेट में सर्व नहीं किया था। बाकायदे स्टील की थालियाँ परोसी थीं, कटोरियों के साथ। सादे चावल, अरहर की दाल, सूखे आलू, लौकी की हरी सब्जी, बैंगन बड़ी की मसालेवाली सब्जी, आम का अचार, तले हुए पापड़ तथा दही।

पहला कौर मुँह में धरते ही मुक्ता चौंक उठी। अरहर की दाल की यह सोंधी खुशबू। यह तो उसकी बड़ी ताई जी की हाथ की खासियत थी। पहले दिन जब केतकी हॉस्टल से मुक्ता के घर आई थी तो उन्होंने उन दोनों सखियों के लिए बड़े मनोयोग से दो थालियों में भोजन परोसा था। कमोबेश यही सब व्यंजन थे जो आज यहाँ केतकी ने परोसे थे। मुक्ता जहाँ नाक-भौं सिकोड़ती हुई चम्मच लेकर खाने

बैठी थी, वहीं केतकी दाल का पहला चम्मच मुँह में रखते ही खुश हो गई थी। मुक्ता को आश्चर्यचकित करती हुई पूरी कटोरी उठाकर गटागट पी गई थी। ताई ने हँसते हुए और दाल परोसी तो बोल उठी–

"इतनी टेस्टी दाल तो मैंने कभी खाई ही नहीं आंटी। कौन-सी दाल है यह।"

"अरहर की बचिया।"

"पर अरहर की दाल तो हमारे होस्टल में भी बनती है, वो तो ऐसी नहीं होती।"

"उ सब बईसे अरवा ही राँध देते हैं न। हम तो भूँज के बनाते हैं।"

"भूँज के माने फ्राई करके।"

"हाँ-हाँ वही।" मुक्ता उतावली हो बोल उठी।

"अरे नहीं रे मुक्ती। फराई करके नहीं। तू तो कुछो नहीं समझती है। यही ढंग रहा तो सासुर में वास नहीं होगा।" बड़ी ताई ने अपनी सनातन चिंता व्यक्त कर दी। मुक्ता नाराज हो गई थी।

"तो कैसे बनाई है तुम्हीं बता दो।"

बड़ी ताई उसकी नाराजगी से बेपरवाह होकर इत्मीनान से बताने लगी थीं–

"अरहर की दाल को पहिले हम कढ़ाई गरम करके थोड़ा भूँज लेते हैं, तेल-घी नहीं डालते हैं, वईसे सूखा ही भूँज लेते हैं। उसके बाद थोड़ा ठंडा करके तब चढ़ाते हैं। जब पूरा गल जाता है तब अच्छी तरह से मिला के दो लाल मिर्चा सूखा हुआ, तनी जीरा, और तेजपत्ता चुटकी भर हींग को घी में खूब गरम करके तब छौंक देते हैं, बस, हो गया। इसमें कौनो मेहनत थोड़ी है बचिया।"

केतकी बड़े मनोयोग से सुनती रही थी। मुक्ता अवश्य कुढ़ती रही। अपनी ऐसी स्मार्ट सखी को 'बचिया' कह के संबोधित करना उसे एक आँख नहीं भाया था। यह बड़ी ताई भी एक ही हैं बस। किसी ने कुछ पूछा नहीं कि लगेंगी खुश होकर उसका पूरा बखान करने। जैसे अरहर की दाल न हुई, चुनाव विश्लेषण हो गया। उसे पूरा विश्वास था कि केतकी ने यूँ ही पूछ लिया होगा। पर आज उसे महसूस हुआ कि केतकी ने यूँ ही नहीं पूछा था, बड़े ध्यान से उसे मन-ही-मन नोट भी कर लिया था। तभी तो आज इतने वर्षों बाद हुबहू वही स्वाद मुक्ता के सामने है। दाल से लेकर आम के अचार तक का स्वाद मुक्ता को बार-बार उन भूले-बिसरे दिनों की याद दिलाता रहा। सुबह उसने ठीक से नाश्ता नहीं किया था, भूख कुछ अधिक ही लग आई थी।

भोजन के बाद घर के अंदर बरामदे में लगी हुई वाशवेसिन में हाथ धोने आई तो आँगन की तरफ निगाह पड़ गई। आँगन में लगी हुई तुलसी, लीची तथा आम के पेड़। आम के पेड़ में नन्ही-नन्ही अमियाँ लगी हुई थीं। उसे देखते हुए उसके मुँह से बेसाख्ता निकल पड़ा–

"अरे यहाँ तो आम के पेड़ में अमियाँ लगी हैं।"

"तो आम के पेड़ में लीची लगने चाहिए थे।" केतकी पीछे से बोल उठी।

"अरे नहीं, आम के पेड़ में कहीं लीची लगती है, तुम भी बस।" मुक्ता खुलकर हँस पड़ी।

"ओ हाँ, आम के पेड़ में लीची नहीं लगती। पर लीची के पेड़ में तो लीची लगती है न। फॉर यूअर काइंड इन्फॉर्मेशन। इस साल कुल नौ लीचियाँ लगी थीं इसमें। वो भी पूरी तरह पकने से पहले ही बच्चों ने तोड़कर खा लीं।"

"बड़ा सुंदर आँगन है तेरा।" मुक्ता वाकई मुग्ध थी।

"पर तुम्हारे उस पटना के घर से अधिक सुंदर नहीं है। यहाँ वैसा घना नीम का पेड़ नहीं है, जिसकी कटुक निबौरी खाने सुग्गे आएँ। वो तुम एक कविता पढ़ा करती थीं न—"कहीं भली है कटुक निबौरी, कनक कटोरी की मैदा से।"

मुक्ता हैरानी से केतकी को देखती रह गई। केतकी को उसकी एक-एक बात दो के पहाड़े की तरह याद थी। शब्द-दर-शब्द, पंक्ति-दर-पंक्ति। मुक्ता की हैरानी को बढ़ाती हुई केतकी बोली—

"न सही नीम का पेड़, मैंने सुग्गों के लिए वो देखो अमरूद का पेड़ लगा रखा है। पर बहुत कम आते हैं।"

मुक्ता ने देखा आँगन के कोने में एक अमरूद का पेड़ लगा था। केतकी का जिस तरह से अपने आँगन के पेड़-पौधों से लगाव था, वैसी उम्मीद मुक्ता को बिलकुल नहीं थी। सुघड़ हाथों से रसोई समेटती केतकी को वह मंत्रमुग्ध सी देखती रही। उसे अपने लखनऊ वाले घर की अनायास ही याद आ गई जिसके पीछे जो थोड़ी-सी जगह बची थी उसे उसने जिद करके पक्का करवा दिया था ताकि मेंटिनेंस में सुविधा रहे। यही नहीं, जब तक परिवार सम्मिलित था गमले में लगे हुए एकमात्र तुलसी के पौधे में भी जल डालने, दीप जलाने को लेकर घर की तीनों महिलाओं में रोज झिक-झिक होती थी। मुक्ता ने जबसे अलग गृहस्थी बसाई है उसने शायद ही कभी सांझ का दिया जलाया है। रसोई में भी देर तक रहने का धैर्य नहीं है उसमें। जितने व्यंजन आज केतकी ने परोसे उतने व्यंजन तो वह कभी पर्व त्योहारों पर भी नहीं बनाती। सुबह ब्रेड, कार्नफ्लेक्स का नाश्ता करके विशाल दफ्तर के लिए तथा बच्चे स्कूल के लिए निकल जाते हैं। विशाल को पराँठे पसंद हैं आलू, गोभी, मेथी के। पर वह शायद ही कभी बनाती है। दोपहर में जैसे-तैसे दाल-चावल के साथ कोई सब्जी बना लेती है। थोड़ी अधिक मात्रा में ही बना लेती है ताकि रात के भोजन के लिए अलग से मेहनत न करनी पड़े। वैसे अगर उसका बस चले तो वह तो रोज रात का खाना बाहर ही खाए। बच्चों को तो वैसे भी पीज्जा, बर्गर, नूडल्स वगैरह ही अधिक पसंद हैं पर एक तो जेब रोज बाहर खाने की इज़ाजत नहीं देती दूसरे स्वयं विशाल इस मामले में एकदम पुरातनपंथी है। खाने के लिए कितनी ही नई और महँगी डिशेज क्यों न हो जब तक चावल-दाल-रोटी-सब्जी न हो उसका

तो पेट ही नहीं भरता। मन-ही-मन जाने कितनी ही बातें सोचती हुई मुक्ता केतकी को जल्दी-जल्दी काम निपटाते हुए देखती रही। अनायास ही मुक्ता को केतकी के बनारस वाले घर की याद आ गई। मात्र तीन व्यक्तियों के परिवार के लिए जाने कितने नौकर थे। केतकी शायद ही वहाँ कभी पानी का गिलास उठाकर पीती हो। किंतु यहाँ अपनी गृहस्थी में केतकी शायद स्वयं ही सारे काम करती है। मुक्ता ने उसके चेहरे पर कोई शिकन, माथे पर कोई बल ढूँढ़ने की कोशिश की, किंतु उसे असफलता ही हाथ लगी। बर्तन समेटकर नैपकिन से हाथ पोंछती हुई केतकी बोली—

"अरे तुम यहाँ खड़ी क्यों हो, चलकर कमरे में बैठो न, मैं अभी आती हूँ।"

"नहीं-नहीं, मैं ठीक हूँ, मैं कुछ मदद करूँ।"

"दो दिन के लिए खींचकर लाई हूँ, मैं क्या तुझे रसोई सँभालने के लिए।"

"लो मैं क्या कोई गैर हूँ, तेरी मदद नहीं कर सकती, तू अकेली लगी हुई है, मुझे अच्छा नहीं लग रहा।"

"रहने दे, ज्यादा तरस खाने की जरूरत नहीं है, शाम को मेड आएगी, बाकी काम वो कर लेगी। हाँ कल तेरी मदद की जरूरत पड़ेगी। क्योंकि कल संडे है और संडे को यहाँ की मेड यानि काम करने वाली महिलाएँ छुट्टी पर रहती हैं।"

"वो सब भी संडे को छुट्टी लेती हैं।"

"हाँ, क्यों, डर गई कि तुझे मसाला पीसना पड़ेगा, बर्तन धोने पड़ेंगे।"

"अरे नहीं, ऐसी बात नहीं है।"

"फिर क्या बात है, हाँ अगर कल खिचड़ी खाने को तैयार हो तो इन कामों से बच सकती हो।"

"तेरे हाथ की खिचड़ी भी खा लूँगी। वैसे जितने व्यंजन तूने मुझे खिलाए कि मन खुश हो गया। तूने स्वयं ये सब बनाया था।"

"नहीं तुम्हारे इंडिया से इंटरनेट पर मँगाया था। ईडियट, सुबह पाँच बजे से उठकर भोजन बनाया, फिर तैयार हुई, पूजा की, फिर तुम्हें लेने गई। और अब खा-पीकर पूछ रही है कि तूने खुद बनाया था, स्टुपिड।"

मुक्ता उसकी खीज का आनंद लेती हुई मुस्कुराती रही। फिर बोली—

"वैसे यह विशुद्ध भारतीय खाना तुम बना सकती हो, आम का अचार तक, मुझे तो इसकी उम्मीद नहीं थी। मैंने तो सोचा था कि कुछ नूडल्स, पीज्जा, बर्गर वगैरह खिलाओगी।"

"वही, वही सब खिलाना चाहिए था तुझे। जानती कि इतनी एहसानफरामोश हो तो वही सब खिलाती तुझे, बेकार में इतनी मेहनत की।"

"नहीं रे, दरअसल तुम्हारे घर आकर यह लग ही नहीं रहा कि मैं विदेश में हूँ। विशुद्ध भारतीय भोजन, और सिर्फ यही क्यों ये तुम्हारा घर, यह आँगन, ये पेड़-पौधे। यह तुलसी, गणेश जी की मूर्ति, लगता है कि उत्तर बिहार का कोई घर-आँगन हो।

तू पक्की गृहस्थिन है, मैंने तो सपने में भी नहीं सोचा था।''

''मैं जो कुछ भी हूँ, सब तुम्हारी वजह से हूँ, समझी।''

''क्या मतलब। तू तो करीब पंद्रह वर्षों बाद मुझे देख रही है।''

''उससे क्या हुआ, देखा नहीं तो क्या। इन पंद्रह वर्षों में हर दिन, हर पल, हर समय तू जो भूत की तरह सवार रही मुझ पर।''

''क्या कह रही है, मैं भूत की तरह सवार रही।'' मुक्ता बेतरह चौंक उठी।

''हाँ मुक्ती।'' केतकी के गले का स्वर धीमा हो गया। बदल गया, तरल हो उठा, बदले हुए स्वर में वह बोल उठी–

''जानती है मुक्ती बचपन में जब-जब तुम्हारे घर जाती थी, तब-तब मन में एक सपना सँजो लाती थी। घर का सपना जब भी देखा तो मन में वही तुम्हारे उस पटना वाले घर का चित्र ही उभरा। तुम्हारा वो घर, वो आँगन, वो नीम का पेड़, मकई के भुट्टे, तुम्हारे दादी, ताई, भाई-बहन, यहाँ तक कि आम का अचार और दाल की कटोरी तक सभी मेरे सपने में आते।''

मुक्ता आश्चर्य से स्तब्ध हो उठी। क्या ऐसा भी कभी हो सकता है। कह क्या रही है केतकी। केतकी के सपनों में उसका वह घर बसा हुआ था जिसके लिए उसके मन में हमेशा एक चिढ़ समाई रहती। घर न हो मानों चिड़ियाघर हो। हर वक्त वो चिल्ल-पों मची रहती कि बस। मुक्ता कभी इसे डाँटती, कभी उस पर मुँह फुलाती। उसका वही घर केतकी के लिए आदर्श था। मुक्ता यह जानकर आश्चर्य के मारे मॉरीशस के इस रंग-बिरंगे समुद्र में गोते न लगाए तो क्या करे। दो अभिन्न सहेलियों के साथ क्या पहले कभी ऐसा हुआ होगा। क्या केतकी जानती है कि स्वयं मुक्ता के साथ इन पंद्रह वर्षों में क्या हुआ? जिस प्रकार केतकी के मन में मुक्ता का वह मायके वाला रंग-बिरंगा घर समाया रहा ठीक उसी प्रकार क्या मुक्ता के मन में केतकी का वह बनारस वाला घर नहीं समाया रहा। केतकी तो कई बार उसके घर गई थी पर मुक्ता को तो बस एक बार मौका मिला था उसके घर जाने का। और उसी वक्त से मुक्ता के मन में, प्राण में, आत्मा में केतकी का वह घर आकर इस कदर समा गया कि आज भी मुक्ता किसी सफेद ड्राइंग शीट पर उस पूरे घर का नक्शा रंग-बिरंगी पेंसिल से हू-ब-हू उतारकर रख सकती है। मन में अचेतन रूप से वही सपना समाया रहा था जो अब जाकर पूरा हुआ था। न झगड़ा, न झंझट, बस तीन या चार व्यक्तियों का छोटा-सा परिवार। गृहस्थी एकदम साफ-सुथरी चकाचक। हर काम वक्त से। हर चीज करीने से। रसोई में गिनती के बर्तन, गिनती की क्राकरी। उसके घर की तरह टोकरी भरकर बर्तन गिलास नहीं, जहाँ दिन-रात चूल्हा जलता रहता और थालियाँ परोसी जातीं। मुक्ता को लगता कि घर की महिलाओं को भोजन बनाने और खाने-खिलाने के अलावे और कोई काम ही नहीं है। केतकी का घर देखकर आने के बाद मन में अनजाने ही एक इच्छा जाग उठी थी कि उसकी

घर-गृहस्थी भी केतकी के मायके की तरह होगी, उसके मायके की तरह भीड़ वाली नहीं। बहुत हद तक उसकी इच्छा पूरी भी हो गई। अपना अलग बंगला न सही, फ्लैट ही सही जिसे उसने अपने ढंग से सजाया-सँवारा है। कुल चार प्राणियों की गृहस्थी। क्या परिवार से अलग होने के पीछे उसकी यही मानसिकता नहीं थी। भले ही अलगाव के लिए वह अकेली ही जिम्मेदार न हो पर उसने अपनी तरफ से इसे रोकने की कोई कोशिश भी तो नहीं की। अपने मन के इस रहस्योद्घाटन पर मुक्ता पहली बार आज स्वयं हैरान रह गई।

भाग-2

रात का भोजन समाप्त होते-होते बारह बज गए। विदेश के प्रवास में मुक्ता की यह दूसरी रात्रि थी, अपेक्षाकृत सहज, शांत और अपनत्व से भरी हुई। दिन में भोजन के बाद गणपति ने कहीं घूमने जाने के लिए पूछा था, पर मुक्ता टाल गई थी। विदेश में मिला यह देशी परिवेश उसे बाँध गया था। दोपहर में जरा आराम करने को लेट गई तो आँख लग गई। उठी तो शाम ढल गई थी। ऐसे गहरी नींद आई कि समय का पता ही नहीं चला। लखनऊ छोड़ने के बाद से करीब तीन दिनों से ठीक से सोई नहीं थी। उठकर बैठ तो गई, पर आँखों में अभी भी नींद भरी हुई थी। निगाहें घुमाकर चारों तरफ देखा, केतकी कमरे में नहीं थी। जाने कब दबे पाँव उठकर चली गई थी।

"तुम अभी भी घोड़े बेचकर सोती हो।" हँसती हुई केतकी सामने चाय का गिलास लिए खड़ी थी।

मुक्ता चौंक उठी।

"लो चाय पियो, गिलास भरकर लाई हूँ, तुम्हारी पसंद का फ्लेवर और काँच का गिलास।"

मुक्ता ने गिलास थाम लिया। चाय की गर्माहट के साथ संबंधों की ऊष्मा भी अंदर तक उतर गई। घूँट भरते हुए बोली–

"वक्त क्या हुआ होगा।"

"साढ़े आठ बजे हैं।"

"अरे इतनी रात हो गई!"

"रात नहीं, शाम। मॉरीशस में आठ बजे तो सूरज डूबता है।"

"ऐसी गहरी नींद सोई कि समय का पता ही नहीं चला। अब लग रहा है कि कितनी थकी हुई थी।"

"हाँ, इसलिए तो पूरा दिन सोकर बर्बाद कर दिया, कहीं घूमने भी नहीं गई।"

"ऐसी बात नहीं है केतकी, तू तो जानती है कि घूमने-फिरने का मुझे कोई खास शौक नहीं है। बल्कि उससे तो अच्छा है इस काँच के गिलास में यह दार्जिलिंग टी पीते हुए तुम्हारी जैसी सहेली के साथ मिलकर गप्पें मारी जाएँ। घूमने को सारी दुनिया पड़ी है, तू मुझे फिर कहाँ मिलेगी बोल।"

"तो फिर थोड़ा और सो ले, मैं रात का भोजन बना लूँ फिर तेरे मन की मुराद पूरी करूँगी।"

"चल मैं भी चलती हूँ तेरे साथ रसोई में।" चाय पीकर मुक्ता का सारा आलस जाता रहा। नई स्फूर्ति से भरकर वह उठकर खड़ी हो गई थी।

रात के भोजन की तैयारी केतकी ने पहले ही कर रखी थी। यद्यपि मुक्ता को रात में खाने की इच्छा नहीं थी पर सत्तू का पराँठा और आलू-बैंगन का भुर्ता देखकर उसे भूख लग आई। खाकर तृप्त भाव से बोली—

"बहुत अच्छा बनाया है।"

"हाँ अच्छा तो बनाया ही है, ज्यादा भी बनाया है। रख दिया है तुम्हारे लिए। मुझे पता है तुझे बासी पराँठे ज्यादे पसंद हैं।"

मुक्ता बार-बार अभिभूत होती रही, अंदर-ही-अंदर भीगती रही। खाते-पीते रात के बारह बज गए। पति को केतकी ने आज बच्चों के कमरे में भेज दिया। वो चुपचाप अपना तकिया उठाकर सोने चले, हँसते हुए बोले—

"लगता है आज आपकी सखी जी भरकर मेरी बुराई करेगी।"

"नहीं जी, सिर्फ मैं ही नहीं, हम दोनों ही आज अपने-अपने पतियों की शान में कसीदे काढ़ेंगी।"

मुँह-हाथ धोकर, कपड़े बदलकर केतकी जब सोने आई तो मुक्ता चुपचाप तकिया गोद में रखे हुए बैठी थी। ओढ़ने के लिए अलमारी से चादर निकालती हुई बोली—

"नींद नहीं आ रही।"

मुक्ता ने सिर हिला दिया।

"विशाल की याद आ रही होगी।"

"धत् तुम भी बस, ऐसी कोई बात नहीं है।"

"तो ऐसी मूरत सी क्यों बैठी है।"

"यूँ ही बस। बच्चे सोने चले गए न, घर एकदम से शांत हो गया है।"

"अपने बच्चों की याद आ रही है न।"

"हाँ रे, दोनों को पहली बार इतने दिनों के लिए छोड़कर आई हूँ।"

"तो क्या हुआ, वहाँ घर में दादा हैं, दादी हैं, चाचा हैं, चाची हैं। तेरे पति तो हैं ही। ज्वाइंट फैमिली का यही तो सुख है। बच्चों को जो सुख ज्वाइंट फैमिली में रहकर मिलता है वह और कहीं नहीं।"

जाने क्यों यह सुनकर मुक्ता एकदम से कुछ बोल नहीं सकी। दो पल रुककर

ही बोली—

"मेरी छोड़, अपनी सुना। सुबह से अकेली काम में लगी हुई है, मैंने तो आकर तेरा काम और बढ़ा ही दिया।"

"हाँ, सो तो है।" केतकी ने आँखें झपकाईं।

"आ चल, बैठ अब आराम से।"

केतकी बड़े ही आज्ञाकारी भाव से आकर उसके पास बैठ गई।

मुक्ता उसे थोड़ी देर चुपचाप देखती रही। कमरे में साइड लैंप की धीमी रोशनी थी। केतकी ने खिड़की के पल्ले खोल दिए थे। बाहर से आती समुद्री हवा भली लग रही थी। नेट के परदों से छनकर आती हल्की रोशनी केतकी के चेहरे पर पड़ रही थी। उस रोशनी में केतकी का सलोना चेहरा बड़ा भला, बड़ा ही कमनीय लग रहा था। कभी-कभी हवा में साँय-साँय की आवाज गूँज उठती। बात शुरू करते हुए मुक्ता बोली—

"यहाँ रोज ही ऐसी हवा चलती है। कितना अच्छा लग रहा है।"

"हाँ, रोज ऐसी ही हवा चलती है। बिलकुल तुम्हारे देश में जो कन्याकुमारी नाम की जगह है न, वैसी ही। वहाँ भी ऐसी ही हवा चलती है हमेशा।"

"सिर्फ मेरा देश ही क्यों, तुम्हारा भी तो देश है वह, मायका है तुम्हारा वहाँ।"

"मायका।" केतकी जाने कैसी तो अवहेलना भरी एक हँसी हँसी। फिर गंभीर होकर बोली—

"काहे का मायका और कौन-सा मायका। मेरा अब वहाँ कुछ भी नहीं है।"

"ऐसा क्यों कह रही है, तेरे मम्मी-डैडी तो अब भी वहीं हैं, बनारस में।"

"हाँ, हैं तो सही।"

"फिर, ऐसा क्यों कह रही है।"

"क्योंकि वे दोनों ही अलग हो गए हैं। वे न माँ हैं, न बाप। सिर्फ डॉ. शालिनी मेमसाहब एवं डॉ. प्रतीक साहब हैं।"

"छिः ऐसा नहीं कहते।"

"तो और क्या कहूँ, वे अगर माँ-बाप होते तो उनके लिए अपना ही अहं इतना बड़ा होता कि घर में बड़ी होती अपनी इकलौती बेटी की परवाह किए बगैर हमेशा लड़ते-झगड़ते रहते।"

मुक्ता यह सुनकर एक पल को चुप हो गई। उसकी समझ में ही नहीं आया कि क्या जवाब दे।

"जानती हो मुक्ता जिन लोगों के लिए सिर्फ अपना अहं, जिसे वे शान से स्वाभिमान कहते हैं, वही सब कुछ हो तो उन लोगों को कभी शादी नहीं करनी चाहिए। और अगर यह गलती कर भी लें तो कम-से-कम माँ-बाप नहीं बनना चाहिए।"

"ऐसा क्यों कह रही है केतकी। लड़ाई-झगड़ा किस घर में नहीं होता।"

"क्यों, तुम्हारे घर में कभी होती थी लड़ाई। सब कितने खुश, कितने घुल-मिलकर रहते थे।"

मुक्ता फिर चुप हो गई। केतकी का भ्रम कि उसके घर में कभी लड़ाई-झगड़ा नहीं होता था, तोड़ने की उसकी इच्छा नहीं हुई! केतकी का यह रूप, उसके दिन भर के रूप से बिलकुल ही अलग था। दिन की उस मोहिनी मूरत की छाप अभी केतकी के चेहरे पर बिलकुल ही नहीं थी। वह जैसे दूसरी ही केतकी हो उठी। मुक्ता उसके तमतमाए चेहरे को थोड़ी देर देखती रही, सोचती रही, फिर उसका हाथ थामकर बोली—

"अच्छा पहले की बातें छोड़। ये बता कि तू अब तो खुश है। यहाँ, अपनी इस घर-गृहस्थी में।"

"बहुत, बहुत सुखी हूँ मुक्ती। ईश्वर से दुआ करना कि मेरा यह घर संसार हमेशा इसी तरह बना रहे।"

मुक्ता ने धीमे से हँसते हुए उसका हाथ दबा दिया। हल्की साँवली कोमल कलाइयों में पड़ी हुई दो-दो सोने की चूड़ियाँ उस नीम अँधेरे में चमक उठीं। उनकी चमक का असर केतकी के चेहरे पर भी हुआ। चेहरा फिर पहले की तरह ही कोमल और सलोना हो उठा।

"तुम्हारी अरेंज मैरेज हुई।"

केतकी ने हाँ में सिर हिला दिया, फिर बोली—

"तुम्हारी भी तो अरेंज मैरिज ही हुई।"

"होनी ही थी। मैं तो ऐसे घर की लड़की हूँ जहाँ उस वक्त लड़की अगर प्रेम-विवाह का नाम भी अपनी जुबान पर ले आती तो उसके घर वालों के पास उस इस भयंकर अपराध से रोकने के लिए सौ उपाय थे। गोली से उड़ा देना, जमीन में गाड़ देना, जहर दे देना, जन्म लेने के साथ ही गला नहीं घोंट देने पर अफसोस जाहिर करना और इन सब धमकियों, संवादों के बाद समाज में नाक कट जाने के डर से हाथ-पाँव बाँधकर मड़वे में बिठा देना तो अंतिम और आजमाया हुआ नुस्खा था ही। हम जैसी लड़कियाँ प्रेम-विवाह करने लगतीं तो यह समाज आज के बजाय उसी वक्त रसातल में चला गया होता।"

"ठीक ही कह रही हो, मेरी माँ को यही समझाने वाला कोई नहीं था। फिर भी अपने प्रेम-विवाह से सबक लिया उन्होंने और मेरी शादी समय रहते कर दी। हमेशा एक-दूसरे से छत्तीस का आँकड़ा रखने वाले मेरे माँ-बाप एक इसी बात पर एकमत हो गए।"

"अपने माँ-बाप को हमेशा दोष क्यों देती है केतकी। दोनों डॉक्टर हैं। कितनी अच्छी जोड़ी थी उनकी। अगर उनमें अलगाव हो गया तो यह उनकी तकदीर का ही दोष होगा और क्या।"

"इंसान अपनी तकदीर खुद भी तो बनाता है मुक्ता। कम-से-कम मेरे अभिभावकों ने तो यही किया था।"

"दोनों साथ ही पढ़ते थे।"

"हाँ बी.एच.यू. के मेडिकल कॉलेज में। माँ तो बनारस की ही है। कॉलेज में विदेशियों के लिए जो आरक्षित सीट हैं, उन्हीं की सहायता से पिता का एडमिशन वहाँ हुआ था।"

"वे यहाँ से बनारस पढ़ने गए थे।"

"हाँ अब भी बहुत से विद्यार्थी उच्च शिक्षा के लिए भारत जाते हैं। वैसे भी यहाँ की साठ प्रतिशत जनसंख्या उन भारतीयों की है जिनके पूर्वज भारत से यहाँ आकर बस गए थे। भारत के प्रति उनका आकर्षण स्वाभाविक है। मेरी माँ को पिता के डॉक्टर होने से अधिक उनका विदेशी होना प्रभावित कर गया। मेरे नाना भी बहुत बड़े डॉक्टर हैं और माँ उनकी इकलौती बेटी। बेहद खूबसूरत, महत्वाकांक्षी, डॉक्टर बेटी के लिए अपने देश में वे एक से एक होनहार वर ढूँढ़ सकते थे। पर उन्हें अपनी बेटी की इच्छा के आगे घुटने टेकने पड़े। मेरे पिता को कभी उन्होंने दामाद वाला मान-सम्मान नहीं दिया।"

"फिर।"

"विवाह के बाद यहाँ मॉरीशस आ गए। थोड़े समय तक तो सब ठीक चला। पर अस्थिर प्रवृत्ति की माँ यहाँ से जल्दी ही ऊब गई। साल में तीन-चार बार इंडिया जाती।"

"ये तो स्वाभाविक ही है।"

"देखो ये कोई तुम्हारे लखनऊ से पटना जाने की तरह नहीं है कि जब मन हो ट्रेन से चले गए। यहाँ से इंडिया जाने में खासी बड़ी रकम खर्च हो जाती है। उस वक्त उनकी इनकम इतनी नहीं थी कि वे साल में चार बार इतना खर्च कर सकें। फिर वे जब भी जातीं पापा को भी साथ ले जाना चाहतीं। जो कि उन्हें पसंद नहीं था। किसी तरह छः-सात साल काटने के बाद आखिर उन्होंने इंडिया में ही सेट्ल होने का फैसला कर लिया। जब वे लोग इंडिया लौटे उस वक्त मेरी उम्र छः साल की थी।"

"वहाँ बनारस में अच्छी प्रैक्टिस थी।"

"प्रैक्टिस ठीक ही थी। नानाजी का जमा-जमाया नर्सिंग होम था। वो बंगला, वो गाड़ी, वो सारी शानो-शौकत जो तुमने देखा था वो सब उन्हीं का दिया हुआ था। यहाँ तक कि मेरी बोर्डिंग की फीस तक नानाजी ही भरते थे।"

मुक्ता चुपचाप सुनती रही फिर बोली–

"फिर क्या हुआ। सब ठीक ही तो था।"

"मेरे पिता संवेदनशील इंसान हैं। अपना देश, अपने माँ-बाप, भाई-बहन सब

छोड़ने का दुख उनके मन में हमेशा रहा। मेरी माँ ने कभी इन संबंधों की कदर नहीं की। महत्त्व ही नहीं दिया। धीरे-धीरे उनमें मनमुटाव बढ़ता गया। मेरे पिता बहुत अच्छे पति और बहुत अच्छे पिता हैं मुक्ती। मम्मी की हर इच्छा उन्होंने पूरी करने की हरसंभव कोशिश की। पर मम्मी ने कभी समझौता करना सीखा ही नहीं। उनके लिए अपनी सोच, अपनी इच्छा ही सर्वोपरि थी। पति के लिए, बेटी के लिए भी किसी तरह का समझौता करना उन्हें अपनी हार लगती। मुझे तो लगता है कि विवाह भी उनके लिए एक इच्छा, एक मिशन से अधिक कुछ नहीं था। उनका विवाह उनकी जिद का परिणाम था, उनके प्रेम का नहीं।''

मुक्ता का सनातनी मन माँ-बाप के लिए इस तरह की बात सुनकर सिहर उठा। बरजते हुए बोली—

''नहीं केतकी, माँ-बाप के लिए ऐसा नहीं कहते।''

''मैं किसी दुर्भावना से नहीं कह रही हूँ। बस परिस्थिति बयान कर रही हूँ। कहीं, कुछ तो कमी जरूर रही होगी उनके रिलेशन में। वे इंडिया से मॉरीशस आए, फिर वापस इंडिया लौट गए, पर सुखी नहीं हो पाए। अगर आपस में प्रेम होता तो ऐसा नहीं होता। वे कहीं भी सुख-चैन से रह सकते थे।''

''हो सकता है कोई और बात हो केतकी। उनके रिलेशन में ही कमी हो यह जरूरी नहीं है।''

''बिलकुल ऐसा ही है मुक्ती। आपस में प्रेम होता तो ऐसा कभी नहीं होता। प्रेम तो बहुत बड़ी ताकत है मुक्ता। यह तो इतनी बड़ी शक्ति है कि इंसान इसके सहारे दुनिया के किसी भी कोने में रह सकता है। क्या इंडिगा, क्या गॉरीशरा, कोई फर्क नहीं पड़ता।''

इतनी गूढ़ बात सुनकर मुक्ता हैरान रह गई। फिर हँसते हुए बोली—

''तू तो बहुत समझदार हो गई है रे!''

''इसमें समझदारी की क्या बात है। जो सच है वही कह रही हूँ।''

''तू सुखी है, खुश है, देखकर अच्छा लग रहा है।''

''हाँ मुक्ता। मेरी शादी मेरे दादाजी ने तय की। मेरे पिता इंडिया में मेरी शादी करने को तैयार नहीं हुए। गणपति उन्हीं की पसंद हैं मुक्ता। बाद में माँ को भी सहमत होना पड़ा। और आज तुम्हारे सामने यह स्वीकार करने में मुझे कोई संकोच नहीं है कि मेरे मम्मी-डैडी की जो सबसे बड़ी देन है मेरे जीवन में वह उनका यही निर्णय है कि मेरे लिए सही व्यक्ति का चुनाव करते वक्त वे आपस में लड़े-झगड़े नहीं। इस देश में, इस घर में आकर मुझे वो सब कुछ मिला जिसका सपना मैं बचपन से देखती आई थी। वरना मुझ जैसी लड़की को इतना आदर, इतना मान कौन देता।''

''कैसी बातें करती है केतकी। तुझ जैसी लड़की, तुझमें कमी क्या है। कोई भी परिवार तुम्हें इतनी ही खुशी से अपनाता।''

"कमी कैसे नहीं है। शादी-ब्याह में अब भी लोग लड़की का कुल देखते हैं, उसका खानदान देखते हैं। ऐसा कोई परिचय मेरे पास नहीं था। मेरे पिता समाज के लिए विदेशी ही रहे। जो मतभेद उनके लिए उनका निजी मामला था वह मेरी शादी के मामले में सार्वजनिक हो गया। टूटे हुए परिवार की लड़की को कुलीन घर की कुलवधू बनाने से पहले लोग कई बार सोचते हैं। यही मेरे साथ भी हुआ। माँ-बाप के संबंधों का असर लड़की के संस्कार पर तो पड़ता ही है।"

"कोई जरूरी है कि ऐसा हो।"

"ऐसा ही होता है मुक्ता। सच कहूँ तो लोगों का सोचना गलत नहीं है। दरअसल ऐसे परिवार के बच्चों के मन पर छाप तो होती ही है। वे एक विकल्प लेकर ही बड़े होते हैं।"

"कैसी छाप, कैसा विकल्प।" मुक्ता की समझ में वाकई कुछ नहीं आया।

"टूटे हुए संबंधों की छाप। बच्चों के स्वस्थ मन के विकास के लिए घर में स्वस्थ वातावरण होना बहुत जरूरी है मुक्ता। शादी की अनिवार्यता की बात जब उनके मन में आती है 'कि शादी होनी ही है' तो इस बात के साथ अचेतन रूप से एक विकल्प भी जुड़ा होता है कि 'शादी तोड़ी भी जा सकती है।' "

"ये कोई अच्छी बात या अच्छा समाधान थोड़े ही है।"

"बिलकुल नहीं है। पर हर होने वाली बात अच्छी ही हो कोई जरूरी तो नहीं है। और विकल्प तो हमेशा दूसरे या तीसरे, नंबर का होता है या फिर ये कहो कि मजबूरी होती है। वह श्रेष्ठ कभी नहीं होता, समाधान भी वहीं होता, पर होता है, वह चाहे अच्छा हो या बुरा, मन के किसी कोने में यह विचार मौजूद तो रहता है। मेरे साथ भी ऐसा ही होता। अगर मेरे साथ ऐसा नहीं है तो इसके लिए मैं तुम्हारी कर्जदार हूँ मुक्ता, एहसानमंद हूँ। यह तो ऐसा कर्ज है जिसे मैं कभी चुका ही नहीं सकती।"

"मैं समझी नहीं केतकी।" मुक्ता के आश्चर्य का पारावार नहीं रहा।

"इसमें न समझने जैसा कुछ भी नहीं है मुक्ता। अगर मुझे तुम्हारा साथ नहीं मिला होता, मैंने तुम्हारा घर और तुम्हारा परिवार नहीं देखा होता, उस संयुक्त परिवार में फलते-फूलते संबंध नहीं देखे होते, तो मेरी सोच ही अलग होती! परिवार ऐसा भी होता है जहाँ सब एक-दूसरे के लिए ही जीते हैं, एक-दूसरे को प्यार करते हैं, एक-दूसरे का सम्मान करते हैं यह तो मैंने तुम्हारा घर देखकर ही जाना। परिवार सिर्फ पति-पत्नी या माँ-बाप और बच्चे से ही नहीं बनता अपितु उसमें दादा, ताऊ, चाचा, या फिर दादी, ताई, चाची सभी होते हैं। हर संबंध का अपना महत्त्व तो है ही, सौंदर्य भी है। इंसान को जीने के लिए, सुखी होने के लिए हर संबंध की जरूरत होती है। परिवार से अलग होकर रहने वाले पति-पत्नी बनकर रह जाते हैं, पर बाकी संबंधों का खालीपन भरने के लिए व्यक्तित्व में जो उदारता, विशालता, वैविध्यता

चाहिए, वो अगर उनके पास न हो तो टकराव तो होगा ही। यही मेरे मम्मी-डैडी के साथ भी हुआ। कभी-कभी तो मुझे लगता है कि संबंधों को संतुलित रखने के लिए परिवार का लिहाज या अनुशासन बहुत जरूरी है। ये नहीं होना चाहिए कि गुस्सा आने पर बड़ों या छोटों का लिहाज किए बगैर एक-दूसरे पर चिल्ला उठें, चीख-चिल्लाकर, लड़-झगड़कर अगर एक-दूसरे से मुँह फुला लें तो कोई मेल कराने वाला ही न हो। तुमने उन दंपतियों को नहीं देखा होगा मुक्ता जो क्षणिक आवेश में एक-दूसरे के खून के प्यासे हो जाते हैं, दूसरे दिन भले ही फिर एक मन एक प्राण हो जाएँ। पर यह क्षणिक आवेश ही कभी-कभी मन पर ऐसा घाव छोड़ता है जो उम्र भर नहीं भरता।''

''अरे तू जो इतनी बड़ी-बड़ी बातें कर रही है, तू भी तो संयुक्त परिवार में नहीं रहती। पति-पत्नी और दो बच्चे बस, फिर इतना अनुभव कहाँ से बटोर लाई। तेरी बातों से तो लगता है कि मायके से भी मुँह फुलाए है, और ससुराल का और कोई तो मुझे तेरे घर में दिखा नहीं।'' मुक्ता जाने किस रौ में बोल गई।

''ठीक कह रही हो। संयुक्त परिवार में तो नहीं रहती हूँ, यहाँ ऐसा संभव भी नहीं है। पर सच कहूँ मुक्ती तो मैं तुमसे पहली बार यह कह रही हूँ, उम्र के इस मोड़ पर मैं पूरे मन से यह स्वीकार करती हूँ कि आज मेरे लिए मेरा पति ही मेरा सबकुछ है। वही मेरी माँ है, वही पिता। वही भाई है, वही मित्र। उससे अलग तो मेरा कोई वजूद ही नहीं है, कोई अस्तित्व नहीं, कोई पहचान नहीं। और अपनी इस जिंदगी से मैं पूरी तरह से संतुष्ट हूँ, या कह लो परिपूर्ण हूँ। मुझे तो किसी से कोई शिकायत ही नहीं है, मम्मी-डैडी से भी नहीं।''

मुक्ता यह सुनकर आश्चर्य से आँखें फाड़े केतकी को देखती रह गई। केतकी जैसी मॉडर्न महिला के मुँह से यह बात सुनने की उसे सपने में भी उम्मीद नहीं थी। स्वयं क्या उसका मन इसे स्वीकार कर पा रहा था। शायद नहीं, तभी बोल पड़ी—

''धत्, क्या बोल रही है, पति ही माँ-बाप है, भाई है। जा, जा एकदम बौरा गई है तू। ऐसा कभी हो सकता है, पागल। यह तुम्हारा स्वीकार नहीं, मौलिक आविष्कार है।''

''क्यों नहीं हो सकता, नहीं होता तो ऐसा ही होना चाहिए, स्टुपिड।'' केतकी ने हार नहीं मानी।

''पति सिवाय हुकुम चलाने के करते क्या हैं, जैसे पत्नी का कोई अधिकार ही नहीं होता।''

''हुँः पति ही पत्नी के लिए सबकुछ है और पत्नी, उसके लिए कुछ भी नहीं।'' मुक्ता वाकई तुनक उठी।

''क्यों नहीं है। पत्नी को भी पति के लिए सब कुछ होना चाहिए, माँ, बहन, मित्र, सभी कुछ अगर पुरुष सिर्फ हुकुम चलाने के लिए नहीं है, तो पत्नी भी सिर्फ अधिकार जताने के लिए नहीं होनी चाहिए। समझी। यही बात तो मेरे मम्मी-डैडी

कभी नहीं समझ सके।''

''मैं भी नहीं समझी। तुम्हारी बात समझने के लिए सोचना पड़ेगा, ईडियट।''

''ले, ठंडा पानी पी ले, फिर सोच और समझ।''

केतकी ने वाकई रेशम की जाली से ढँका हुआ शीशे का पानी का गिलास उठाकर उसे पकड़ा दिया। ठंडा पानी पीते हुए वाकई मुक्ता का मन ठंडा होने लगा, या उसे ऐसा महसूस हुआ कि मन ठंडा ही नहीं हुआ है, दरकने लगा है, पिघलने लगा है। मन में विशाल का चेहरा कौंध गया। केतकी ने यह क्या कह दिया कि पत्नी को सिर्फ पत्नी ही नहीं, माँ, बहन, मित्र होना चाहिए। जैसे मुक्ता को नींद से जगा दिया। वह सोच में पड़ गई। परिवार से अलग होने में भले ही उसकी विशेष भूमिका न रही हो, पर इच्छा तो थी ही। विशाल ने उसके ऊपर कभी साथ रहने के लिए दबाव नहीं डाला, पर क्या वे मन से परिवार से अलग होना चाहते थे, या हो पाए। शायद नहीं, कोई भी बेटा नहीं हो पाता। अभी यहाँ आने से दो दिन पहले ही तो उन्होंने कहा था कि ''रोज-रोज ब्रेड खिलाती हो कभी पराँठे भी बनाया करो। अम्मा कितने अच्छे पराँठे बनाती है, आलू, गोभी, मटर के।''

यह सुनकर वह तुनक गई थी, बिना विशाल की भावनाओं की परवाह किए बगैर बोल उठी थी–

''अम्मा ने पराँठे खिला-खिलाकर ही तो इतना मोटा कर दिया है। थोड़ा वेट कंट्रोल करो, नहीं तो कोलेस्ट्रोल बढ़ जाएगा समझे। और फिर मुझे सुबह पचास काम रहते हैं, अम्मा जी की तरह सिर्फ पराँठे बनाती रहूँ तो बाकी काम कैसे हो। खाना हो तो नीचे जा कर खा लिया करो, मुझसे नहीं बनते पराँठे-वराँठे।''

''ठीक है कल अम्मा से ही कहकर बनवा लूँगा। वैसे भी उनके जैसा भोजन कोई नहीं बनाता।'' विशाल ने सहज रूप से ही कहा था, पर वह जैसे सिर से पाँव तक जल उठी थी। चिढ़कर बोल उठी–

''देखो अम्मा से मेरी तुलना मत किया करो बात-बात में। मेरी उम्र और उनकी उम्र में बहुत फर्क है समझे।''

''मैं तुलना नहीं कर रहा हूँ, बस एक बात कह रहा हूँ, तुम बेकार नाराज हो जाती हो।'' विशाल ने कहा और नाश्ता अधूरा ही छोड़कर चले गए थे। दिन भर उसका मूड ऑफ रहा था। आज वह सोचती रही कि क्या उस दिन उसे इतना कटु होना चाहिए था। इतना कटु हुए बिना भी तो बात की जा सकती थी।

''क्या सोचने लगी।'' केतकी ने फिर पूछा।

''नहीं, ऐसी बात नहीं है, तुम्हारी बातें गलत नहीं हैं केतकी। पर एक बात कहूँ हर तस्वीर की तरह ही हर बात का भी एक दूसरा रुख होता है। ऊपर से जो कुछ नजर आता है उसका भीतरी रूप भी वैसा ही हो कोई जरूरी नहीं होता।'' मुक्ता सोचते हुए बोली। केतकी की बातें धीरे-धीरे उसके मन में उतरने लगीं वह

सहमत भी होने लगी थी, पर इसके साथ-साथ जो सैकड़ों प्रश्न उसके मन में उठ खड़े हुए थे उसका वह क्या करे। क्या केतकी की तरह ही वह भी अपने मन को खोलकर रख दे। इसमें हर्ज ही क्या है। वैसे भी केतकी की बातें सुनकर उसकी बहुत इच्छा हो रही थी कि वह भी उसकी तरह अपनी बातें सुनाए। बहुत दिनों के बाद दोनों सहेलियों को मौका मिला था एक-दूसरे को जानने-सुनने का।

''तू भी क्या सोच रही होगी, इतनी देर तक अपनी ही रामकहानी सुनाती रही। पर तू तो जानती है कि बोलने की मुझे बीमारी है। और फिर इतने दिनों के बाद तू मिली है। जाने कितनी बातें तुझे देखकर याद आ गईं। अब तू बता तुम्हारे घर में सब कैसे हैं।''

''सब ठीक हैं केतकी।''

''और पटना में, वहाँ सब कैसे हैं। तुम्हारी दादी। दैट स्वीट ओल्ड लेडी।''

''दादी नहीं रहीं केतकी। कई साल हो गए गुजर गईं।''

''अरे, आई एम सॉरी। हुआ क्या था उन्हें।''

''बस यही समझ ले कि उम्र हो गई थी। अच्छा ही हुआ, समय से चली गईं। और अधिक जीतीं तो दुख ही पातीं।''

''ऐसा क्यों कह रही है। घर में और सब तो ठीक हैं न।''

''घर बँट गया केतकी। उस घर के तीन हिस्से हो गए। तीन चूल्हे जलते हैं वहाँ। तीनों भाइयों की अपनी-अपनी गृहस्थी हो गई है। सिर्फ जमीन और मकान ही नहीं, गहना-जेवर, कपड़े-लत्ते, नए-पुराने फर्नीचर और बर्तन-भाँड़े तक बँट गए। माँ होतीं तो उसे कैसे बाँटते। अच्छा हुआ, यह दिन देखने से पहले, तीन पुत्रों के बीच बँट जाने से पहले ही दादी चल बसीं।''

''आई एम शॉक्ड। तुम्हारे घर में बँटवारा हो गया। इम्पासिबिल, अविश्वसनीय।''

''क्यों इम्पासिबिल क्यों, और अविश्वसनीय ही क्यों। आजकल घर-घर में यही हो रहा है। वक्त बहुत बदल गया है केतकी। अब न तो साँझा चूल्हा है न साँझा आँगन। सबके अपने-अपने फ्लैट हैं और अपना-अपना किचन।''

''होगा, और सबों का होगा, पर तुम्हारे घर में क्यों हुआ, और कैसे, मुझे वाकई यकीन नहीं होता।''

''अब मैं तुझे कैसे बताऊँ।''

''नहीं बताना चाहती तो मत बता।''

''नहीं-नहीं बात बताने की नहीं, समझने की है। मैंने तुम्हें कहा था न केतकी कि हर वो चीज जैसी ऊपर से दिखाई देती है, अंदर से भी वैसी ही हो जरूरी नहीं है। मेरा परिवार या मायका जैसा ऊपर से दिखाई देता था बिलकुल वैसा ही नहीं था केतकी।''

''कमाल है, मुझे तो कभी नहीं लगा कि परिवार के किसी भी सदस्य का

आपस में मतभेद है।''

''मुझे भी तो नहीं लगा कभी। माँ से अधिक तो ताईजी ने मेरी सभी इच्छाएँ पूरी कीं। और छोटी चाची, वो तो मेरी आदर्श थीं। ताऊ, पिता, चाचा, सभी जैसे एक-दूसरे के लिए ही बने हों। घर में जितने भाई-बहन थे, देखकर पता नहीं चलता था कि कौन सगा है और कौन चचेरा। ऐसा नहीं था कि आपस में कभी खटपट नहीं होती थी, होती थी, पर जल्दी ही बात आई-गई हो जाती। कोई किसी बात को मन से नहीं लगाता था। कम-से-कम मुझे तो ऐसा ही लगता था। पहली बार उनका आपसी मतभेद खुलकर सामने आया दादी की मृत्यु के बाद।''

''दादी की मृत्यु के बाद क्या हुआ?''

''दादी के श्राद्ध के यज्ञ में बहुत से लोग आए। दूर पास के सभी नाते-रिश्तेदार न्यौते गए थे। मैं भी गई थी विशाल के साथ। सारा कार्य बहुत ही अच्छी तरह से संपन्न हो गया। खाने-पीने, पूजा-दान सभी की ऐसी व्यवस्था थी मानों श्राद्ध नहीं, किसी शादी-ब्याह का यज्ञ हो। घर में होने वाले हर कार्य की तरह ही ताऊजी ही मुख्य कर्ता-धर्ता थे। इतनी धूम-धाम देखकर आए हुए सभी कुटुंबियों ने जी खोलकर सराहना की। दादी करीब नब्बे की होकर गुजरी थीं। भरा-पूरा घर था। कमी क्यों होती तीनों बेटे अच्छी नौकरी कर रहे थे। आए हुए एक-दो रिश्तेदारों ने दबी जुबान से ताई से पूछा था कि ''इतना खर्च-वर्च किसने किया है।'' ताई ने हँसकर बात टाल दी थी। मेरी माँ ने कहा कि ''अधिकतर खर्च ताऊजी ने ही किया है, थोड़ा सहयोग मेरे पिता ने भी किया है।''

''और छोटे ने।'' रिश्तेदार महिला मेरी बड़ी बुआ थीं। घर की बेटी, सो उन्होंने अधिकारपूर्वक पूछा बड़ी ताई से। पर ताईजी ने हँसकर कहा–

''वो भी करेगा दीदी, छोटा है न जब दो-दो बड़े भाई हैं जिम्मेदारी उठाने के लिए तो उससे क्या खर्चे की बात करें।'' ताई ने हमेशा की तरह समझदारी से कहा था। बुआ एकदम चुप हो गई थीं। पर जाते-जाते कह गईं कि ''देखो भौजी, आप घर की बड़ी हैं, अब माँ की जगह आप ही हैं। हमेशा से पूरे घर की जिम्मेदारी उठाती आई हैं, ठीक है, पर छोटों को भी तो सोचना चाहिए। अब वह कोई बच्चा थोड़े ही है। अच्छा कमाता है, बीवी बच्चे हैं उसके। कब तक बच्चा बना रहेगा।'' जाने बुआ छोटे चाचा की किस बात से आहत हुई थीं, उन्होंने खुलकर बताया नहीं। शायद यज्ञ के दौरान छोटी चाची का सिरदर्द की वजह से हमेशा कमरे में बंद रहना उन्हें भाया नहीं। तीन-चार दिन लगातार उनका सर भारी रहा और छोटे चाचा उनकी तीमारदारी में लगे रहे। वर्षों बाद मायके आई बहन से ढंग से बात तक नहीं की, यही उन्हें बुरा लग गया शायद।

''तुम्हें नहीं लगा।'' केतकी बोल उठी।

''उस वक्त तो मैंने ध्यान नहीं दिया था। पर आज लगता है कि ऐसा हमेशा

होता था। घर में जब भी कोई मेहमान आता कि उनका सिरदर्द शुरू हो जाता था। सारा काम बड़ी ताई और मेरी माँ ही सँभालती थीं। घर के किसी काम में हाथ बँटाते मैंने उन्हें कभी नहीं देखा। दादी के काम में ही मुझे महसूस हुआ न तो चाची ने कभी घर के काम में सहयोग किया न ही चाचा ने घर के खर्चे में। उन्होंने अपने छोटे होने का सिर्फ फायदा ही उठाया, कभी अपनी जिम्मेदारी नहीं समझी। संयुक्त परिवार ऐसे नहीं चलता है केतकी।''

''फिर भी तो तुम्हारे यहाँ सब ठीक ही चल रहा था।''

''इसलिए कि दादी जीवित थीं। और ताऊजी संवेदनशील ही नहीं जिम्मेदार भी थे। सबसे पहले वही गाँव से पटना आए थे। नौकरी की जमीन खरीद कर घर बनाया और पूरे परिवार को शहर ले आए। दोनों छोटे भाइयों को उन्होंने ही पढ़ाया। छोटे चाचा तो उनके लिए बेटे के समान थे। उम्र में भी वे उनसे बहुत बड़े थे। छोटे चाचा उनके लिए हमेशा बच्चे ही रहे। बच्चा समझकर ही वे उनकी हर गलती को माफ करते रहे, इसलिए सब ठीक चलता रहा। पर हर चीज की एक सीमा होती है केतकी। दादी की मृत्यु के बाद तो वो मानों सीमा पार कर गए।''

''हुआ क्या था?''

''तेरहवीं के बाद धीरे-धीरे सभी रिश्तेदार चले गए। सिर्फ दो-तीन मेहमान ही बच गए। मुझे भी उसी दिन चले जाना था। दुर्भाग्यवश रिजर्वेशन कन्फर्म नहीं हो पाया और मुझे रुकना पड़ा।''

''फिर।''

''काम के बाद सभी फुर्सत में बैठे थे। करीब-करीब परिवार के सभी सदस्य इकट्ठे थे। बात, काम-काज से शुरू होकर खर्चे तक आ पहुँची। हमेशा की तरह छोटे चाचा हिसाब-किताब पूछने लगे। एक यही कार्य वो करते थे। उसी दौरान उन्होंने कहा—

''न्यौते में क्या कुल दस हजार रुपए ही आए भौजी।''

''जो आए सब तुम्हारे सामने ही हैं।'' ताऊजी बोले।

''मुझे तो कम लग रहे हैं भइया, लोग तो बहुत जुटे थे किसी ने दो सौ इक्यावन, पाँच सौ से कम नहीं दिया। कुछ लोगों ने तो ग्यारह सौ भी दिए। मैंने खुद देखा था।''

''पास बैठे तुम्हीं तो लिख रहे थे, फिर उन्हें क्यों पूछ रहे हो।'' ताईजी बोल उठीं। वैसे तो कम ही बोलती थीं, पर उस दिन शायद अपने थके-हारे पति से सवाल करना उन्हें अच्छा नहीं लगा।

''इसीलिए तो पूछ रहा हूँ, मेरी लिस्ट में तो इतने ही लिखे हैं। कहीं और तो नहीं रखे हैं बाकी रुपए।''

''क्या मतलब है लाला। और कौन रखेगा!''

''हो सकता है आपने या मँझली भौजी ने रखे हों फिर भूल गई हों।'' चाचा हमेशा की तरह अपनी दबंग आवाज में बोल उठे। अपनी दोनों भाभियों से ऐसे

ही बातें किया करते थे। खासकर बड़ी भौजी से। वे ध्यान नहीं देती थीं। पर उस दिन अप्रत्याशित रूप से बोल उठीं।

"आज जो तुम इतना हिसाब-किताब कर रहे हो लाला। इसके पहले एक बार भी पूछा कि इतने बड़े आयोजन में कुल कितना खर्चा हुआ और कैसे हुआ?"

"कितना हुआ होगा यही कोई चालीस हजार।"

"नहीं पूरे पचहत्तर हजार रुपए खर्च हुए हैं। बीस हजार मँझले ने दिए। तुमने क्या दिया?"

"हुँह आप कहेंगी और मैं मान लूँगा। इतने रुपए कैसे खर्च हो गए। भइया ने तो नहीं कहा। आप क्यों कह रही हैं।" इतना कहकर उन्होंने बड़ी आशा से बड़े भाई की तरफ देखा, उन्हें पूरी उम्मीद थी कि हमेशा की तरह वे अपनी पत्नी को टोक देंगे यह कहकर कि "जाने दो, वो तो सबसे छोटा है, बिलकुल बच्चा है क्यों उसकी बात पर ध्यान देती हो।" और भौजी चुप रह जाएँगी। क्योंकि ऐसा पहले भी कई बार हो चुका था। बात बढ़ने से पहले ही खत्म हो जाती थी। पर उस दिन ऐसा हुआ नहीं।

"फिर क्या हुआ मुक्ती?"

"ताऊजी तमतमाए मुख से उठकर खड़े हो गए। जीवन में पहली बार इस तरह खुलेआम अपनी पत्नी का पक्ष लेते हुए बोल उठे, तुम्हारी भौजी बिलकुल ठीक कह रही हैं मुन्ना। कुल इतने रुपए ही खर्च हुए। और जब तुम मुझसे इतने छोटे होकर मेरे सामने इतना सवाल-जवाब और हिसाब-किताब कर ही रहे हो तो फिर इस पूरे खर्च का तीसरा हिस्सा दो। कुल पच्चीस हजार रुपए तुम्हारे हिस्से में आते हैं। वही नियम है। माँ के प्रति तुम्हारी भी उतनी ही जिम्मेदारी थी जितनी कि मेरी।"

यह सुनकर एक पल को तो सभी को साँप सूँघ गया केतकी। ताऊजी ऐसा कहेंगे किसी को उम्मीद नहीं थी। छोटे चाचा कुछ कहने को तत्पर हुए कि ताऊजी ने उन्हें वहीं रोक दिया।

"बस अब मैं और कुछ नहीं सुनना चाहता। अपना हिस्सा दो और बात को खत्म करो।"

यह कहकर उन्होंने अपनी चादर सँभाली और मुड़कर चले गए। उनकी खड़ाऊँ की ठक-ठक देर तक उस पूरे आँगन में गूँजती रही।

"इस पूरे कांड के समय तुम्हारे पिता उपस्थित नहीं थे।" केतकी ने पूछा।

"थे क्यों नहीं, पूरे कांड को मूक दर्शक बने देखते रहे। उस वक्त उनके ऊपर मेरे आक्रोश का अंत नहीं रहा।"

"पर क्यों, उन्होंने तो कुछ नहीं कहा।"

"कुछ नहीं कहा, इसीलिए तो।"

"पर वे क्या करते मुक्ता?"

"क्या करते, उन्हें चाहिए था कि पिता समान बड़े भाई तथा माँ समान बड़ी भाभी से जुबान लड़ाते छोटे भाई को कान पकड़कर दो थप्पड़ रसीद कर दें। पर नहीं, वे तो ऐसे भाव से पूरी घटना को देखते रहे मानों यह झगड़ा उनके घर का नहीं, पड़ोस का हो। या फिर वे सारे नाते-रिश्ते, सारी मोह-माया से परे हों, साधु हों, संन्यासी हों। उस वक्त न तो किसी से छोटे थे न किसी से बड़े। तीन भाइयों में से एक थे। दो भाइयों के झगड़े में पड़कर अपनी स्थिति क्यों खराब करते।"

"उसके बाद, चाचा ने फिर रुपए दिए।"

"मुझे नहीं मालूम। मैं तो अगले दिन ही वापस आ गई थी। पर अगर रुपए दिए भी होंगे तो आसानी से तो नहीं ही दिए होंगे। क्योंकि इस बात को लेकर छोटी चाची ने उन्हें आड़े हाथों लिया था।"

"क्या मतलब।"

"इस घटना के बाद जब उन्होंने अपनी पत्नी से यह कहा कि 'अब तो पच्चीस हजार देने ही पड़ेंगे।' तो छोटी चाची तमक कर हाथ नचाते हुए बोल उठी थी 'इतने लोगों के बीच उन्होंने तुम्हारी इतनी बेइज्जती की और तुमने सुन लिया। तुमने क्या चूड़ियाँ पहन रखी थीं। उनके पास बहुत पैसा है तो वे प्रदर्शन करें। हमारे पास नहीं है तो हम क्या चोरी करें, डाका डालें।'

"अपनी पढ़ी-लिखी, स्मार्ट, चाची के मुख से ऐसी भाषा और ऐसी ओछी बात सुनकर मैं दंग रह गई केतकी। इंसान भी गिरगिट की तरह रंग बदलता है, यह बात मैंने उस दिन देख ली।"

"और तुम्हारी माँ।"

"वह भी चुप ही रहीं। न तो जिठानी की बात का समर्थन किया न ही देवरानी को टोका। मेरा तो यह सब नाटक देखकर बिलकुल ही मन खिन्न हो गया। गनीमत कि विशाल उस वक्त वहाँ मौजूद नहीं थे। अपने किसी मित्र से मिलने गए थे। वरना पति के सामने मेरा सिर शर्म से झुक जाता।"

"और तुम्हारे ताऊजी।"

"उनकी तो बात मत पूछो। इस घटना के बाद पहले से ही कम बोलने वाले ताऊजी बिलकुल ही गुमसुम हो गए। उनका मूड देखकर ही मेरी उनके पास जाने की हिम्मत नहीं पड़ी। वरना मेरे तो मन में आ रहा था कि जाकर उनकी पीठ ठोंक दूँ।"

"क्यों भला?"

"क्योंकि, जिंदगी में पहली बार उन्होंने बड़े भाई वाला सही काम किया। संयुक्त परिवार का जिम्मेदार बेटा सिर्फ बैल की तरह परिवार के जुए को कंधे पर ढोने के लिए ही नहीं होता, अधिक दबाव पड़ने पर, कंधे छिलने पर जुए समेत सवार को उठाकर पटक भी सकता है।"

"ठीक कह रही हो मुक्ता। तुम्हारे ताऊजी जैसा बड़ा भाई ढूँढ़ने पर भी नहीं मिलेगा।"

"सभी सही कहते थे केतकी। और ठीक ही कहते थे। उनकी जिंदगी जिम्मेदारियों का ही दूसरा नाम थी। पूरे परिवार का स्तर ऊपर उठाने के लिए उन्होंने क्या नहीं किया। किंतु उनके छोटों ने उनके सारे किए-कराए पर पानी फेर दिया। जब उनकी अवस्था अधिक हो गई तो सभी अलग हो गए।"

"क्या कह रही हो, उनके करने का कोई महत्त्व नहीं रहा।"

"नहीं अपने ताऊजी तथा ताईजी की परिणति देखकर मैं एक बात जान गई कि संयुक्त परिवार में महत्त्व करने का नहीं, महत्त्व सहने का है। और यह अपेक्षा सबसे अधिक सिर्फ उस व्यक्ति से होती है जो सबसे अधिक करता है यानि कि अपने कर्तव्य के प्रति जागरूक होता है। जिस दिन उसकी सहन शक्ति जवाब दे जाती है, परिवार की सारी कोमल और रेशमी भावनाएँ टूट जाती हैं। सिर्फ ठोस और पथरीली, नितांत व्यावहारिक सच्चाई बचती है केतकी, यही मेरे ताऊजी के साथ हुआ।"

"अब वहाँ का क्या हाल है। उसके बाद गई कभी।"

"क्यों नहीं गई, कई बार गई। अक्सर जाती रहती हूँ। परिवार तीन हिस्सों में बँट गया तो मेरी पूछ भी तो तीन गुनी बढ़ गई है।" मुक्ता के स्वर में व्यंग्य छलक आया।

"वो कैसे?"

"मायके जाती, अपने माँ-बाऊजी के घर, तो ताऊजी तथा चाचाजी दोनों न्यौते पर बुलाते हैं। एक ही घर में रहते हुए न्यौता खाते हुए मन टूक-टूक हो जाता है केतकी।"

"सब उसी घर में रहते हैं।"

"हाँ, नीचे के हिस्से के ठीक बीचोंबीच दीवार खड़ी हो गई है। एक तरफ मेरे माँ-बाप और दूसरी तरफ चाचा-चाची का परिवार।"

"और ताऊजी का परिवार।"

"तुम्हें याद होगा, ऊपर छत पर एक बरसाती बनी थी न भइया लोगों के रहने के लिए। उसी के साथ एक टीन शेड डालकर एक रसोई बना दी गई है। उसी में वे लोग रहते हैं। इतना बड़ा घर बनाने वाले ताऊजी के हिस्से में सिर्फ वही बरसाती आई। छत साझी है। वही बरसाती उनका बेडरूम है, किसी के जाने पर वह ड्राइंगरूम हो जाता है और खाना खाते वक्त डाइनिंग हाल।"

"लेकिन ऐसा क्यों, तुमने तो कहा था कि वह जमीन और वह घर सभी ताऊ जी ने बनवाया था।"

"बनवाया था तो क्या, उनपर क्या उनका नाम लिखा था।"

"नाम नहीं लिखा था?"

"नहीं वह जमीन, वह घर, सब कुछ मेरी दादी के नाम पर था।"

केतकी कुछ बोली नहीं, हैरानी से मुक्ता का मुँह देखती रही। उसकी हैरानी को और बढ़ाते हुए मुक्ता बोली–

"परिवार का बड़ा और होनहार बेटा, जिससे माँ-बाप को बहुत अधिक आशाएँ हों, जिस पर बहुत अधिकार हो, जिसे सभी छोटे भाई-बहनों के सामने आदर्श उपस्थित करना हो वह अपने पैरों पर खड़े होने के बाद माँ-बाप के जीवित रहते अपने नाम से जमीन खरीदे, घर बनवाए, तो समाज क्या कहेगा कि उसकी आँख का पानी मर गया। और मेरे ताऊजी ऐसे बेशर्म तो थे नहीं। उन्होंने जमीन ली तो माँ के नाम से, घर बनवाया तो माँ के नाम से, और माँ तो सबकी थी, सो संपत्ति भी सबकी हुई कि नहीं। माँ अपने सामने सब देखकर, तृप्त होकर गई। उनकी भावुकता को कोई ठेस तो नहीं पहुँची।"

"ये बात भी ठीक है।"

"ठीक तो है, पर इंसान को यही भावुकता कभी-कभी बड़ी महँगी पड़ जाती है केतकी, आज मुझे लगता है कि थोड़ा व्यावहारिक होना चाहिए। निरी भावुकता के सहारे जिंदगी नहीं कटती। कम से कम ताऊजी के परिवार के साथ तो ऐसा ही हुआ।"

केतकी ने चुपचाप सिर हिला दिया फिर बोली–

"चलो, पहले नहीं तो बाद में तो उन्हें प्रैक्टिल होना चाहिए था। उन्हें कहना चाहिए था कि घर उन्होंने बनवाया है। कम-से-कम उसी में रहने की व्यवस्था ढंग की होनी चाहिए थी।"

"अक्सर ऐसा नहीं होता केतकी। जिम्मेदार, भावुक, शरीफ इंसान चाहे भी तो एकदम से प्रैक्टिल नहीं हो सकता। उसकी ईमानदारी, उसकी उदारता, उसकी भलमनसाहत पहले तो उसकी अपनी इच्छा, उसकी अपनी संतुष्टि के लिए होती है। धीरे-धीरे वह उसकी मजबूरी बन जाती है। वह बँधुआ हो जाता है केतकी, एकदम बॉण्डेड।"

"ऐसा कैसे हो सकता है।"

"होता है, बिलकुल ऐसा ही होता है। शरीफ इंसान की उदारता कब उसकी मजबूरी बन जाती है वह स्वयं भी नहीं जान पाता। इंसान का स्वयं अपना स्वभाव ही उसका दुश्मन हो जाता है। एक कहावत है न कि आदत मरने के बाद ही छूटती है, वह सिर्फ गलत आदतों के लिए नहीं है, सही आदतों के लिए भी है। जो इंसान शुरू से ही घर में सबके लिए अपने कर्तव्य का पालन करता रहा हो, हाँ में हाँ मिलाता रहा हो, वह एक बार यदि ना कह दे तो लोग बर्दाश्त नहीं कर पाते। ना की बात तो छोड़ो इच्छा पूरी करने में यदि थोड़ी भी कमी रह जाए तो वह प्रशंसा का नहीं

निंदा का पात्र हो जाता है। मानों सभी की इच्छा पूरी करने के लिए, और स्वयं उनकी शर्तों को पूरी करने के लिए वह बाध्य हो। उसकी परेशानियों को लोग सुनना तक नहीं चाहते। अगर वह अपनी परेशानियाँ बताना भी चाहे तो लोग समझते हैं कि वह एहसान जता रहा है।''

''जब ताऊजी के साथ ऐसा है तो तुम्हारे चाचा को किसी ने कुछ नहीं कहा।''

''कहा क्यों नहीं। कहा कि उसका तो स्वभाव ही ऐसा है, कोई नई बात तो नहीं, बातें तो ताऊजी को ही अधिक सुननी पड़ीं, जानती हो केतकी कभी-कभी तो मुझे समाज के इन उल्टे-पुल्टे आदर्शों से बड़ी उलझन महसूस होती है। जो कर्तव्यहीन है, कृतघ्न है उससे एक शिकायत और जो कर्तव्यनिष्ठ है, कृतज्ञ है उससे सौ शिकायत।''

''उन जैसे इंसान से किसी को शिकायत हो सकती है मुझे यकीन नहीं होता। तुम तो कहती थीं कि लोग उन्हें देवता कहते हैं। स्वयं तुम्हारी दादी ये कहती थीं कि वे तो बहुत ही सहृदय और संत हैं।''

''यही तो हम गलती करते हैं केतकी। किसी भी इंसान को देवता बना देना बहुत बड़ी सजा है। और अक्सर ये सजा उसे उन्हीं से मिलती है जिसे वह अपना मानता है। इंसान से देवता बनना बहुत कठिन है, सबके लिए संभव नहीं है, पर एक बार जो देवता बन जाए उसके लिए दुबारा आम इंसान बनना तो असंभव है। और फिर हमारे धर्मशास्त्रों ने देवताओं का जो स्वरूप हमारे सामने रखा है उसे अगर हम ध्यान से देखें तो पाएँगे कि जो भगवान जितना सुंदर, कोमल और देने वाला है वह उतना ही कठोर भी होता है, पात्र और अपात्र का भेद तो भगवान ही करते हैं केतकी। अगर ऐसा नहीं होता तो भोले बाबा शंकर के एक हाथ में डमरू और दूसरे हाथ में त्रिशूल नहीं होता, श्रीकृष्ण के एक हाथ में बाँसुरी और दूसरे हाथ में सुदर्शन चक्र नहीं होता। पर इंसान से देवता बने मनुष्य के साथ तो समाज इतनी रियायत भी नहीं करता। और जहाँ तक मेरी दादी का अपने बेटे को संत समझने का सवाल है तो हमें यह बात नहीं भूलनी चाहिए कि संतों को गृहस्थी नहीं चलानी पड़ती, तमाम रिश्तेदारियाँ नहीं निभानी पड़तीं अगर उन्हें ऐसा करना पड़ता तो पाते कि इन सब कार्यों में उलझकर चकरघिन्नी बनने से हिमालय जाकर तपस्या करना अधिक आसान है।''

''तुम्हारी बात सही है मुक्ता, पर दूसरे व्यक्ति को जो नाम और यश मिलता है उसका भी तो कोई महत्त्व है।''

''पर इस बात को मानता कौन है, कहता कौन है।''

''नहीं माने, ना कहे, पर उसकी आत्मा तो कहती ही होगी।''

''आत्मा की आवाज सुनने की अलौकिक शक्ति मनुष्य में नहीं होती। और अगर हो भी तो इससे उसकी परेशानियाँ तो कम नहीं हो जातीं।''

"फिर भी व्यक्ति जिस पर विश्वास करता है उसी से आशा भी करता है। पर विश्वास को कभी सामर्थ्य से नहीं जोड़ना चाहिए। ये तो अपने विश्वास को, अपने संबंध को भुनाना है केतकी। कोई मेरे ऊपर विश्वास करता है इसका अर्थ ये नहीं कि इससे मेरी हैसियत या मेरी कैपेसिटी चार गुना बढ़ जाएगी। ऊपर से सुनने में ये बातें बड़ी अच्छी लगती हैं, कि "हमें तो आपका ही आसरा है, हम तो आपके ही भरोसे हैं, आप तो हमारे लिए भगवान हैं, हमारा तो आपके ऊपर बहुत अधिकार है।" अब कोई कहे उनसे कि भरोसा करने से पहले, अधिकार जताने से पहले या भगवान मानने से पहले एक बार उनसे पूछ तो ले कि वह स्वयं इसके लिए तैयार है या नहीं, अपने ऊपर इतने विशेषण थोपे जाने के लिए वह इच्छुक भी है या नहीं। तुम्हें संयुक्त परिवार बहुत पसंद है न केतकी, अच्छी बात है, पर ये भी सच है कि संयुक्त परिवार तभी ठीक है जब सुख के साथ-साथ सभी का दुःख भी संयुक्त हो। यह पूरा समाज, खासकर मध्यम वर्ग का परिवार, जिसमें हम रहते हैं इसमें सब कुछ अच्छा ही अच्छा, भला ही भला, या शुभ ही शुभ नहीं है। इस मध्यमवर्गीय संसार में निहित शिक्षा, पतन, डाँवाडोलपन, स्वार्थ, छल-छद्म और हिपोक्रेसी का तुम अनुमान भी नहीं लगा सकतीं, जबकि सच्चाई यह है कि मध्यमवर्ग का यह पूरा पारिवारिक ढाँचा, या समाज का ढाँचा इन्हीं दुर्गुणों के बल पर खड़ा है। ऊपर से मीठी-मीठी बातें करने वाले तुम्हारे अपने, सगे रिश्तेदार, परिचित कब तुम्हें उल्टी छुरी से मूँड लेंगे तुम्हें पता भी नहीं चलेगा। स्वयं परिवार में ही ऐसे लोगों की कमी नहीं है जो अपना काम निकल जाने के बाद पहचानते भी नहीं हैं।" इतना कहते-कहते जाने कौन सी अव्यक्त पीड़ा से, आक्रोश से या आवेश से मुक्ता की आँखें छलक उठीं, चेहरा तमतमा आया।

केतकी आश्चर्यचकित रह गई उसकी मुखमुद्रा देखकर। फिर बोली—

"तुम इतनी एक्साइटेड क्यों हो रही हो मुक्ता, ये सब गुण, अवगुण समाज के किस वर्ग में नहीं हैं।"

"मैं जानती हूँ कि उच्च वर्ग और निम्न वर्ग भी इनसे अछूता नहीं है। पर ये भी सच है कि ये दोनों ही वर्ग तथाकथित नैतिकता से बँधे हुए नहीं हैं। उनका जो कुछ है वह खुला है, स्वीकार्य है। सिर्फ मध्यमवर्गीय भला आदमी ही नैतिकता का बोझ ढोते-ढोते मारा जाता है।"

"चलो जाने दो, हम भी कौन सी बातें ले बैठे। तुम ठीक ही कह रही हो। आजकल हर घर में यही परिस्थिति है। और फिर तुमसे सब अच्छा ही व्यवहार करते हैं। आपस में सब भले ही अलग हो गए हों पर तुमसे कोई भेदभाव नहीं करते हैं।"

"नहीं भेदभाव तो नहीं करते हैं, उल्टे सभी अपना-अपना पक्ष रखकर अपने-अपने मन की बात बताते हैं। बँटवारे के बाद पहली बार जब मैं गई मेरी

जिज्ञासा का समाधान करते हुए मेरी माँ ने बताया कि शुरू से ही वह ठाकुर जी की सेवा करती आई हैं सो अब मेरी दादी के मरने के बाद वह उन्हें दूसरे हाथ में कैसे सौंप दें, और ठाकुर जी की स्थापना इसी भाग में है इसलिए इस भाग में रहना उनकी मजबूरी है। दूसरे और सबसे अच्छे भाग में रहने वाली चाची ने तो बाकायदा आँसू पोंछते हुए मुझसे कहा कि मरने से पहले दादी ने इसी घर में रहने का और इसी भाग में रहने का वचन लिया था नहीं तो इतनी बेइज्जती सहकर भी क्या वह इस घर में रहती, वह तो किसी झोंपड़ी में भी रह लेती। यही नहीं, उन्होंने तो यह भी कहा कि भाई-भाभी किसी के नहीं होते, माँ के मरते ही सभी की नीयत बदल जाती है।

मैं हैरान रह गई थी उनका यह मिथ्या और उल्टा दोषारोपण सुनकर। अपनी इस अभिनय कला के बलबूते पर ही तो हमेशा परिवार में सबसे छोटी होने का भरपूर फायदा उठाती रहीं। सब कुछ रहते हुए भी अपने आपको निरीह, जरूरतमंद, और कमजोर साबित करना वास्तव में एक ऐसा आर्ट है जो हर किसी को नहीं आता। अपने शौक को, स्वार्थ को, अपनी मजबूरी जताना हर किसी के बलबूते की चीज नहीं है केतकी।''

''और तुम्हारी ताईजी, कुछ नहीं कहतीं तुमसे।''

''उनकी क्या बात करूँ, उन्होंने तो हमेशा की तरह खुले मन से मेरा स्वागत किया। मेरी पसंद की चीजें बनाईं, खिलाया-पिलाया, जतन किया। विदा करते वक्त साड़ी दी, फिर आने का मनुहार किया। किसी की कोई शिकायत नहीं की। मैंने तो सोचा था कि वे दुःखी होंगी, परेशान होंगी, परंतु मुझे तो वह अपेक्षाकृत शांत, सहज लगीं। उनका स्वास्थ्य भी पहले से अच्छा लगा।''

''सरप्राइजिंग, आश्चर्य होता है सुनकर।''

''किंतु मुझे आश्चर्य नहीं हुआ। उनकी जिंदगी वाकई पहले से अधिक आसान हो गई है केतकी। अब वह सुबह आराम से चाय पीती हैं, पूजा करती हैं। चश्मा लगाकर अखबार भी बाँच लेती हैं, शाम को ताऊजी के साथ मंदिर तक टहल आती हैं। अब उन्हें रावण परिवार की रसोई जो नहीं करनी पड़ती। दो व्यक्तियों का काम ही क्या होता है। दोनों भाई पढ़ने बाहर चले गए हैं, बेटियों की शादी कर दी है। पहले की तरह सुबह से शाम तक न तो रसोई में खपना पड़ता है न ही सबकी बातें सुननी पड़ती हैं।''

''क्यों, घर की और महिलाएँ पहले काम नहीं करती थीं।''

''क्यों नहीं करती थीं, मेरी माँ पूजा-पाठ, दीया-बाती में लगी रहती थीं, और चाची तो नौकरी ही करती थी। उस वक्त मैं समझ नहीं पाती थी केतकी कि रसोई सँभालना पूजा करने से और नर्सरी क्लास के बच्चों को ड्राइंग सिखाने से अधिक कठिन है। मैं तो घर की सभी महिलाओं से अधिक अपनी चाची को ही होशियार

समझती थी। पर मेरा तो उनसे बिलकुल ही मोहभंग हो गया।''

''ऐसा क्यों?''

''मात्र चार सौ रुपए की नौकरी को अपनी मजबूरी बताने वाली चाची, और माँ के श्राद्ध पर पच्चीस हजार रुपए देने की नौबत आने पर अपनी पत्नी के कथनानुसार चोरी करने और डाका डालने पर मजबूर हो जाने वाले चाचा ने अलग होने के बाद उस पूरे हिस्से की साज-सज्जा में लाखों रुपए खर्च कर दिए। पूरे घर में संगमरमर के टाइल्स तथा नक्काशीदार फर्नीचर, देखोगी तो पहचान नहीं पाओगी कि यह वही घर है जिसकी गृहिणी को मात्र चार सौ रुपए के लिए नौकरी करनी पड़ती है।''

''तो फिर उन्हें जॉब करने की जरूरत क्या थी?''

''क्योंकि यह नौकरी उनका बहुत बड़ा हथियार था। इसके बहाने न तो उन्होंने कभी भी घर के किसी काम को हाथ लगाया न बीमार सास की सेवा की। फिर मरने से पहले सास ने उनसे उसी घर में बने रहने का वचन कब लिया यह जानने का अलौकिक उपाय तो किसी के पास नहीं था केतकी।'' इतना कहकर मुक्ता खामोश हो गई।

रात काफी हो गई थी। बातें करते हुए वक्त का पता ही नहीं चला। कमरे में लगी घड़ी की तरफ निगाह गई तो केतकी चौंक उठी।

''तीन बज गए, इतना समय हो गया पता ही नहीं चला। चल अब तू भी सो जा। दरअसल इतने समय बाद जो तू मिली तो बातों का सिलसिला ही चल निकला। मैं तो अब भी सोचती थी कि वहाँ सब कुछ वैसा ही है जैसा मैं छोड़कर आई थी।''

''बहुत कुछ बदल गया केतकी। अब उन घरों में नीम के पेड़ पर तोते नहीं आते क्योंकि दीवार खींचने के लिए हरे-भरे पेड को काट दिया गया है। घर-घर की यही कहानी है केतकी। अपने घर का हश्र देखकर ही जब मेरी ससुराल में बँटवारे की नौबत आई तो मैं खामोश रही। एक दिन तो सबको अलग होना ही है, संबंध बिगाड़कर अलग होने से तो अच्छा है कि संबंध अच्छा रहते ही अलग हो जाएँ।''

इतना कहकर मुक्ता तकिया सिर के नीचे रखकर लेट गई। केतकी ने लंबी साँस ली। मुक्ता को लगा पहले से ही हैरान केतकी के मुख पर थोड़ी उदासी झलक आई है, या हो सकता है वह स्वयं उसकी आँखों का भ्रम हो। अपने आप में खोई सी केतकी ने भी सोने का उपक्रम किया। एक-दूसरे को थोड़ा सो लेने का मौका देने के लिए दोनों ही सखियों ने खामोशी जरूर ओढ़ ली पर नींद तो उनकी आँखों से कोसों दूर थी।

भाग-3

सुबह-सुबह घंटियों की आवाज सुनकर मुक्ता की नींद खुल गई। मीठी, टुनकती घंटियाँ तथा वातावरण में व्याप्त चंदन-अगरू की पवित्र सुगंध। मुक्ता को लगा जैसे वह सपना देख रही हो। सपने में मुक्ता का वह मायका जहाँ की सुबह बहुत कुछ ऐसी ही होती थी। धूप, गुगुल की सुगंध, घंटी की मीठी ध्वनि तथा धीमे स्वर में गाई जाने वाली पंक्तियाँ–

"नमामी नमीशां निर्वाण रूपं...।"

मुक्ता विस्मृत सी पड़ी रही। लगा जैसे उस सुगंध के साथ ही कहीं स्वर्गीया दादी के झुर्रियों भरे कोमल हाथ का परस पा गई हो। मन में हूक सी उठी। जब तक वहाँ रही कभी उसे हाथ के स्पर्श के महत्त्व का अहसास नहीं हुआ। जिनके साथ धूप, गुगुल की सुगंध मुक्ता के कमरे में प्रवेश करती, कानों को सुनाई देता।

"उठ जा मुक्ती, भोर हो गई। ईस्कूल जाने में अबेर हो जाएगी।"

मुक्ता अनसुनी किए पड़ी रहती। आज भी पड़ी रही। पर मन में चैन कहीं ढूँढ़ने से भी नहीं मिला। चैन की नींद कब से नहीं सोई है वह, मुक्ता ने याद करने की कोशिश की। रात में सोने में साढ़े ग्यारह, बारह रोज ही बजते हैं। सोने से पहले ही सुबह छः बजे का अलार्म लगाकर वह सोती है, सोने से पहले, सुबह उठने का टेंशन रहता है। न उठे तो हर काम देर से शुरू होता है, पूरा दिन ही अस्त-व्यस्त हो जाता है। अरसा हो गया, पूरी नींद नहीं सोई। आज अचानक मुक्ता को यह लगा कि चैन की नींद तभी सोई जा सकती है जब सुबह समय से कोई उठाने वाला हो। सुबह कोई है जो उसे समय से उठा देगा, यह कितना बड़ा संबल है, मुक्ता ने पहले कभी नहीं सोचा था। आज उसके पति, बच्चे सुबह तक चैन से शायद इसलिए सोते हैं क्योंकि वह जानते हैं सुबह समय से उठाने वाला मौजूद है। कम सोने की वजह से ही शायद मुक्ता को इधर कुछ दिनों से हल्का ब्लड प्रेशर रहने लगा है। औरत अपनी नींद शायद मायके में ही छोड़ आती है। शायद इसलिए,

पुराने जमाने में बहुओं का मायके जाने का, कुछ दिन रहने का रिवाज था। आज अगर मुक्ता महीने भर जाकर मायके रहना भी चाहे तो कहाँ है फुर्सत। और फिर मायका भी पहले जैसा कहाँ रहा। उस स्वीट ओल्ड लेडी के नहीं रहने से कितना कुछ बदल गया। सुबह-सुबह उठाने वाली वो दादी अब नहीं हैं। अनायास ही मुक्ता को अपनी बेटी इरा याद आ गई। ऐसे घोड़े बेचकर सोती है कि बस। एक बार में शायद ही कभी उठती है। अनायास ही मुक्ता का मन उसके प्रति ममता से भीग उठा। लड़की है, एक दिन अपने घर चली जाएगी। सो ले जब तक माँ उठाने वाली है। आज कल वह नहीं है तो जरूर उसकी दादी उठाती होंगी। अलग हो जाने के बावजूद उस पोती में उनकी जान बसती है। ठीक मुक्ता की दादी की तरह।

"मुक्ती, उठी नहीं अभी।"

चिहुँक उठी मुक्ता। यह, यह कौन बोली। ठीक उसकी दादी की तरह। उठकर बैठ गई वह। मोहाविष्ट सी देखती रही। सामने केतकी चाय का गिलास थामे खड़ी थी। नहाई-धोई, साफ-सुथरी, खिले ताजे चेहरे को देखकर आँखें जुड़ा गईं।

"चल अब जल्दी से तैयार हो जा। देवी और केशव सुबह से जाने को तैयार हैं।"

"कहाँ?" मुक्ता की नींद अभी पूरी तरह से खुली नहीं थी।

"घूमने, और कहाँ। दोनों ने मिलकर जाने कहाँ-कहाँ जाने का प्लान बनाया है देखो तो सही। ट्रड्ड्स, सबमरीन, सी-वॉक, और जाने क्या क्या। सुबह से सारा घर सर पे उठा रखा है।"

तैयार होकर निकलते-निकलते दस बज गए। बच्चों के उत्साह का असर मुक्ता पर भी हुआ। तैयार होकर निकली तो देवयानी बोल उठी।

"अरे मौसी, साड़ी पहनकर चलोगी।"

"हाँ क्यों, अच्छी नहीं लग रही।"

"अरे नहीं नहीं, पर साड़ी पहनकर सी-वॉक कैसे करोगी।"

"वो क्या होता है?"

"तुम्हें नहीं मालूम, सी-वॉक में समुद्र के अंदर जाकर वॉक करते हैं। साड़ी पहनकर कैसे जाओगी।"

"समुद्र के अंदर वॉक करते हैं ना बाबा, मैं नहीं जाऊँगी। और तुम भी मत जाना समझीं। कहीं डूब गईं तो।"

"ओ माई गॉड! आप भी मम्मी की तरह ही डरपोक हो मौसी। भला उसमें कोई डूबता है।"

"पर साँस कैसे लेता है?"

"ये भी नहीं मालूम। वे ऑक्सीजन मास्क जो लगाकर भेजते हैं।" देवयानी पुरखिन की भाँति बोली। केशव बड़ी देर से अपनी समझदार बहन की बुद्धिमानी

भरी बातें सुन रहा था। मौसी के अज्ञान पर उसे थोड़ा तरस भी आ रहा था। सो तरस खाते हुए ही बोला–

"कोई बात नहीं अगर तुमको डर लगता है न मौसी तो तुम ग्लास बोट में जाना। उससे भी समुद्र के अंदर सब दिखाई देता है।"

वे दोनों उसे और भी जाने कितनी जानकारी देते। ऐसा श्रोता उन्हें बहुत दिनों बाद मिला था जो उनके देश मॉरीशस के बारे में कुछ भी न जानता था। केतकी के आ जाने से दोनों बाहर भाग लिए। खाने का टिफिन और पानी की बोतल बेंत की टोकरी में सँभालते हुए बोली–

"इन दोनों की वजह से सारी चीजें रखनी पड़ती हैं। जाने कब इनको भूख लग आए और कब प्यास, कुछ पता नहीं।"

मेन गेट में ताला बंद कर दोनों बाहर निकल आईं, गणपति बच्चों का झगड़ा सुलझाने में लगे थे। दोनों की जिद थी कि आगे बैठेंगे। हमेशा की तरह जीत देवयानी की ही हुई। बड़ी शान से सीट बेल्ट बाँधकर अपने पिता के साथ आगे बैठ गई। केशव अपनी माँ और मुक्ता के साथ पीछे की सीट पर बैठ गया।

"पहले कहाँ चलें दीदी।" गणपति ने मुक्ता से पूछा। उस संभ्रांत हँसमुख व्यक्ति का दीदी कहना मुक्ता को भला लगा। उम्र में शायद उससे चार-पाँच साल बड़े ही होंगे। ज्यादा भी हो सकते हैं। पर वाणी में बच्चों सी खुशी और प्रफुल्लता का आभास मुक्ता को लगता। शायद यही बात गणपति को औरों से अलग करती थी। मुक्ता सोच ही रही थी कि क्या जवाब दे तब तक केशव बोल उठा–

"ग्राम्बे, पहले ग्राम्बे चलेंगे। सी वॉक करेंगे।"

"चुप, तुम अभी छोटे हो। यू आर नॉट एलाउड।" देवयानी ने आँखें तरेरीं।

"क्यूँ नहीं जा सकता, मैं इस बार पापा के साथ जाऊँगा।"

"अच्छा बस अभी चलकर देखेंगे।" केतकी बोली।

कार कात्रीवोर्न की आबादी पीछे छोड़कर हरे-भरे गन्ने के खेतों के नीचे की सड़क से होकर गुजरने लगी। केशव बार-बार हाथ बाहर निकाल देता, गणपति ने मना किया, बोले–

"इसको बीच में बिठाओ, बार-बार हाथ बाहर निकालता है।"

रास्ते में कहीं-कहीं आबादी नजर आ जाती। सहसा मुक्ता की नजर स्त्री-पुरुषों के एक झुंड पर पड़ी।

कोई झाँकी सी सजाए, कंधों पर उठाए हुए चले जा रहे थे। लाल, पीली, हरी झंडियों तथा प्लास्टिक के चमकीले फूलों से सजी झाँकियों के रंग-बिरंगे रूप ने मुक्ता को आकर्षित किया। उससे भी अधिक कौतूहल हुआ उसे उनके रंग-बिरंगे परिधानों को देखकर। स्त्रियों ने चटख लाल, नारंगी, हरी, पीली सिंथेटिक तथा सूती साड़ियाँ पहन रखी थीं। रंग-बिरंगी चूड़ियाँ तथा नारंगी सिंदूर देखकर मुक्ता चमत्कृत

हुई। बोल उठी।

"ये सब कहाँ जा रहे हैं केतकी।"

"चार दिन बाद शिवरात्रि है, ये झाँकी लेकर गंगा-तालाब जा रहे हैं। पैदल जाएँगे, शिवरात्रि के दिन वहाँ पहुँचकर जल चढ़ाएँगे। वहाँ शिव मंदिर है।"

"यहाँ से दूर है।"

"नहीं पास ही है, चलोगी।"

मुक्ता ने हाँ में सिर हिला दिया। गणपति ड्राइव करते हुए बोले–

"खूब अच्छा किया। दीदी, आपके बहाने हम भी दर्शन कर लेंगे। हमारा भी सारा पुण्य आपको ही मिलेगा।"

बच्चों ने थोड़ी अनिच्छा जरूर जताई पर फिर सहज हो गए। पंद्रह-बीस मिनट बाद वे वहाँ पहुँच गए। वहाँ की चहल-पहल भरी भीड़ देखकर मुक्ता अवाक् रह गई। ठीक जैसे भारत का कोई शिवमंदिर हो। लोग भी वैसे ही, बोली, परिधान, हाव-भाव सब कुछ वैसा ही जैसा कि भारत के किसी भी शहर के किसी गाँव का होता। और तो और लाइन से सजी दुकानों तथा फेरीवालों को देखकर मुक्ता हैरान रह गई। रंग-बिरंगे चुटीले, रिबन, कंघी, चूड़ी, बिंदी, गिलट के गहने। फूल माला की दुकानें। झुंड के झुंड स्त्री-पुरुष-बच्चे। पार्किंग स्थल पर कारों के अलावे कुछ बसें भी लगी थीं। हू-ब-हू भारतीय परिवेश। हाथ में फूल डाली, पूजा का सामान सजाए महिलाओं की टोली देखकर मुक्ता को लगा कि वह मॉरीशस की नहीं, भारत की ही भूमि पर खड़ी हो। केतकी के साथ उस तालाब से जल लेकर तथा पूजा करके जब निकली तो अचानक मन में एक सवाल कौंधा, गंगा तो भारत में है, फिर इस तालाब का नाम गंगा-तालाब क्यों!

अपने मन की जिज्ञासा उसने व्यक्त कर दी। उत्तर दिया गणपति ने, हँसते हुए बोले, "अरे, दीदी, आप सिर्फ गंगा-तालाब देखकर हैरान हो रही हैं, यहाँ सिर्फ गंगा और शिव ही नहीं, राम भी हैं, हनुमान भी।"

मुक्ता कुछ बोली नहीं, कौतूहल से सुनती रही। गणपति ने आगे कहा, "अगर आप यहाँ की शिवरात्रि देखेंगी न दीदी तो खुश हो जाएँगी। मैं तो कहूँगा कि आप शिवरात्रि तक यहीं रुक जाइए।"

"वो तो संभव नहीं है, पर हाँ यह मंदिर, ये तालाब देखकर तो यही लगता है कि मैं मॉरीशस में नहीं, इंडिया के ही किसी हिस्से में हूँ।"

"वो तो लगेगा ही न दीदी, इस तालाब में आपके इंडिया के गंगा का पानी ही तो है।"

"क्या मतलब?" मुक्ता वाकई हैरान हो गई।

"वो क्या है न दीदी, वर्षों पहले जब हमारे पूर्वज भारत से आए, बड़े-बड़े पानी के जहाजों में भरकर, तो वे अपने साथ रामायण, महाभारत, गीता,

हनुमान-चालीसा तो लाए ही, गंगा जल भी लेकर आए। उसी गंगा जल को इस तालाब में डालकर उन्होंने इसे गंगा नदी का प्रतीक मान लिया। गंगा किनारे निभाए जाने वाले सारे लोकाचार वे इसी गंगा-तालाब के किनारे पूरा करते। इसी से तो इसका नाम ही पड़ गया गंगा-तालाब। आज तक यह परंपरा चली आ रही है। मॉरीशस में जो हम जैसे ही इंडियंस हैं न दीदी, जिनके पूर्वज इंडिया से आए थे उनके लिए तो यह गंगा तालाब ही उनकी गंगा नदी है।''

भक्ति और आस्था का ऐसा सुंदर उदाहरण देखकर मुक्ता मंत्रमुग्ध रह गई। ऐसा स्फटिक सा स्वच्छ पानी तो अब भारत में बह रही गंगा में भी उपलब्ध नहीं है। भक्तों की भक्ति का मूल्य चुकाते-चुकाते गंगा अपनी स्वच्छता खोती जा रही है। पिछली बार जब वह स्वयं बनारस गई थी तो बच्चों ने नाव से घाट घूमने की जिद की थी। नाव में सवार होने से पहले उसने दोनों को मिनरल वाटर की एक-एक बोतल पकड़ाते हुए डपट दिया था।

''हाथ-पाँव समेटकर बैठना समझे। तुम लोगों को तो मिनट-मिनट पर प्यास लगती रहती है। खबरदार जो पानी में हाथ डाला।''

उस अथाह जलराशि के सामने मिनरल वाटर की जरूरत को याद करके सहसा आज मुक्ता सकुचा उठी। अपने मन के ख्यालों को झटककर उसने गणपति से पूछा–

''आपके पूर्वज भारत से आए थे?''

''हाँ दीदी।'' गणपति उत्साह से बताने लगे।

''मैं ही क्या, आधे से ज्यादा मॉरीशस तो ओरिजनली इंडियंस ही हैं। हमारा तो यह ग्यारहवाँ जेनरेशन है यहाँ। वर्षों पहले हमारे पूर्वज भारत से यहाँ आए थे रोजगार की तलाश में। उस वक्त वे हमारी तरह बिजनेसमैन नहीं थे। लकड़ी काटने वाले लकड़हारे बनकर आए थे दीदी। उन्होंने लकड़ी काट-काटकर जंगल साफ किए। ये जो आप आज गुलदस्ते सा सजा मॉरीशस देख रही हैं न दीदी, ये उस वक्त ऐसा नहीं था। जंगल-ही-जंगल था दीदी। दो जून की रोटी की तलाश उन्हें यहाँ ले आई। अपना देश, अपने लोग छोड़कर वे यहाँ आए और फिर कभी नहीं लौट सके। कई पीढ़ियों तक मजदूरी करने वाले इंडियंस की संतानें आज यहाँ राज कर रही हैं। पर इन सबमें बहुत समय लगा दीदी, डेढ़ सौ साल से ऊपर। गन्ने के इन हरे-भरे खेतों में हमारे ही बाप-दादा का खून-पसीना बनकर बहा है, इसलिए तो आपको भी मॉरीशस भारत की ही तरह लगता है।''

मुक्ता मोहाविष्ट सी सुनती रही। उनके पूर्वज लकड़ी काटने वाले मजदूर बनकर इस देश में आए थे, यह बताते हुए गणपति के आनंदी चेहरे पर कोई पूर्वाग्रह नहीं था। क्षीण सी रेखा तक नहीं थी। अपितु यह सब बताते हुए उनका चेहरा गाढ़ी करुणा भरी आत्मीयता से भीग उठा था मानों अपने पूर्वज के उन संघर्ष भरे दिनों के वे स्वयं साक्षी रहे हों। और तो और नकचढ़ी केतकी के चेहरे पर भी कोई शिकन,

कोई झुँझलाहट नहीं उभरी। यह किस्सा वह बार-बार सुन चुकी होगी, ऐसा मुक्ता का विश्वास था, परंतु केतकी के चेहरे पर ऊब की जगह वही भक्ति-भावना थी जो बार-बार रामायण सुनने वाले श्रोताओं के चेहरे पर होती है।

कार फिर से चिकनी सड़क पर फिसलती हुई चलने लगी। मंदिर में दर्शन-पूजन करने तक तो दोनों बच्चे धैर्य धारण किए रहे पर उसके बाद उन्होंने फरमाइशों की झड़ी लगा दी। गणपति के पूछने से पहले ही दोनों ने एक स्वर में कह दिया—

"अब हम लोग ग्राम्बे चलेंगे। आज सी-वॉक करेंगे।"

थोड़ी ही देर में कार एक घने मार्केट में पहुँचकर समुद्र के किनारे बने हुए एक पार्किंग स्थल पर आकर रुक गई। सामने गहरे हरे-आसमानी रंग का समुद्र। समुद्र का इतना खूबसूरत रंग मुक्ता ने पहले कभी नहीं देखा था। यद्यपि तमिलनाडु के कोवलम बीच का नीला समुद्र मुक्ता को बहुत लुभाता था परंतु उससे भी इस खूबसूरत रंग की तुलना नहीं की जा सकती, कार लॉक करते हुए गणपति बोले, "दीदी, चाय पीएँगी।"

"हम पेप्सी पीएँगे।" केशव उतावला होकर बोल उठा।

"चुप, पेप्सी तो ग्लास बोट में मिलेगी। एकदम फ्री।" देवयानी बोली।

कागज के गिलास में जब तक केतकी और मुक्ता ने चाय खत्म की गणपति टिकट लेकर आ गए। बोले, "अभी पंद्रह मिनट में बोट आ जाएगी दीदी।"

"हम ग्लास बोट में जा रहे हैं।" केशव ने पूछा।

"हाँ।" गणपति बोले और दोनों बच्चों का हाथ पकड़कर आगे बढ़ गए। केतकी और मुक्ता भी चल पड़ीं।

शॉप के अंदर समुद्र के भीतर की बड़ी-बड़ी तस्वीरें लगी थीं। समुद्र के ठीक किनारे स्थित उस शॉप से लगा हुआ एक रेस्टोरेंट था तथा उसके बाद नीचे जाने के लिए सीढ़ियाँ बनी हुई थीं। थोड़ी ही देर में पीले रंग की एक शिप किनारे आ लगी। बच्चों ने हाथ पकड़कर मुक्ता को चढ़ा दिया।

उस दो मंजिली छोटी-सी शिप में ऊपर की मंजिल पर बैठने की व्यवस्था थी। नीचे की मंजिल शायद पानी के भीतर थी। एक गाइडनुमा मॉरीशन व्यक्ति अंग्रेजी मिश्रित क्रियोल में कुछ बता रहा था साथ ही साथ पेप्सी की बड़ी बोतल से कागज के गिलास में पेप्सी डाल-डालकर सबको दे रहा था। मुक्ता देवयानी की बात याद करके मुस्कुरा उठी कि "ग्लास बोट में पेप्सी फ्री मिलती है।" करीब पंद्रह मिनट बाद शिप किनारा छोड़कर काफी दूर आ गई। चारों तरफ निगाहें दौड़ाते हुए मुक्ता मुग्ध हो उठी। समुद्र के इतने रंग मुक्ता ने पहले कभी नहीं देखे थे। खूबसूरत, मनोहारी, आँखों को ठंडक देते हुए हल्के हरे, आसमानी, नीले रंग का अनंत सागर। साफ, चमकीला पानी जैसे पानी में नीलम, पन्ना, पुखराज को घोलकर मिला दिया गया हो। उन रंगों को निगाहों से छूने के लिए, अंजुरी में भरने के लिए मुक्ता उतावली

हो उठी। दिन खुला-खुला सा था। खिली हुई धूप की हल्की गर्माहट भली लग रही थी। मुक्ता ने आँखों पर धूप का चश्मा पहन रखा था। समुद्र के रंग को जी भरकर देखने के लिए मुक्ता ने आँखों पर लगा चश्मा उतार लिया। निगाहें समुद्र की लहरों के साथ-साथ विचरने लगीं। सूरज की किरणों का स्पर्श पाकर लहरें दमक उठी थीं। ऐसा लगता था मानों पुखराज, नीलम तथा पन्ने के तरल रूप के ऊपर किसी ने अंजुरी भर-भरकर हीरे की कनियाँ बिखरे दी हों।

गाइड ने सबसे निचली मंजिल में जाने का आग्रह किया। सीढ़ियाँ उतर सब नीचे आए। वहाँ कतार में बैठने के लिए सीटें बनी थीं। मुक्ता बच्चों के साथ एक सीट पर बैठ गई। केतकी तथा गणपति दूसरी सीट पर बैठे। इस मंजिल पर सूरज की रोशनी नहीं पहुँच रही थी। पर बल्ब की हल्की रोशनी फैली थी। यह पूरी मंजिल शीशे की पारदर्शी दीवारों की बनी थी। मुक्ता ने जो शीशे के बाहर निगाह डाली तो आश्चर्यचकित हो उठी। आश्चर्य में गोते लगाते हुए उसने चारों ओर देखा तो उसे महसूस हुआ कि यह कोई और ही दुनिया है। ऊपर पृथ्वी की सतह की दुनिया से इसका कोई मेल ही नहीं है। उसे याद आया कि उसने अपने लखनऊ वाले घर के ड्राइंगरूम में एक एक्वेरियम लगा रखा है। बड़े शौक से वह रंग-बिरंगी मछलियाँ लाकर उसमें डालती है। उन्हें चारा देती है। उनकी साफ-सफाई करती है तथा उस एक्वेरियम में तैरती हुई लाल, नारंगी, सुनहरी, चमकीली छोटी-बड़ी मछलियों को देखकर प्रसन्न होती है। यहाँ स्थिति ठीक विपरीत थी। उसे लगा मानों वह स्वयं एक्वेरियम में कैद है, पानी की जगह एक्वेरियम में ऑक्सीजन की व्यवस्था है। शीशे की दीवार के पार जो दुनिया है वह अलौकिक है, दुर्लभ है। समुद्र की सतह को करीब से देखने का मुक्ता के लिए यह पहला मौका था, वह रोमांचित हो उठी। इतनी खूबसूरत हरियाली, मखमली पौधे, अनोखे आकार-प्रकार के। सागर की सतह की हलचल से बेखबर अप्रभावित अपनी जड़ों को पकड़े हुए खड़े पौधे, जैसे पौधे न हों समाधिस्थ योगी हों। समुद्र की तल पर पछाड़ खाती लहरें नहीं थीं, धीरे-धीरे स्पंदित होता जल था। जल की धीमी-धीमी हलचल के साथ हल्के-हल्के हिलते-डुलते पौधे जैसे इस जीवित संसार के स्पंदन से लय में लय मिला रहे हों। जैसे जीवन का संचार समुद्र-तल के उन जीवित पेड़-पौधों से शुरू होकर धीरे-धीरे समूची पृथ्वी में, समूची सृष्टि में व्याप्त हो गया हो। मुक्ता को लगा जैसे समूची पृथ्वी पर आज जितने भी जीवित पेड़-पौधे, पहाड़, पशु-पक्षी, प्राणी हैं, उन सभी में जीवन का जो लक्षण है, स्पंदन है, प्रवाह है, उसकी शुरुआत इसी सागर के तल से हुई होगी।

शिप धीरे-धीरे चल रही थी। अंग्रेजी का कोई टेप बज रहा था या यह उसी गाइड की क्रियोल मिश्रित आवाज थी जिसमें वह इस समुद्र-तट का ब्यौरा दे रहा था। मुक्ता समझ नहीं पाई क्योंकि उसका ध्यान उस आवाज पर नहीं, शीशे के बाहर के संसार पर पूरी तरह केंद्रित था। अचानक मुक्ता की निगाह किसी पौधे

के नीचे छिपे हुए किसी चमकती हुई वस्तु पर पड़ी। जाने वह क्या चीज थी जिसमें से बैंगनी चमकीली किरणें फूट रही थीं। चमक की वजह से आकार-प्रकार तो स्पष्ट दिखाई नहीं दे रहा था, मुक्ता ने अंदाज लगाया कि बच्चों को खेलने वाली गेंद के आकार-प्रकार की तरह कोई वस्तु है। छोटी-बड़ी विभिन्न प्रकार की रंग-बिरंगी असाधारण चमक बिखेरती हुई वे जहाँ-तहाँ बिखरी थीं। कहीं बैंगनी किरणें, तो कहीं नारंगी, कहीं सुनहरी, कहीं लाल, कहीं हरी तो कहीं चाँदी सी छटा बिखेरती किरणों का पुंज। मुक्ता के चेहरे पर जिज्ञासा देखकर केतकी ने बताया कि इसे 'कोरल्स' कहते हैं। एक प्रकार का समुद्री जीव है। तल पर पाया जाता है, यह चमक इनमें स्वाभाविक रूप से तो होती ही है, कुछ शिप के बीच के हिस्से में जो बाहर की तरफ बल्ब लगे हैं उससे किरणें रिफ्लेक्ट होकर और अधिक चमकीली लग रही हैं।

मुक्ता के मन पर केतकी की इन वैज्ञानिक बातों का कुछ खास असर नहीं पड़ा। उसके मन में तो इस जगत के अनोखे, अलौकिक रहस्य खुलते जा रहे थे। उसे लगा न तो ये 'कोरल्स' हैं, न कोई समुद्री जीव, अपितु पृथ्वी की तल पर बिखरे हुए हीरे और जवाहरात हैं, शायद इसीलिए पृथ्वी को रत्न-गर्भा कहा गया है। मुक्ता की आँखें चमक से चकाचौंध हो उठीं कि अचानक छोटी मछलियों के एक झुंड ने आकर शिप को चारों तरफ से घेर लिया। छोटी-छोटी, चपटी सैकड़ों मछलियाँ। चाँदी सी चमकती हुई उन मछलियों के शरीर पर बैंगनी-नीली धारियाँ पड़ी थीं। मुक्ता ने आश्चर्य में डूबते हुए देखा कि एक ही रंगरूप की हजारों मछलियाँ झुंड बनाकर कैसे पानी में एक साथ तैरती हैं। शिप की चारों तरफ मछलियाँ ही मछलियाँ। थोड़ी देर के लिए समुद्र का बाकी हिस्सा अदृश्य हो गया हो जैसे। वे मछलियाँ शीशे की दीवार को छू रही थीं। छोटे-छोटे, गोल-गोल मुख खोलकर कुछ कहना चाह रही थीं या उन इंसानी शक्लों को देखकर आपस में उनके बारे में बातें कर रही थीं, मुक्ता निश्चय नहीं कर पाई। शिप धीरे से उन मछलियों के झुंड से आगे निकल आई। कुछ ही देर बाद नारंगी रंग की लंबी मछलियों के बीच मुक्ता ने अपने आप को पाया। सारी मछलियाँ नारंगी रंग की, एक भी मछली अलग किस्म की नहीं। एक निश्चित दायरे के अंदर तैरती हुई, एक भी मछली अपनी टोली से अलग नहीं। उनकी एकता देखकर मुक्ता चमत्कृत हो उठी। उसे अपना देश, अपना परिवार, अपना समाज याद आ गया। टूटते हुए सामाजिक दायरे, पारिवारिक संबंध, रिश्ते-नाते याद आए। इन सबको इन मछलियों के परिवार से, इनकी दुनिया से सबक लेना चाहिए, मुक्ता ने मन-ही-मन सोचा। जैसे-जैसे शिप आगे बढ़ती गई, मछलियों की कई टोलियाँ मिलती गईं। गोल, चपटी, लंबी, पतली कई तरह की रंग-बिरंगी मछलियाँ। कुछ मछलियाँ तो साँप के आकार की भी थीं। साँप की तरह लंबी पूँछ वाली मछलियाँ, लंबी चोंच जैसी मुख वाली मछलियाँ। अलग-अलग रंगरूप, आकार-प्रकार की मछलियाँ, परंतु प्रवृत्ति सभी की एक जैसी। टोली बनाकर चलने की, क्या मजाल जो कोई मछली

भूले-भटके भी किसी अन्य झुंड में दिख जाए, बिलकुल नहीं। एक-दो जगह अकेली मछली जरूर दिखी। नीले रंग की एक मछली को देखकर मुक्ता को लगा मानों नीलकंठ पानी में उतर आया हो। हू-ब-हू वही रंग संयोजन, परंतु वह तैरती हुई आकृति पक्षी नहीं मछली ही थी। उसी तरह दो-तीन बार सफेद रंग की कुछ मछलियों को देखकर मुक्ता को लगा कि मानों पानी के भीतर कबूतर तैर रहे हों, परंतु वे सब भी कबूतर नहीं मछलियाँ ही थीं।

शिप समुद्र के और अंदर चली आई थी। विशालकाय पौधे। चौड़ी पत्तियों वाले। देखने से लगता था मानों गहरे-हरे मखमली कमल के पत्ते हों। परंतु आकार में कमल के पत्ते से सौ-गुने, हजार-गुने बड़े, विशालकाय पत्ते धीरे-धीरे कई तरह के जीव-जंतु वनस्पति आदि मुक्ता की आँखों से गुजर गए, गिनती करने लगे तो हजारों की संख्या पार कर जाए, मुक्ता ने मन-ही-मन सोचा। सबके नाम भी उसे नहीं मालूम हैं। अलग-अलग रंग-रूप के चट्टान पानी में स्थिर खड़े थे। उन पर जमी हुई हरियाली, वनस्पति, ऊपर की हलचल से बेखबर यह एक अलग ही दुनिया थी। कभी किसी चट्टान की आड़ में, किसी पत्ते के पीछे छिपे हुई कुंडली मारे किसी जीव-जंतु को बैठे देखकर मुक्ता को लगा कि शायद वे, समुद्री सर्प हैं, फिर सोचा क्या पता मछली ही हों। परंतु वो जो कोई जीव हो, चुपचाप अपने ध्यान में मगन लगा मुक्ता को। विष अगर है भी तो इंसानी जीवों की तरह उगलने को तत्पर नहीं हैं ये समुद्री जीव, अपने आप में सिमटे हुए, बिना किसी को कोई नुकसान पहुँचाए, ये अपने आप में खोए हुए एकांत में बैठे हैं।

पूरे डेढ़ घंटे का समय कैसे बीत गया मुक्ता को पता ही नहीं चला। सीढ़ियाँ चढ़कर जब ऊपर आई तो लगा कि गहरी नींद में खोई हुई कोई सपना देख रही थी जो अचानक टूट गया और बाहर की धूप आँखों में भर गई। थोड़ी देर के लिए उस सपने में ऐसे खो गई कि उसे कुछ भी याद नहीं रहा। न सेमिनार, न यह विदेशी प्रवास, ऊपर आकर समुद्री हवा का स्पर्श पाकर वह चैतन्य हो उठी। देवयानी बोली–

''आपको कैसा लगा मौसी।''

मुक्ता ने जैसे अपनी उनींदी आँखें खोलीं, धीमे से बोली, ''अद्भुत, अलौकिक, बिलकुल स्वप्नलोक की तरह।'' कहते हुए जाने क्यों उसका मन थोड़ा भर आया। बच्चे साथ आते तो वे सब भी देखते। कितने खुश हो जाते। उसे अनमनी देखकर केतकी ने पूछा–

''थक गई, भूख लगी है न।''

''अरे नहीं, बस यूँ ही।''

तब तक केशव बोला, ''हाँ-हाँ, भूख तो लगी है मैं तो आइसक्रीम खाऊँगा।''

गणपति बोले, ''आज हम लोगों का लंच बड़े भाईसाहब के यहाँ है दीदी। आपके आने की खुशी में उन्होंने हम सबको लंच पर बुलाया है।''

मुक्ता थोड़ी संकुचित हो उठी तो केतकी बोली, "तुम्हारे आने के बारे में बताया तो भाभी ने स्वयं कहा कि दिन का लंच हम उन्हीं के साथ लें, सबसे मिलना हो जाएगा।"

कार ग्राम्बे की व्यस्त आबादी से निकलकर एक बार फिर गन्ने के खेतों से होकर गुजरने लगी। इस बार रास्ते में थोड़ी-सी चढ़ाई थी, चारों तरफ की हरियाली देखकर मुक्ता मुग्ध हो गई। हल्की बारिश शुरू हो गई थी। मौसम अनायास ही सुहावना हो उठा था। केतकी ने खिड़की का काँच थोड़ा सरका दिया तो हल्की बौछार सभी को छू गई।

"यह जगह मॉरीशस का मेघालय है मुक्ता, यहाँ हर वक्त बारिश होती रहती है।"

"इस जगह का नाम क्या है?"

"क्यूरपिप।"

धीरे-धीरे कार एक घनी बस्ती में पहुँच गई। खूबसूरत से बगीचे को पार करके कार पोर्टिको में आकर खड़ी हो गई। बगीचे की खूबसूरती देखकर घर में रहने वालों की सुरुचि संपन्नता का पता चलता था। लाल, नीले-नारंगी, सफेद फूलों की गुलदस्ते सी सजी हुई क्यारियाँ। दरवाजे पर गृहस्वामी के नाम की नेमप्लेट लगी हुई थी—'त्रिशूल रामआधार'। ये गणपति के बड़े भाई का घर था। उन सबके स्वागत के लिए पूरा परिवार मौजूद था। गोरी-चिट्टी, थोड़ी स्थूलकाय भाभी। गुलाबी रंग के सलवार कुर्ते के ऊपर सफेद नेट की लेस लगी हुई ओढ़नी। गोल चिकने चेहरे पर लाल बिंदी, आँखों में सुरमे का आभास देता हुआ काजल तथा बालों के बीच वही नारंगी सिंदूर की रेखा। हँसकर उन सबका स्वागत करते हुए वह बैठक में लगी हुई अलमारी से जल्दी-जल्दी क्राकरी निकालने लगीं। गणपति के बड़े भाई मुक्ता को नमस्ते कहने के बाद दोनों बच्चों से बातें करने लगे। केतकी तो सीधी किचन में पहुँच गई, फिर उसने मुक्ता को भी वहीं बुला लिया। हँसते हुए बोली—

"भाभी कह रही हैं कि तुम्हें किचन में तकलीफ होगी।"

"अरे नहीं-नहीं, मैं बिलकुल आराम से हूँ।"

मुक्ता की बात सुनकर भाभी ने थोड़ा शर्माते हुए, थोड़ा हँसते हुए एक स्टूल मुक्ता की ओर सरका दिया और इशारे से कहा कि वह उस पर बैठ जाए। जाने क्यों भाभी को देखकर मुक्ता को लगा कि इस औरत के सिर्फ होठ ही नहीं हँसते, उसकी आँखें भी हँसती हैं, चेहरे का हर नक्श हँसता है बहुत कुछ केतकी की तरह। उस अपनत्व से भरी हुई हँसी ने मुक्ता को छू लिया। हँसती हुई बोल उठी—

"लाइए न भाभी, मैं आपकी कुछ मदद कर दूँ।"

"लो पहले यह ऑरेंज जूस पी लो, फिर मदद कर देना।"

ट्रे में ऑरेंज जूस के कई गिलास रखे थे। उनमें से एक गिलास मुक्ता को पकड़ाकर ट्रे लेकर केतकी ड्राइंगरूम में चली गई। भाभी जल्दी-जल्दी रोटियाँ बेलने

में लगी थीं। किचन के स्लैब पर कई डोंगे ढँककर रखे थे। उन पर नजर दौड़ाते हुए मुक्ता बोली–

"आपने कितना कुछ बना लिया भाभी।"

"अरे नहीं, कुछ खास नहीं बनाया। आप पहली बार हमारे घर आई हैं न, पता नहीं आपको हमारा बनाया भोजन पसंद आएगा या नहीं।"

स्थूलकाय शरीर के विपरीत बच्चों सी मीठी आवाज। मुक्ता को लगा मानो यहाँ मॉरीशस के किसी घर में नहीं, लखनऊ में अपने घर की रसोई में बैठी हो। परंतु साथ ही ध्यान आया कि उस घर की दोनों बहुओं में ऐसी आत्मीयता है क्या, जैसी इन दोनों महिलाओं में दिखाई दे रही है। जाने क्यों मुक्ता ने भाभी से नजरें चुराते हुए अपनी निगाहें उस ऑरेंज जूस के ग्लास में डुबो दीं। तब तक केतकी लौट आई। साथ में सफेद रिबन बाँधे हुए तथा सफेद रंग पर गुलाबी पोल्का-डॉट्स की घेरदार फ्राक पहने हुए दस-ग्यारह साल की एक प्यारी सी बच्ची।

"ये निहारिका है।" केतकी ने उस बच्ची का परिचय दिया।

"भाभी की बिटिया है।" मुक्ता उसके बालों को सहलाते हुए बोली।

"अरे नहीं, ये तो मेरी बिटिया है, निक्की।" बड़े लाड़ से केतकी ने उस बच्ची का हाथ पकड़कर अपने पास बिठा लिया।

चौंक उठी मुक्ता। केतकी के इस ममत्व भरे चेहरे को देखकर एक और चेहरा उसके मन के किसी कोने से झाँक उठा। इतना ही ममत्व भरा चेहरा, इतनी ही ममता भरी बोली, जो मुक्ता को बड़े प्यार से जब-तब अपने पास बिठा कर कहती थी, "अरे नाहीं, तू त हमरे बचिया है, मुक्ती।"

उसकी बड़ी ताई का चेहरा। आज केतकी के चेहरे में जाने क्यों उसे वही भाव हू-ब-हू नजर आया। निहारिका का हाथ थामे हुए ही केतकी बोली, "सागरिका कहाँ है भाभी।"

"अरे उसके तो पाँव नहीं टिकते घर में। गई है अपनी आठ-दस सहेलियों के साथ मिलकर फिल्म देखने।"

"कौन सी फिल्म।"

"अरे वही, क्या तो नाम है उसका।" भाभी मुक्ता की ओर मुखातिब होती हुई बोलीं, "तुम्हारे इंडिया की ही है। आजकल के लड़के-लड़कियाँ पागल हो रहे हैं जिसके पीछे।"

"उसमें ग्राम्बे की शूटिंग है।" निहारिका कोयल की तरह कूकती हुई बोली।

"हाँ हाँ वही। हफ्ते भर से पीछे पड़ी थी, आज उसकी क्लास की लड़कियाँ गई हैं, सो वह भी चल दी सिनेमा देखने। आती ही होगी।"

"जाने दीजिए न भाभी। उसकी उम्र है अभी घूमने-फिरने की। फ्रेंड्स के साथ ही तो गई है।"

"तुमने इन दोनों को बिगाड़ रखा है केतकी।" भाभी हँसी मिश्रित गुस्से से बोलीं।

मुक्ता मन-ही-मन पिघलने लगी। वही भाषा, वही बोली, वही हाव-भाव। ठीक इसी तरह उसकी माँ भी ताई से शिकायत करतीं, कहतीं–

"आपने इसे सर पर चढ़ा रखा है दीदी।"

अब वो सब बातें नहीं होतीं उस आँगन में। सबकी अपनी-अपनी खुशियाँ हैं। न तो किसी को सर पर चढ़ाकर रखने की फुर्सत है, न ही किसी को प्यार भरा उलाहना देने की। उसे अपनी ही सोच में डूबी हुई देखकर भाभी बोलीं–

"लगता है आप थक गई हैं। बस अभी खाना लगा रही हूँ। तब तक चाहें तो थोड़ा आराम कर लीजिए।"

"अरे नहीं भाभी, मैं बिलकुल ठीक हूँ। ये निहारिका की फ्राक बड़ी अच्छी लग रही है।" अपने को सँभालते हुए बात बदलने की कोशिश की उसने।

"भाभी ने स्वयं बनाई है। बड़ी अच्छी सिलाई करती हैं।"

"अच्छी क्या, बच्चों के थोड़े-बहुत कपड़े सी लेती हूँ। यहाँ एक संडे मार्केट लगता है। उसमें बड़े रीजनेबल रेट पर कपड़े मिल जाते हैं। बीस-पच्चीस रुपए मीटर के हिसाब से बड़ी अच्छी डिजाइन और मैटेरियल मिल जाता है। वहीं से लाकर मैं सी देती हूँ।"

"नहीं भाभी सचमुच बहुत सुंदर है। बिलकुल रेडीमेड की तरह। मुझे तो कुछ भी सीना नहीं आता।"

"अरे आप तो इतनी पढ़ी-लिखी हैं। कहानियाँ लिखती हैं, उपन्यास लिखती हैं। यहाँ इतने बड़े सेमिनार में आप आई हैं। केतकी ने सब बताया है मुझे।"

केतकी उसकी ओर देखकर शरारत से मुस्कुराती रही। मुक्ता झेंप उठी।

"इसने ऐसे ही बढ़ा-चढ़ाकर बताया होगा भाभी। ऐसा कुछ भी नहीं है। मैं तो बस मॉरीशस घूमने की इच्छा से यहाँ चली आई। सेमिनार की वजह से देश-विदेश के लोगों से जान-पहचान हो जाती है। मेरे लिए तो इस यात्रा की सबसे बड़ी उपलब्धि केतकी का मिलना हो गया। ऐसा सुखद संयोग घटेगा मैंने तो सपने में भी नहीं सोचा था।"

"केतकी तो हमेशा आपकी बातें करती है। आप दोनों बचपन की सहेलियाँ हैं न। आप तो बहुत बड़े घर की बेटी हैं। इतना बड़ा खानदान है आपका। आपके परिवार के सभी लोगों की बहुत तारीफ करती है।"

मुक्ता मुग्ध होकर सुनती रही। तब तक खाना लग गया। खूबसूरत डिनर सेट में सजे हुए तरह-तरह के व्यंजन। दाल, चावल, मिक्स्ड वेजीटेबल, दही, भरवाँ शिमला मिर्च, टमाटर, रोस्टेड चिकन, तली हुई सब्जियाँ, आलू, बैंगन, गोभी, यहाँ तक कि हरी मिर्चें भी।

डाइनिंग टेबल पर बैठकर मुक्ता असमंजस से भर उठी। बोली–

"आपने कितने व्यंजन बना लिए भाभी। अकेली सुबह से परेशान हुई होंगी।"

"आप हमारी केतकी की इतनी क्लोज फ्रेण्ड हैं। केतकी तो आपके घर के भोजन की तारीफ करते नहीं थकती। अरहर की भुनी हुई दाल, आम का अचार, मठरी, आलू की भुजिया, भुर्ता, कढ़ी, यहाँ तक कि लाई-चूड़ा तक की बातें बताती रहती है। हमें तो इतना सब आता भी नहीं।"

मुक्ता की समझ में नहीं आया कि कैसे अपनी प्रतिक्रिया व्यक्त करे। केतकी जैसी अल्हड़ लड़की ने उसे अपनी जिंदगी में इस तरह बसा रखा है, यह तो उसने भूले से भी नहीं सोचा था, अलबत्ता उसे लगता रहा कि सिर्फ वही है जो केतकी के बारे में कभी-कभी सोच लेती है। भोजन इतना अच्छा बना था कि मुक्ता को लगा वह भूख से ज्यादा ही खा गई। खाना-पीना समाप्त होते-होते दोपहर के ढाई बज गए। गृहस्वामी ने थोड़ा आराम कर लेने का आग्रह किया पर बच्चे घूमने को उतावले हो रहे थे। सबसे विदा लेकर वे वापस चल पड़े। कार ड्राइव करते हुए गणपति ने पूछा–

"अब आप क्या देखना चाहेंगी। मॉरीशस में घूमने के इतने स्पॉट हैं कि पूरा मॉरीशस ही एक टूरिस्ट स्पॉट की तरह लगता है।"

"जो आप ठीक समझें।"

"मैं तो आपको पूरा मॉरीशस घुमाना चाहता हूँ, पर आपके पास तो टाइम ही नहीं है।"

"ऐसा कर न मुक्ता। सेमिनार के बाद तू थोड़े दिन यहाँ रुक जा। मैं छुट्टी ले लूँगी।"

"नहीं केतकी मुझे जाना होगा। बच्चों के इम्तहान होने वाले हैं। अभी तो तीन दिन और हूँ। जहाँ चाहे घुमा दो मुझे।"

"पर अगले तीन दिन आप अपनी बिरादरी में जो रहेंगी। फुर्सत मिलेगी भला।"

"तो क्या हुआ, वहीं आ जाना। हम लोग एकाध सेशन बंक कर देंगे। जैसे कालेज में क्लास छोड़कर हम लोग कैंटीन में चाय-समोसे खाया करते थे। याद है।" मुक्ता हँसते हुए बोली।

"सच, मैं कब लेने आ जाऊँ बोल।"

"फुर्सत तो शाम के बाद ही मिलेगी केतकी। जिस काम से आई हूँ, उसे छोड़कर घूमती रहूँ, अच्छा नहीं लगता न। फिर तुम्हारी भी तो ड्यूटी है।"

"मेरी चिंता मत कर। मैं छुट्टी ले लूँगी। तू अपनी बता।"

"ऐसा करो, अगर तुम्हें फुर्सत है तो तुम्हीं आ जाओ। अगर मैं नहीं निकल सकी तो तुम भी मेरे साथ सेमिनार अटेंड करना।"

"माफ करो बाबा। इन लेखकों, कवियों, साहित्यकारों के सत्संग का लाभ उठाने

की मुझमें योग्यता नहीं है बाबा। वहाँ जाकर मैं क्या करूँगी। मुझे जानता ही कौन है।''

''क्यों मैं भी रहूँगी वहाँ।''

''तुम वहाँ जाकर क्या तुम, तुम रहती हो। न मुक्ता, मुक्ती। भारी-भरकम डॉ. श्रीमती मुक्ता श्रीवास्तव, कथाकार, उपन्यासकार, साहित्यकार, कविताकार जाने क्या-क्या हो जाती हो।''

''कविताकार नहीं, कवयित्री।''

मुक्ता को वाकई हँसी आ गई।

''हाँ-हाँ वही।''

बच्चे उनींदे हो रहे थे। गणपति बड़ी देर से दोनों की बातें सुन रहे थे। गाड़ी एक चढ़ाई की तरफ मोड़ते हुए बोले—

''चलिए दीदी, हम आपको एक अच्छी सी जगह दिखाते हैं। वोलकाना। यह एक शांत ज्वालामुखी है।''

''ज्वालामुखी।''

''हाँ, हजारों साल पहले यह ज्वालामुखी फूटी थी। धीरे-धीरे शांत हो गई। जाने कितना समय लग गया। अब तो उस पर इतनी हरियाली है कि देखकर यकीन ही नहीं होता कि कभी यह धरती आग उगलती थी। रंग-बिरंगे पेड़-पौधों से हरी-भरी धरती। सिर्फ फूलों के विभिन्न रंग नहीं हैं, वहाँ पर सैंड के भी बाईस रंग हैं, टोटल ट्वेंटीटू कलर्स आफ सैंड।''

''हाँ, और वहाँ पर एक बहुत बड़ा कछुआ भी है।''

एक बड़ी पुरानी-सी इमारत थी। मुक्ता को लगा जैसे लखनऊ की भूल-भुलैया का एक छोटा-सा कोना हो। नीची छत वाला कमरा, बीच में मेज पर बाईस प्रकार के बालू के नमूने रखे थे। आस-पास कुछ पुराने औजार जैसे संग्रहालय में रखे जाते हैं। जल्दी ही उन्हें देखकर वे सब उस इमारत से बाहर निकल आए। बाहर का परिवेश बड़ा ही मनोरम था। हल्की-हल्की बूँदें पड़ रही थीं। छोटी-सी पहाड़ी नदी की धारा के ऊपर एक छोटी-सी पुलिया थी, जिसे पारकर वे एक पार्कनुमा जगह पर पहुँच गए। बारिश की बौछार से बचने के लिए एक मंडपनुमा चबूतरे पर आकर खड़े हो गए। मंडप के नीचे लकड़ी की बेंच पड़ी थी। उस पर बैठकर मुक्ता ने चारों ओर निगाह डाली। भीगी हुई हरियाली देखकर आँखें ठंडी हो गईं। मंडप के थोड़ा आगे लकड़ी की रेलिंग लगी हुई थी। उससे नीचे जाने के लिए सीढ़ियाँ बनी थीं। मौसम के साथ-साथ मन भीगने लगा। केतकी बोली—

''चाय पियोगी।''

''हम तो कछुआ देखने जाएँगे।'' केशव बोल उठा।

''बारिश में भीग जाओगे।'' केतकी ने आँखें तरेरीं।

''छतरी है न हमारे पास।'' देवयानी तब तक लाल, नीली छतरियाँ खोल चुकी थी।

''मैं दिखा लाता हूँ इन्हें कछुआ, आप चलेंगी दीदी।'' गणपति बोले।

''आप बच्चों को दिखा लाइए। मैं यहाँ थोड़ी देर बैठूँगी। अच्छा लग रहा है।''

''हाँ और क्या, ये मुक्ता सात-समुंदर पार करके इतनी दूर कछुआ देखने आई है क्या। आप लोग जाइए, हम यहीं ठीक हैं।''

गणपति बच्चों का हाथ पकड़कर जाने को तैयार हो गए तो मुक्ता बोली, ''चाय पी लीजिए।''

''नहीं, नहीं, वापस आकर तुम चाय पीना, नहीं तो कछुआ कहीं छुप जाएगा।'' देवयानी अपने पापा का हाथ पकड़कर खींचते हुए बोली।

दोनों बच्चों का हाथ पकड़कर गणपति सीढ़ियाँ उतरने लगे। केतकी ने तिरछी नजर से देखते हुए कहा—

''देखा, कैसे दोनों को सर चढ़ा रखा है। और यह देवयानी ऐसे हुकुम चलाती है जैसे उनकी बेटी नहीं, माँ हो। तुम ये करो, तुम वो करो, तुमने ये क्यों नहीं किया, तुमने वो क्यों नहीं किया। आप तो कभी बोलती ही नहीं। और ये गणपति भी उसकी सारी बातें सुनते हैं, मेरी चाहे न सुनें।''

मुक्ता कुछ बोली नहीं, केतकी की ओर देखकर मंद-मंद मुस्कुराती रही।

''तुम्हें हँसी आ रही है, मेरा तो जी जल जाता है।'' केतकी कृत्रिम गुस्से से उसे घूरते हुए बोली।

''हाय सच, सचमुच जल जाता है, तभी तो पति और बेटी की इतनी तारीफ हो रही है।'' मुक्ता नाटकीय ढंग से बोली तो केतकी हँस पड़ी।

''जी जल जाता है तो ये मंजर है, और जो जी खुश हो जाता हो तो क्या नजारा होगा।''

दोनों की हँसी से वह हरा-भरा परिवेश मुस्कुरा उठा। बेंत की टोकरी में से थर्मस निकालकर केतकी ने कागज के गिलास में चाय डाली। एक गिलास मुक्ता को देकर एक स्वयं लिया। हल्की-हल्की पड़ती बौछारें, हाथों में चाय का गिलास, उससे उठती हुई भाप, केतकी का मनपसंद सान्निध्य। मुक्ता का कवि मन गुनगुना उठा। बोली—

''बिलकुल कजरी गाने वाला मौसम है। तुम्हें पता है केतकी हमारे यहाँ मिर्जापुर की कजरी बहुत प्रसिद्ध है। परसों शाम को महात्मा गाँधी इंस्टीट्यूट में यहाँ की महिलाओं ने बड़ी अच्छी कजरी सुनाई।''

''कौन सी।'' केतकी कहीं खोई हुई सी बोल उठी।

''वही, कैसे खेलन जइहों सावन में कजरिया बदरिया घिरी आई ननदी।''

''ऐसे नहीं, गा के सुनाओ।''

"कैसे?"

"ऐसे।" केतकी अपनी पलकें आधी गिराकर गुनगुना उठी—

"तू तो जात हो अकेली,
कोई संग न सहेली,
केहू रोक लिहैं तोहरी डगरिया
बदरिया घिरी आई ननदी।"

केतकी के मुख से सधे हुए स्वर में कजरी सुनकर मुक्ता आश्चर्यमिश्रित आनंद से विभोर हो उठी। बोल उठी—

"तुम्हें याद है, ये सब भी गाती हो तुम।"

"और भी बहुत कुछ गाते हैं हम, आप सुनेंगी।" बड़ी अदा से पलकें उठाकर बोली केतकी।

"जरूर।" केतकी का उत्साह मुक्ता को छू गया—

"अरे रामा बेला फूले आधी रात,
चमेली दुपहरिया रे हरी।
अरे रामा...."

बरसाती हवा में जैसे दोनों सखियों के उत्साह का रस घुल गया। मुक्ता का स्वर अपने-आप केतकी के स्वर से कब जाकर मिल गया मुक्ता जान ही नहीं पाई।

आनंद से, उत्तेजना से केतकी का चेहरा लाल हो गया। एक के बाद एक जाने कितने गीतों की पंक्तियाँ याद आती गईं। भूले-बिसरे, आधे-अधूरे गीतों की पंक्तियाँ, किसी का स्थाई, किसी का अंतरा। ये न कोई अंताक्षरी थी, न कोई प्रतियोगिता, ये तो बस मन का आनंद था, जो अनायास ही दोनों सखियों के गले से फूट पड़ा था। उत्साह के मारे दोनों सखियाँ जैसे अपनी उम्र से पंद्रह बीस वर्ष पीछे लौट गईं। बालों की दो चोटियाँ गूँथे, उनमें लाल रिबन बाँधे, कमर में लाल हरी चुनरी का फेंटा कसकर, नाजुक, साँवली, कलाइयों पर भर-भर कलाई गहरी हरी काँच की एक सी चूड़ियाँ पहने, मानों दोनों सखियाँ एक-दूसरी का हाथ पकड़कर गोल-गोल चक्कर खाती हुई घूम रही हों। किशोरियों का सबसे प्रिय खेल।

"चल चमेली बाग में, झूला झुलाऊँगी।" एक गीत की पंक्ति खत्म होती तो केतकी को दूसरी याद आ जाती। "एक और सुनाऊँ, मेरी जो आया थी न, रामदेई वो गाती थी, तुझे आती है।"

मुक्ता का उत्तर सुने बिना वह शुरू हो गई—

"एही ठईयाँ, मोतिया हेराए गए हो रामा,
कहवाँ मैं ढूँढूँ।"

मुक्ता ने याद करने की कोशिश करते हुए गीत का अंतरा गाया—

"बाग में ढूँढूँ, बगईचा में ढूँढूँ।

ढूँढ़ूँ मैं सारी अँगनवाँ हो रामा,
कहवाँ मैं ढूँढ़ूँ।
एही ठईयाँ मोतिया हेराय गए हो रामा,
कहवाँ मैं ढूँढ़ू।''

दोनों सखियों का सम्मिलत स्वर उस खूबसूरत वादी में देर तक गूँजता रहा। उनके गीत में संगत करने के लिए मानों कहरवा का ठेका बजाते हुए, ताल देते हुए झमाझम पानी बरसता रहा। जाने कितना समय बीत गया।

घर की ओर लौटते हुए गोधूली की वेला हो आई। बारिश रुक गई थी। आकाश में छाए बादल हल्के होकर इधर-उधर मानों तैरते हुए उड़ रहे थे। ठीक केतकी और मुक्ता के मन की तरह, हल्के, कोमल, शुभ्र धवल, रेशम-रेशम। बारिश की वजह से प्रकृति और निखर गई थी। साफ-सुथरा, सुंदर परिवेश, कहीं भी उड़ती हुई धूल नहीं थी, भीड़-भाड़ नहीं, ट्रैफिक जाम नहीं, मैले-कुचैले लोग नहीं, बाजार हो या बस स्टेशन, कहीं भी कोई माँगने वाला नहीं दिखा। ट्रैफिक पुलिस जरूर थी। आवागमन बिलकुल सहज था। वी.आई.पी. गाड़ियों की वजह से कहीं भी रास्ता जाम नहीं था। मुक्ता को आश्चर्य हुआ। बोली–

''यहाँ की ट्रैफिक व्यवस्था कितनी दुरुस्त है।''

''लॉ एण्ड ऑर्डर की भी कोई प्रॉब्लम नहीं है दीदी। आपको हथियार बंद गार्ड्स जल्दी कहीं नजर नहीं आएँगे।''

''यहाँ लोगों के रहन-सहन में कोई खास फर्क नहीं है मुक्ता। हर कोई मेहनत करके अपना पेट भरता है। एक-दूसरे से, छीनने की, लूटने की प्रवृत्ति नहीं है लोगों में।''

घर पहुँचते-पहुँचते मुक्ता पूरी तरह इस खूबसूरत देश से प्रभावित हो चुकी थी। केतकी के परिवार के सान्निध्य से, उनके बात व्यवहार से, अपनेपन से अभिभूत उसके मन में आया कि काश वह भी इसी देश की वासी होती। उसका परिवार भी इसी तरह एक-दूसरे के साथ मिल-जुलकर रह पाता। अलग-अलग गृहस्थी, किंतु मन से एक-दूसरे के करीब। कहीं कोई पूर्वाग्रह नहीं, किसी से किसी को कोई शिकायत नहीं। सुंदर परिवेश का असर इंसान के व्यक्तित्व पर जरूर होता है। उसका मन भी सुंदर हो जाता है।

बच्चे थक गए थे, दूध पीकर सोने चले गए। मुक्ता ने भी खाने से अनिच्छा जताई तो केतकी बोली–

''नहीं-नहीं, कुछ तो खाना ही पड़ेगा। रात में कोई भूखे सोता है भला। तुम्हें याद नहीं, ताईजी कहती थीं कि रात में भूखे सोने से बल घट जाता है, चिड़िया भर का वजन कम हो जाता है शरीर से।''

''मुझे न सही, तुझे तो याद है न सब कुछ। बिलकुल ताई जी की तरह बोलने लगी है।'' मुक्ता ने सराहती हुई आँखों से केतकी को देखते हुए कहा।

"अरे कहाँ, उनके जितनी सुघड़ होती, उतना कुछ बनाना आता तो वैसा भोजन बना-बनाकर खाना बनाने का कोचिंग सेंटर खोलकर करोड़पति हो गई होती। किसी ने सच ही कहा है कि गृहिणी जब अन्नपूर्णा हो, तभी लक्ष्मी का वास होता है घर में। अचला होकर रहती हैं उस घर में।"

बड़ी ताई का जिक्र सुनकर मुक्ता के मन में एक टीस उठी। किस मुँह से वह कहे केतकी से कि उसकी नजरों में सुघड़, अनोखी, अन्नपूर्णा, सती-लक्ष्मी सी बड़ी ताई का मोल स्वयं उनके अपनों ने दो कौड़ी का भी नहीं आँका। जीवन की सांध्यवेला में पर के ऊपर बनी हुई बरसाती में सर छुपाने की जगह ढूँढ़नी पड़ी। परंतु एक चीज उन्हें जरूर मिली, पति का एकनिष्ठ प्रेम, समर्पण, विश्वास और सबसे बढ़कर निश्चिंत, दुर्लभ एकांत, जो उन्हें अपनी युवावस्था में भी नहीं मिला था। जाने क्यों उनकी वह दो कमरे की गृहस्थी जिसे छोटी चाची व्यंग्य से 'कबूतर खाना' कहती थीं, मुक्ता को बया पक्षी के खूबसूरत घोंसले सी लगती। ईश्वर करे बया पक्षी के जोड़े की तरह उसके ताई-ताऊ भी अपने उस घोंसले में धूप-बरसात, आँधी-पानी से सुरक्षित रहें। नए सिरे से जो अपना संसार बसाया है, रचाया है अब दुबारा उसका कोई तिनका न बिखरे। मन-ही-मन मुक्ता ने दुआ माँगी। केतकी फुर्ती से सलाद काट रही थी। उसे देखकर वह बोल उठी।

"तुझमें भी तो उस गुण की कोई कमी नहीं देख रही हूँ। नौकरी करती हो, पैसे कमाती हो, घर का सारा काम भी करती हो, ऊपर से मुझ जैसी मेहमान की इतनी अच्छी मेजबानी कर लेती हो। तुम्हारे घर में भी इसलिए सुख-समृद्धि का वास हमेशा रहेगा केतकी।"

"अरे बाबा, मेहमान के मुँह में घी शक्कर। पर मेरी इतनी तारीफ मत कर।"

"क्यों न करूँ, तू है ही तारीफ के काबिल।" मुक्ता गंभीर होकर बोल उठी।

"वो क्या है कि तेरे मुख से अपना गुणगान सुनकर जो मुझे अपने पर गुमान हो गया न उसीसे सब गड़बड़ हो जाएगा। नमक-मिर्च अगर कम-ज्यादा हो गया तो तेरी सारी प्रशंसा धरी रह जाएगी, मेरा सारा इम्प्रेशन ही खराब हो जाएगा।"

"कुछ गड़बड़ नहीं होगा। तेरी सारी बातें बहुत याद आएँगी केतकी। तेरी मिर्च भी याद आएगी और तेरा नमक भी नहीं भूलूँगी।"

"हाँ-हाँ, ज्यादा गंभीर मत बनो। अपनी यह गंभीरता अपने कल के सेमिनार के लिए, अपनी बिरादरी के लिए बचाकर रखो डॉ. श्रीमती मुक्ता श्रीवास्तव जी। काम आएगी।"

"मैं मजाक नहीं कर रही हूँ केतकी, सच कह रही हूँ। कामकाजी होते हुए भी कितनी सुघड़ गृहिणी हो तुम। नौकरी और गृहस्थी दोनों कितनी अच्छी तरह सँभालती हो। महिलाओं का ऐसा संतुलित व्यक्तित्व अब वहाँ इंडिया में कम ही देखने को मिलता है।"

मुक्ता ने यह बात पूरे मन से कही थी। उसे स्वयं महसूस हो रहा था कि घर के काम को वह शायद उतने मन से नहीं कर पाती है। मन में हमेशा डॉक्टर, इंजीनियर, प्रोफेसर, ऑफिसर नहीं बन पाने का मलाल लिए फिरती है। पति और बच्चे उसके व्यर्थ के आक्रोश का निशाना बनते हैं। आज जो वह केतकी की जगह स्वयं होती तो क्या इतनी चुस्ती-फुर्ती से किचन में खड़ी होती, वह भी पूरे दिन घूमने के बाद। शायद नहीं, या तो बाहर किसी होटल में खाने का प्रस्ताव रखती या पति को किसी होटल से खाना पैक कराने के लिए बाहर ठेल देती। कोई आश्चर्य नहीं कि बच्चों के कुछ माँगने पर खीज कर एकाध चपत भी जड़ देती।

उसके मना करने पर भी केतकी ने खाने की टेबल सजा दी। वेजीटेबल पुलाव, खीरे और दही का रायता, सलाद, पापड़, आलू का भुर्ता, तले हुए बैंगन, लाल मिर्च का भरा हुआ अचार। यही नहीं मुक्ता की थाली परोसकर उसने कलछुल भर देशी घी खूब गरम करके उस वेजीटेबल पुलाव पर उँड़ेल दिया तो मुक्ता उसके सुगंध से सराबोर हो उठी। यह सुगंध तो उसके मायके में हर शनिवार को उठती थी, उस दिन दोपहर के भोजन में नियमतः खिचड़ी बनती थी। इसी तरह गरम खिचड़ी के ऊपर कलछुल भरकर घी परोसी जाती थी, साथ में आलू का भुर्ता, दही, पापड़, अचार और तली हुई तरकारियाँ, आलू, बैंगन, लौकी, भिंडी। चम्मच भरकर मुँह में रखती हुई मुक्ता बोल उठी—

"ये तो बिलकुल हमारे यहाँ शनिवार के लंच का मेनू है, पर आज तो रविवार है।"

"अरे मेनू को थोड़ा बदलना पड़ा, पहले सोचा खिचड़ी बनाऊँ, पर फिर सोचा कि सुबह तो तू चली ही जाएगी, इसलिए पुलाव बना लिया।"

"अरे तो खिचड़ी ही बनाती। मुझे भी पसंद है और फिर तुमने तो कल ही कहा था कि आज तू मुझे खिचड़ी खिलाएगी।" मुक्ता ने परिहास के स्वर में कहा।

"पर बाहर जाते वक्त, यात्रा के वक्त किसी को खिचड़ी खिला के नहीं भेजा जाता है, इसलिए तो।" केतकी उदास होते हुए बोल उठी।

मुक्ता हैरान हो गई। ये सब बातें, मान्यताएँ, वो तो बहुत पीछे छोड़ आई है। दादी की कही हुई सारी बातें हैं ये सब, कुछ भूल गई, कुछ याद हैं, और जो याद हैं उस पर अमल करना वह जरूरी नहीं समझती। पर केतकी को वो सब बातें न सिर्फ याद हैं, बल्कि वह उन पर यथासंभव अमल भी करती है। उसका उदास चेहरा देखकर उसने बात सँभाली—

"पर मैं अभी थोड़े ही जा रही हूँ, सुबह जाऊँगी।"

"रात बीतते कितनी देर लगती है।" कहकर केतकी किचन में कुछ लाने गई तो गणपति बोले—

"आप कल चली जाएँगी दीदी, इसलिए आपकी सहेली उदास है।"

मुक्ता का भी मन भर आया, ये दो दिन कैसे बीत गए उसे पता भी नहीं चला।

हाथ-मुँह धोकर, कपड़े बदलकर केतकी जब सोने आई तो मुक्ता कमरे के साथ लगी बॉलकनी में रेलिंग पर झुकी हुई अपने में खोई सी खड़ी थी। आहट पाकर पीछे घूमकर देखा तो केतकी खड़ी थी। गहरी नीली नाइटी, गले के साथ खूबसूरत बिवनुमा एम्ब्राइडरी, बाँहों पर लेस लगा हुआ था। बालों को ऊपर की तरफ समेटकर उसने सफेद हेयर बैंड लगा रखा था। समुद्री हवा के झोंके से बालों की कुछ लटें चेहरे पर बिखर गई थीं, चेहरा बचकाना हो उठा था। उसे वह वैसी ही केतकी लगी जैसी कॉलेज के दिनों में लगा करती थी। मुक्ता उसे एकटक देखती रही। उसे चुप देखकर वह बोल उठी–

"तो कल चली जाओगी।"

"तुम कहो तो ना जाऊँ।"

"रहने दो, मन-ही-मन तो दिन गिन रही होगी, कि कब सेमिनार खत्म हो और उड़कर लखनऊ पहुँच जाऊँ, अपना देश, अपने लोग, अपना घर, अपनी दुनिया में।"

"नहीं केतकी, मैं सच कह रही हूँ, तुम्हारा यह देश इतना सुंदर है, सब कुछ इतना बढ़िया है कि जी करता है यहीं रह जाऊँ। वहाँ कभी लौटकर ही न जाऊँ।"

"रहने दे, विशाल को छोड़कर, बच्चों को छोड़कर तू भला यहाँ रहेगी। जैसे मैं तुझे जानती नहीं, मुझसे बनो मत, तेरा घर मेरा देखा है।" केतकी ने ऐसी अदा से यह मुहावरा कहा कि मुक्ता को हँसी आ गई।

"और उन सबको भी यहाँ बुला लूँ तो।"

"तो क्या, अपना देश, अपने लोग, अपना घर छोड़ना आसान है क्या, वह भी तेरे जैसी संवेदनशील लेखिका के लिए।"

"अरे क्यों नहीं, वहाँ रखा ही क्या है, धूल-धक्कड़, भीड़-भाड़, मार-पीट, बेरोजगारी, चोरी-डकैती।" मुक्ता पर मॉरीशस पूरी तरह हावी था पर केतकी स्थिर थी। बोली–

"ऐसा नहीं कहते मुक्ता, अपना देश अपना ही होता है, अपने लोग अपने ही होते हैं। अपना घर भी अपना ही होता है।"

"अरे इंसान जहाँ रहे वहीं घर बना सकता है, वहीं के लोग अपने बन जाते हैं, वही अपना देश बन जाता है।"

"ऐसा तू इसलिए कह रही है मुक्ता क्योंकि तेरे पास अपना कहने को एक देश है, एक घर है, एक परिवार है, शहर है, समाज है। और तू जानती है कि सेमिनार खत्म होते ही तू वहाँ लौटकर चली जाएगी।"

"नहीं भी गई तो क्या फर्क पड़ता है। वहाँ रखा ही क्या है। कितने ही लोग

तो विदेशों में जाकर बस रहे हैं।''

''नहीं, मुक्ता, बहुत फर्क पड़ता है, अपनी जमीन, अपनी जड़ें छोड़ना बहुत-बहुत कठिन है, मुझे तो लगता है यह इंसान का सबसे बड़ा दुर्भाग्य है।''

''क्यों, दुर्भाग्य क्यों है, तू क्या इंडिया छोड़कर यहाँ नहीं आई। तू खुश नहीं है।'' मुक्ता आवेश में बोल उठी।

''मेरी बात अलग है। यहीं जन्मी, यहाँ मेरे बाप-दादा का घर है, थोड़े समय के लिए इंडिया जरूर चली गई थी। फिर वापस लौट आई। अब तो यहीं मेरा सब कुछ है। पर तेरी बात अलग है।''

''क्यों अलग क्यों है?'' मुक्ता तुनककर बोल उठी।

''आज कल तो दुनिया चाँद और मंगल ग्रह पर जाकर बसने की बात करने लगी है और मैं एक महाद्वीप से दूसरे महाद्वीप पर भी नहीं आ सकती।''

''आ क्यों नहीं सकती। पर वापस लौट जाने के लिए। तुम्हारा इंडिया लौट जाना तय है इसलिए इतनी बड़ी-बड़ी बातें कर रही है। पर मान लो कि अगर ऐसा नहीं हुआ तो।''

''तो, तो क्या?'' मुक्ता अभी भी मजाक के मूड में थी। पर केतकी गंभीर होते हुए बोल उठी, ''मान लो अगर तुम्हें इस वक्त यह पता चले कि तुम अब कभी इंडिया लौटकर नहीं जा सकतीं। अपने घर की देहरी पर पाँव नहीं रख सकतीं। अपने लोगों से अब जिंदगी में कभी नहीं मिल सकतीं तो तुम्हें कैसा महसूस होगा।''

''धत्, ये क्या बात हुई।''

''मैं मजाक नहीं कर रही हूँ मुक्ता। सच कह रही हूँ। एक बार तुम यह सोचकर देखो कि तुम्हें अपनी आखिरी साँस इसी विदेशी धरती पर लेनी है, तो तुम्हें कैसा लगेगा।''

''कैसी बातें कह रही हो, ऐसा भी कभी हो सकता है भला।'' मुक्ता केतकी की बात सचमुच नहीं समझ पाई।

''हो सकता नहीं मुक्ता, हुआ है। एक नहीं हजारों लोगों के साथ ऐसा ही हुआ है। जो ये सोचकर यहाँ आए कि वे एक निश्चित अवधि के बाद अपने देश लौट जाएँगे। और फिर वे कभी भी नहीं लौट सके।''

मुक्ता यह सुनकर चुप हो गई। भीगा हुआ वातावरण कैसा तो रहस्यमय हो उठा। साँय-साँय चलती समुद्री हवा कैसी तो अनजानी, वीरान सी हो उठी जैसे जिंदगी थम-सी गई हो। उस पल तो उसे केतकी भी बड़ी अपरिचित-सी लगी। यह सही था कि मॉरीशस उसे बहुत पसंद आया, पर हमेशा के लिए यहीं रह जाने की बात तो उसने यूँ ही मजाक में कह दी थी। उसने तो सोचा था कि केतकी भी उसे हल्के ढंग से लेगी। पर उसकी ऐसी गंभीर प्रतिक्रिया देखकर तो वह हक्का-बक्का रह गई। सबसे अधिक आश्चर्यचकित इस बात को लेकर हुई कि केतकी ने उसके मन की

बात को पकड़ लिया था जिसे वह स्वयं भी ठीक-ठीक नहीं समझ पाई थी। उसके वैनिटी बैग में उसका रिटर्न एयर टिकट कन्फर्म एवं सुरक्षित रखा हुआ था जिसे वह नित्य एक बार खोलकर देख लेती थी। मॉरीशस से मुंबई, मुंबई से दिल्ली एवं दिल्ली से लखनऊ तक का। अगर ऐसा नहीं होता तो क्या वह इतनी बेफिक्र होकर यात्रा का आनंद उठा पाती। केतकी इस कदर उसके मन को समझती है। वह अभिभूत हो उठी। कुछ सोचती हुई सी वह उसी बॉलकनी में पड़ी कुर्सी पर बैठ गई। साथ की दूसरी कुर्सी पर केतकी भी बैठ गई। उसे सोच में डूबी देखकर केतकी बोली–

"क्यों, डर गई। तुम भी न बिलकुल पागल हो स्टुपिड। मैंने तो बस एक बात कही थी। तुम उन लोगों में से थोड़े ही हो जो गिरमिटिया मजदूर बनकर कॉन्ट्रैक्ट पर यहाँ आए थे। तुम्हें तो यहाँ की संस्था ने बाकायदा निमंत्रण भेजकर यहाँ बुलाया है।"

"जानती हूँ, मैं तो तीसरे दिन वापस चली जाऊँगी। पर उन गिरमिटिया मजदूरों की बात सुनकर सोच में पड़ गई हूँ। सच उन पर क्या बीती होगी, यह जानकर कि वे अब कभी वापस नहीं लौट सकेंगे। क्या सचमुच उन्हें पहले मालूम नहीं था।"

"उस समय के जो आलेख उपलब्ध हैं उसमें तो यही लिखा है। मॉरीशस में पहले गिरमिटिया मजदूर सन् 1834 में या उसके आस-पास आए थे।"

"उनका नाम गिरमिटिया मजदूर क्यों पड़ा?"

"ठीक-ठीक तो मुझे भी नहीं मालूम। शायद कॉन्ट्रैक्ट का ही दूसरा नाम गिरमिट है। भारतीय प्रवासियों का शर्तबंद यानी कि कॉन्ट्रैक्टी कुली के रूप में आना 1834 से शुरू होकर 1910 तक होता रहा। सिर्फ मॉरीशस में ही नहीं, इसके अलावा ट्रिनिडाड, सूरीनाम, फीजी, गुयाना, युगांडा आदि में भी भारतीय मजदूर गए। उदर-पोषण के लिए वे अपना परिवार तथा देश छोड़कर यहाँ आए। उनमें से अधिकांश अनपढ़ थे। कॉन्ट्रैक्ट को पढ़ने में असमर्थ इन मजदूरों ने बिना कॉन्ट्रैक्ट पढ़े, समझे उस पर अपना अँगूठा लगा दिया, या जो पढ़े-लिखे थे भी तो उनकी विवेक बुद्धि पेट की आग में जलकर भस्म हो गई होगी। कॉन्ट्रैक्ट को ही कई जगह 'गिरमिट' कहा जाता था, इसलिए बोलचाल की भाषा में वे 'कांट्रैकी मजदूर' या 'गिरमिटिया मजदूर' कहलाए।"

"कॉन्ट्रैक्ट की शर्तें क्या थीं। कोई समय-सीमा निर्धारित नहीं थी।"

"कहने को तो समय-सीमा निर्धारित थी जैसे पाँच साल। पर लिखित रूप में समय-सीमा वाला कॉलम अधिकतर खाली छोड़ दिया जाता था। और वही उन मजदूरों के पाँव की बेड़ी बन जाता था। पाँच साल के लिए आए मजदूरों ने जिंदगी यहीं बिता दी।"

"और उनका परिवार!"

"कुछ लोग तो अपना परिवार साथ लेकर आए थे। परिवार यानि कि पत्नी

और बच्चे। बूढ़े लोगों के लिए यहाँ जगह नहीं थी। इसलिए अधिकतर मजदूरों के माँ-बाप वहाँ इंडिया में ही रह गए। क्योंकि वे लकड़ी काटने जैसा कठिन काम नहीं कर सकते थे। कई ऐसे भी थे जो ये सोचकर कि पाँच साल बाद लौटकर वापस आ जाएँगे, अपनी पत्नियों को साथ नहीं लाए थे। उन पत्नियों की पीड़ा की कल्पनाकर सकती हो। वो एक दोहा पढ़ती थीं न तुम कि–

'सोना खोजन पिऊ गए,
सूना कर गए देश।
सोना मिला न पिऊ फिरे,
रुपा हो गए केश।'

यह दोहा शायद उन्हीं प्रवासी पति की पत्नियों के लिए लिखा गया था।''

मुक्ता चुपचाप बैठी सुन रही थी। अधिकतर दोहे गलत पढ़ने वाली केतकी ने यह दोहा ठीक-ठीक पढ़कर सुना दिया, तो वह बोल उठी–

''कितना सटीक उदाहरण दिया तुमने। उन महिलाओं की पीड़ा की सही व्याख्या की तुमने।''

''क्यों न करूँ, आखिर मैं भी उसी परिवार की बेटी हूँ, बहू हूँ, जिनके पूर्वज गिरमिटिया मजदूर बनकर यहाँ आए थे। उनकी विदेश यात्रा आज की तरह नहीं थी। प्लेन में चढ़कर आना, होटल में ठहरना, गाड़ी में घूमना। नहीं ऐसा कुछ भी नहीं था मुक्ता। वे तो एग्रीमेंट के तहत लाए गए थे जो पंचवर्षीय था। उनमें से कइयों को तो यह भी पता नहीं था कि मॉरीशस भारत से बाहर है। उस समय यह द्वीप ब्रिटिश सरकार के अधिकार में था तथा भारत में भी ईस्ट इंडिया कंपनी राज्य सत्ता पर अधिकार करने लगी थी। कुछ प्रांतों में विशेषकर उत्तर प्रदेश, बंगाल तथा बिहार में बेरोजगारी अपनी चरम सीमा पर थी। वहाँ के लोगों की मजबूरी का फायदा उठाने का अवसर मॉरीशसीय जमींदारों ने हाथ से जाने नहीं दिया। तरह-तरह के लोभ दिए कि वे यहाँ बहुत धन कमाकर अपने देश भेज सकते हैं, एग्रीमेंट के अनुसार पाँच वर्ष बाद स्वयं लौटकर जा सकते हैं। परंतु ऐसा हुआ नहीं। अंग्रेजों ने दास-प्रथा जरूर खत्म की, परंतु एग्रीमेंट या शर्तबंदी की प्रथा दासता से अलग नहीं थी। प्रवासी भारतीय जब महीनों पानी के जहाज की यात्रा करके यहाँ पहुँचे तो उन पर जुल्म का पहाड़ टूटा। मॉरीशस द्वीप का प्रारंभिक इतिहास भारतीय प्रवासियों के खून पसीने से भीगा हुआ इतिहास है मुक्ता। यहाँ की धरती में हमारे अपने देश के पूर्वजों के खून-पसीने से भीगी हुई मिट्टी की सुगंध है इसलिए यह देश तुझे इतना अपना लगता है मुक्ता, आकर्षित करता है, खींचता है। क्या पता तुम्हारे खानदान का भी कोई पूर्वज यहाँ आया हो, तुम्हारा यहाँ की मिट्टी से यह आकर्षण, यह खिंचाव तुम्हारे अपने खून का खिंचाव हो।''

भाव विह्वल होकर मुक्ता ने केतकी का हाथ थाम लिया। बोली, ''मुझे तो

लगता है तुम्हारे साथ मेरा ऐसा ही कोई खून का रिश्ता है केतकी।" उसके स्वर में मजाक का नामो-निशान नहीं था। थी एक गाढ़ी आत्मीयता।

"क्यों नहीं हो सकता, हमारे पास क्या अपने खानदान का डेढ़-पौने दो सौ साल पुराना लेखा-जोखा है जो हम ये कह दें कि यह कोई गप्प है। हमारी आज की यह पीढ़ी आठवीं, नवीं, दसवीं, ग्यारहवीं, पीढ़ी है। किसी-किसी की तो चौदहवीं, पंद्रहवीं भी है। समय बदल गया है मुक्ता। उन गिरमिटिया पूर्वजों की संतानें आज इन राष्ट्रों की निवासी हैं। वे सुशिक्षित एवं सुसंस्कृत नागरिक हैं। जिनमें राष्ट्रपति, प्रधानमंत्री, सांसद सदस्य, राजदूत, न्यायाधीश, डॉक्टर, बैरिस्टर, वकील, वैज्ञानिक, प्रोफेसर, इंजीनियर, साहित्यकार, खिलाड़ी एवं व्यापारी सभी हैं। आज के इस खूबसूरत एवं उन्नत मॉरीशस के वे संभ्रांत नागरिक हैं।"

"इसके लिए जाने कितना जूझना पड़ा होगा उन्हें, कितनी पीढ़ियाँ निकल गई होंगी।"

"बिलकुल, कई जेनरेशन निकल गए मुक्ता। मॉरीशस की तरह फीजी, ट्रिनिडाड, सूरीनाम, गुयाना की भी यही कहानी है। यही इतिहास है। ये सभी अंग्रेज, फ्रांसीसी तथा डचों के उपनिवेश थे।"

"उस समय किसी ने कल्पना भी नहीं की होगी कि जंगल से भरे हुए जिस भूखंड पर वे लकड़ी काटने के लिए आए हैं वह भूखंड एक दिन इतना खूबसूरत हो जाएगा।"

"सिर्फ खूबसूरत ही नहीं मुक्ता, आजाद भी। मॉरीशस को आजादी दिलाने में भी उन गिरमिटिया मजदूरों की बहुत बड़ी भूमिका है।"

"वो कैसे।"

"गिरमिटिया मजदूर वित्तहीन जरूर थे, धन उनके पास नहीं था पर मान के वे बड़े धनी थे। अपनी भाषा, अपनी सांस्कृतिक विरासत, अपना मान, अपनी इज्जत उन्हें अपनी जान से भी अधिक प्यारी थी। हर कष्ट सहने के बावजूद उन्होंने धर्म का रास्ता नहीं छोड़ा। धीरे-धीरे वे अपने गोरे मालिकों तथा सरदारों के अत्याचार का विरोध करने लगे। उनका यह विरोध बढ़ने लगा, दुख ने उनकी एकता बढ़ा दी। भारत के अलग-अलग राज्यों से आए हुए लोग यहाँ आकर एक हो गए। उनकी एकता ने ही उन्हें जुल्म के खिलाफ खड़े होने की शक्ति दी। अंततः इन उपनिवेशों के मालिक अंग्रेज, फ्रांसीसी, डच आदि इन देशों की बागडोर यहाँ के स्थाई नागरिकों को देकर अपने देश लौट गए।"

इतना कहकर केतकी ने एक लंबी साँस ली।

"जिस तरह से यहाँ के नागरिकों ने इतना समय बीत जाने के बाद भी अपनी सांस्कृतिक विरासत को बचाकर रखा है वह तारीफ के काबिल है।" मुक्ता बोली।

"क्योंकि वही उनकी पहचान है। तुमने गौर किया होगा मुक्ता कि यहाँ महिलाएँ

पीले, नारंगी रंग का सिंदूर लगाती हैं। यही नहीं पूजा-पाठ, व्रत त्यौहार, सभी संस्कार निभाती हैं। यह उनके पूर्वजों से मिली वह धरोहर है जिसमें उनकी पहचान छिपी हुई है। इसलिए उन्होंने इसे बड़ा सँभालकर रखा है। बड़े गर्व से यहाँ के नागरिक बताते हैं कि उनके दादा के दादा, या नाना के नाना, उनके पिता, चाचा, ताऊ इंडिया से आए थे। उनके लिए इंडिया की हर चीज सँभालने लायक है, सहेजने लायक है क्योंकि एक समय था जब वह देश, वहाँ के लोग, वहाँ की संस्कृति उनके पूर्वजों के लिए दुर्लभ हो गई थी। यही होता है मुक्ता, इंसान उस चीज की कदर तब तक नहीं करता, जब तक वह उसके पास होती है। उसकी कीमत तब समझ में आती है जब वो चीज हाथ से निकल जाती है।''

मुक्ता ने गौर से केतकी की तरफ देखा, कहीं ये सारी बातें वह उसे ही तो लक्ष्य करके नहीं कह रही। क्योंकि इन दो दिनों में वह अपने मन की उलझन कई बार केतकी पर जाहिर कर चुकी है। घर-परिवार, टूटते पारिवारिक रिश्ते-संबंध, लड़ाई-झगड़े। जो भी हो केतकी की बातें उसके मन में उतरने लगीं। आँखे बंद कर के उसने अपने लखनऊ स्थित महानगर वाले घर की कल्पना की। वहाँ रहने वाले सभी चेहरे एक-एक करके सामने आते गए। विशाल, बच्चे इरा, और बाबू, माँ-बाबूजी, देवर यहाँ तक कि अपनी नकचढ़ी देवरानी की भी याद आई। अगर ये सब एकदम से छूट जाएँ तो, वह दुबारा उनसे न मिल सके तो, उसका मन उमड़ आया। यह तो वैसा ही होगा जैसे इस सात-समुंदर की यात्रा में वह समुद्र में डूब गई हो। लड़ाई-झगड़ा, भेद-भाव, सब कुछ नजर से ओट हो गया, उतर आए सिर्फ संबंध, खून का, भावनाओं का, सुख-दुख का, मायके का, ससुराल का। आज मुक्ता को महसूस हुआ कि सिर्फ प्रेम के लिए ही नहीं, लड़ाई-झगड़े के लिए भी एक संबंध का होना जरूरी है। संवाद-हीनता, संबंध-हीनता तो मृत्यु के समान है। इस तरह के कितने ही संबंधों की ऊष्मा से वह भर आई, जैसे हल्की होकर भी परिपूर्ण हो उठी। इस संसार के किसी हिस्से पर उसका अपना एक घर है, एक परिवार है जो उसके विदेश से लौटकर आने की बेसब्री से प्रतीक्षा कर रहा है। यह सोचकर वह जैसे सुखी हो आई, अपने अस्तित्व के प्रति उसके अंदर नए सिरे से एक आस्था जाग उठी। इसके लिए वह बिना किसी तर्क के मन-ही-मन केतकी के प्रति कृतज्ञ हो उठी। सखी के घर उसका यह दो दिनों का प्रवास सुंदर ही नहीं सार्थक भी रहा। किसी कोमल आत्मीय, सुघड़ हाथ का, संबंध का स्पर्श पाकर उसके मन की सारी गाँठें एक-एक करके सुलझ गईं।

रात आधी से ज्यादा बीत चुकी थी। थोड़ी देर को दोनों सखियों ने झपकी ले ली। सुबह मौसम साफ था। बादलों को चीर कर चमकता हुआ सूरज निकल आया था। प्रकृति रात की बारिश से धुलकर और निखर गई थी। सुंदर हो गई थी। चाय का गिलास लेकर देवयानी ने उसे जगाया। मुक्ता की आँखें उनींदी थीं। नींद

पूरी नहीं हुई थी, पर मन बहुत हल्का था। देवयानी को देखकर वह खिल गई। नरम, मोम की गुड़िया सी लड़की। कदकाठी केतकी की तरह पर चेहरे पर पिता की स्पष्ट छाप। उसे याद आया, दादी कहा करती थी, पितृमुखी कन्या बहुत भाग्यवान होती है।

जल्दी-जल्दी वह तैयार हुई। कमरे में वही चंदन की भीनी-भीनी सुगंध थी। मुक्ता का मन सात्विक हो आया। अपनी केरल वाली परंपरागत साड़ी पहनी। ऑफ व्हाइट कलर की कॉटन साड़ी। खूबसूरत जरी का तीन अंगुल चौड़ा बार्डर। मेल खाता ब्लाउज। गले में नाभि स्पर्श करता मंगल सूत्र तथा कानों में छोटे-छोटे सोने के झुमके। सोने की चार चूड़ियों के संग हरी काँच की चूड़ियाँ पहन लीं, मेल खाती काँच की चूड़ियाँ नहीं थीं। माँ की बात याद आ गई, उसे केवल सोने की चूड़ियाँ या कड़ा पहने देखकर अक्सर टोक देती थीं।

"ये कौन सा फैशन है मुक्ती। लाख की नहीं तो कम-से-कम काँच की चूड़ियाँ तो पहन लिया कर। शादीशुदा लड़कियों को सोने के साथ काँच की चूड़ियाँ जरूर पहननी चाहिए।"

आज यहाँ माँ नहीं हैं, दादी भी नहीं, ताई-चाची भी नहीं हैं, पर केतकी तो है। वह जरूर टोक देगी। और सारी बातों की तरह उसे ये बात भी जरूर याद होगी मुक्ता को पूरा यकीन था। केतकी के ड्रेसिंग टेबल के सामने खड़े होकर उसने अपने स्टेप्स में कटे बालों को समेटकर जूड़ा बनाया। नारंगी सिंदूर के साथ नारंगी ही बिंदी लगाई, आँखों में हल्का काजल डाला। अपना बैग हाथों में उठाए जब वह सीढ़ियाँ उतरकर नीचे पहुँची तो देवयानी बोल उठी–

"मौसी कितनी स्मार्ट लग रही हो।"

"यहाँ स्मार्ट का मतलब सुंदर लगना भी होता है।" केतकी ने देवयानी की बात का अनुमोदन किया।

मुक्ता विभोर हो उठी। दोनों बच्चों को गले लगाकर प्यार किया। बोली, "तुम लोग मेरे साथ चलोगे।"

"कहाँ इंडिया?" केशव ने पूछा।

"हाँ, मेरे घर।"

"मम्मी जाएँगी तो मैं भी जाऊँगा। मैं कभी इंडिया नहीं गया हूँ।"

"हाँ वहाँ मेरी माँ की नानी का घर है, मम्मी के मम्मी-पापा भी रहते हैं वहाँ।" देवयानी ने कहा तो सुनकर मुक्ता को भला लगा। केतकी ने बच्चों से कोई बात छिपाई नहीं। बच्चों की स्वस्थ मानसिकता इस बात का प्रमाण है। देवयानी के गाल पर हल्की चपत लगाते हुए बोली–

"अरे तेरी मौसी का घर भी तो है न, मेरा घर।"

"हाँ, आपके घर भी आऊँगी। आप मुझे बहुत अच्छी लगती हैं।"

"हाँ आंटी, आप बहुत स्वीट हो।"

केशव ने कहा तो मुक्ता खिलखिलाकर हँस पड़ी। केतकी ने आँखें दिखाईं, "फिर आंटी, क्या कहा था।"

"कहने दे न केतकी, जो इसका मन करे। तू इतना टोकती क्यों है, यह हमारे आपस की बात है।"

"हाँ-हाँ, ठीक है, ठीक है, पर आज बातों से ही पेट भरने का इरादा है। चल पहले नाश्ता कर ले। तेरे कॉन्फ्रेंस का समय हो जाएगा। समय से तुझे महात्मा गाँधी इंस्टीट्यूट पहुँचना है। यही वादा करके तुझे लाई थी, याद है न, सो एक बार तुझे सकुशल, सुरक्षित, अपनी बिरादरी में पहुँचा दूँ तो चैन मिले।" पूछ-पूछकर केतकी ने उसे खिलाया। बोली–

"खाले-खाले, वहाँ होटल का खाना तो तेरे गले उतरने से रहा। मुझे मालूम है। जूस पीकर, चाय पीकर ही रह जाएगी तू।"

बच्चों को स्कूल भेजकर केतकी और गणपति दोनों उसे होटल तक छोड़ने आए। समय से पहुँच गए वे। होटल के परिसर में दोनों वैननुमा बसें खड़ी थीं। डेलिगेट्स अभी मोका के लिए रवाना नहीं हुए थे। उसे उसके कमरे तक छोड़कर दोनों जाने लगे तो केतकी बोली–

"तुम्हारी फ्लाइट परसों कितने बजे की है।"

"यही ग्यारह बजे की।"

"साढ़े आठ बजे रिपोर्टिंग टाइम है। फ्लाइट नं. एम के 751 है। मेरी ड्यूटी उसी में है। वहीं मिलूँगी तुझे।"

मुक्ता भावुक होते-होते अचानक परिहास कर गई। गणपति की तरफ देखकर बोली–

"अच्छा जीजाजी, चलती हूँ अब। आप भी जा ही रहे हैं तो कहा-सुना माफ। आपकी पत्नी को पूरे दो-दिन अपनी सेवा में लगाए रखा मैंने। आपको तकलीफ तो हुई ही होगी।"

वह संभ्रांत पुरुष हो-हो करके हँस पड़ा। केतकी भी मुस्कुरा उठी। दोनों कार में जा बैठे। कार स्टार्ट हुई और चल पड़ी। केतकी खिड़की से झाँककर देखती रही, मुक्ता हाथ हिलाती रही जब तक कार आँखों से ओझल नहीं हो गई। दोनों को विदा कर मुक्ता लौट पड़ी। सामने वही होटल की इमारत थी, दो दिन पूर्व का परिचित परिवेश था।

भाग-4

डाइनिंग हाल में वही रौनक थी। मुक्ता को देखते ही अनुराधा जी बोलीं–

“अरे आप आ गईं, अपनी फ्रेंड के घर से। हम लोगों ने तो कल और परसों इतना इन्जवॉय किया, इतना घूमे कि पूछिए मत। और आप, इतनी दूर आकर भी ये सब नहीं देख पाईं।”

“अब देख लूँगी, अभी तो हम लोग तीन दिन और यहाँ हैं।”

“तीन दिन कहाँ, दो ही दिन तो। परसों तो हवाई जहाज में उड़ ही जाना है।”

“परसों शाम को जाना है न, तब तक काफी वक्त है हमारे पास।”

“हाँ बस तीन दिन और बचे हैं। झट से बीत जाएँगे।” अनुराधा जी किंचित उदास होते हुए बोल उठीं, तुरंत सहज भी हो आईं।

“लीजिए आप भी नाश्ता कीजिए।”

“मैं करके आई हूँ।” वहीं कुर्सी खींचकर बैठते हुए वह बोली।

“अरे कुछ तो लीजिए, चाय, जूस, फ्रूट। इन लोगों ने खाने-पीने का बढ़िया इंतजाम किया है।”

“मैं जरा कमरे से होकर आती हूँ, अपना पेपर निकाल लूँ।” मुक्ता कुछ याद करती हुई उठ गई। घड़ी देखी। नौ बजे थे। इंडिया में इस वक्त साढ़े छः बजे होंगे। मन-ही-मन कुछ सोचती हुई वह बाहर निकल आई। आफिसनुमा कमरे में टेलीफोन पर वही स्टाफ बैठा था जिसने पहले दिन केतकी से उसकी बात कराई थी। उसे देखते ही बोला–

“गुडमार्निंग मुक्ता जी।”

“गुडमार्निंग, एक फोन कॉल करना है।”

“व्हाई नॉट, कीजिए।”

“यहाँ नहीं, इंडिया करना है।”

"ओके, नंबर दीजिए।"

मुक्ता से उसके घर का नंबर लेकर उसने डायल किया, पहले दिन की ही तरह खूब खुश होते हुए उसने रिसीवर मुक्ता को थमा दिया। रिसीवर कान से लगाकर मुक्ता वहीं बैठ गई। जाने क्यों उसकी धड़कनें तेज हो गईं। इतनी सुबह वहाँ सब सो रहे होंगे। घंटी एक बार बजी, दो बार बजी, तीसरी बार किसी ने उठा लिया, अलसाया हुआ पुरुष स्वर "हैलो।"

"विशाल, मैं मुक्ता।"

"मुक्ता, कहाँ से बोल रही हो। तीन दिन से तुम्हारे कॉल का वेट कर रहा हूँ।" अलसाया स्वर चौंकन्ना हो उठा।

"आई एम सॉरी, मैं फोन नहीं कर सकी। यहाँ होटल में ही आई.एस.डी. की सुविधा है, मुझे मालूम नहीं था।"

"ठीक है, ठीक है, सेमिनार कैसा चल रहा है। और तुम कैसी हो।"

"ठीक हूँ। परसों शाम की फ्लाइट है।"

"एनी प्राबलम।"

"नो, नॉट एट आल। बच्चे कैसे हैं!"

"ठीक हैं, तुम्हें मिस करते हैं।"

"और माँ-बाबूजी।" मुक्ता ने अपने को कहते हुए सुना।

"सब ठीक हैं।" स्वर में आश्चर्य था।

"और-और, मृणाल तथा नीलम। नीलम की तबीयत तो ठीक है न।"

"हाँ-हाँ ठीक है। तुम परेशान मत होना।"

इस बार स्वर में खुशी झलक उठी।

"अच्छा, अब फोन रखूँ।" मुक्ता का स्वर अनायास ही कोमल हो आया।

"हाँ-हाँ रखो, अपना ध्यान रखना।" लाइन कट गई। मुक्ता ने बिल देखा। कुल दो सौ छत्तीस रुपए, भारतीय नहीं, मॉरीशन। भारतीय मुद्रा इससे अधिक होगी। मुक्ता ने खुशी-खुशी रुपए गिन दिए। अच्छा हुआ पहले दिन ही उसने पास के बैंक से मॉरीशन करेंसी ले ली थी। मन अनायास ही हल्का तथा तृप्त हो आया। मृणाल तथा नीलम, विशाल के छोटे भाई तथा उसकी पत्नी। कितने दिनों बाद उनका नाम लिया उसने। मुक्ता ने याद करने की कोशिश की। अचेतन रूप से ही एक दीवार जाने कब खड़ी हो गई थी दोनों भाइयों के बीच। आज जैसे मुक्ता उस दीवार में खिड़की खोलकर देख पा रही है। अपनी आसन्न प्रसवा देवरानी के लिए मन में कहीं व्यग्रता भी महसूस की उसने। तृप्ति, संतुष्टि, परिपूर्णता शायद इंसान को उदार बना देती हैं। ये सभी मानसिक अवस्थाएँ हैं। किसी का स्पर्श पाकर मुक्ता के मन पर जमी हुई परत साफ होने लगी थी जैसे। बाहरी आवरण तो वही था। बदलाव उसके भीतर शुरू हो चुका था।

ठीक साढ़े नौ बजे सब इंस्टीट्यूट के लिए चल पड़े। ड्राइवर वही गणेश था। पहले दिन की ही तरह वह बातें करता रहा। मुक्ता से बोला–

"आप दो दिन कहाँ गया था?"

"अपनी एक फ्रेंड के घर।"

"आपका मित्र का घर। बहुत अच्छा किया। अब हाली-हाली चलो सब लोग।"

मुक्ता मुस्कुरा उठी, 'हाली-हाली' यानि जल्दी-जल्दी। यह तो भोजपुरी का शब्द नहीं है, 'मगही' का है, पूर्वी बिहार में बोली जाने वाली भाषा है मगही। तो गणेश जी ने ठीक ही कहा था कि उसके पूर्वज 'कलकत्ता-बिहार' से आए थे। इसलिए उसकी बोली भोजपुरी, मैथिली, मगही, बंगाली इन सारी भाषाओं एवं बोलियों का मिश्रण बन गई थी। मुक्ता स्वयं बिहार के मैथिल अंचल से है। पढ़ाई-लिखाई पटना में हुई। शुरू से हिंदी बोलती रही, मैथिली बोलना जानती है, पर आदत नहीं है। इसके अलावे मगही, भोजपुरी आदि भाषाएँ समझती है, पर शुद्ध रूप से बोलनी नहीं आतीं उसे। यद्यपि वह 'अंतर्राष्ट्रीय भोजपुरी सम्मेलन' में भाग लेने आई है पर अपना पर्चा उसने हिंदी में तैयार किया था।

कॉन्फ्रेंस हाल में अपना पर्चा पढ़ने से पहले उसने सभी को संबोधित किया, कहा–

"मैं लखनऊ से आई हूँ। अपना पर्चा हिंदी में पढ़ने की इजाजत चाहती हूँ। पर उससे पहले आप सबई भाई-बहिनी लोगन हमार कर जोरी के प्रणाम स्वीकार करल जाओ। आशा करत बानी कि रउरा लोग हमार कमी के माफ करब।"

कॉन्फ्रेंस हाल में हल्की सी हँसी की लहर दौड़ गई। कुछ लोगों ने तालियाँ भी बजाईं। मुक्ता ने उत्साहित होकर पूरे आत्मविश्वास के साथ अपना पेपर पढ़ा। 'भोजपुरी भाषा का विस्तार और विकास।'

पंद्रह मिनट का समय निर्धारित था। तीन मिनट पहले अलार्मिंग घंटी बजती थी। पंद्रह मिनट बीतते ही पूरी घंटी बजती। वक्ता को अपना वक्तव्य खत्म करने का संकेत देती। तीस सेकेंड पहले मुक्ता ने अपना पेपर खत्म किया। मन-ही-मन उसने ईश्वर को धन्यवाद दिया कि उसका पर्चा समय से खत्म हो गया। कॉफी के लिए ब्रेक हुआ तो सब बाहर निकल आए। स्थानीय दूरदर्शन के स्टाफ हाथ में कार्डलेस माइक थामे वहाँ आए प्रतिनिधियों से बातचीत कर रहे थे। एक व्यक्ति अपना कैमरा लिए मुक्ता के करीब आया। बोला–

"एक्सक्यूज मी मैडम।"

"यस।"

"आप जरा दो मिनट का समय देंगी।"

"यस, आफकोर्स।"

"आप कहाँ से आई हैं?" कैमरा मुक्ता की ओर मुखातिब हुआ।

"भारत से।"

"आप इस कॉन्फ्रेंस के लिए क्या कहना चाहेंगी?"

"बहुत ही अच्छा प्रयास है। इस तरह के सेमिनार लोगों को एक-दूसरे से जोड़ते हैं, एक देश के लोगों का दूसरे देश के लोगों से एक स्वस्थ संबंध स्थापित होता है, स्वस्थ नजरिया विकसित होता है। इंसान को इंसान से जोड़ने का यह प्रयास आज के भौतिकवादी युग में बहुत जरूरी है।"

"आप लेखिका हैं?"

"मेरे पाठक कहते हैं।" हल्की स्मित के साथ मुक्ता बोली।

"अपने पाठकों को क्या संदेश देना चाहेंगी?"

"क्या संदेश देना चाहूँगी।" मुक्ता ने प्रश्न को दोहराया, फिर बोली–

"वही संदेश देना चाहूँगी जो 'राबर्ट्स फ्रॉस्ट' की पंक्तियों के रूप में मुझे मिला है। उनकी कविता की ये पंक्तियाँ मुझे प्रेरणा देती हैं–

'द वूड्स आर लवली, डार्क एण्ड डीप,
बट आई हैव ए प्रामिस टू कीप।
माइल्स टू गो बिफोर आई स्लिप,
एण्ड माइल्स टू गो बिफोर आई स्लिप।।'

"प्रस्थान से पहले मैं बहुत कुछ कहके जाना चाहती हूँ।" मुक्ता ने पूरे मन से ये पंक्तियाँ कहीं। ये पंक्तियाँ उसने अपने कॉलेज के दिनों में पढ़ी थीं, तब से आज तक वह जितनी बार उन पंक्तियों को पढ़ती है, उसे नई सी लगती हैं। कविता की कोई उम्र नहीं होती। "अगर वह कविता है तो सदैव षोड्शी है, और अगर ऐसा नहीं है तो वह कविता है ही नहीं।" उसने मन-ही-मन सोचा। बातचीत करके दूरदर्शन वाले उसे धन्यवाद देते हुए चले गए।

लंच ब्रेक में कितने ही जाने-पहचाने चेहरे दिखे। कवि, कहानीकार, आलोचक, शिक्षक, कलाकार सभी उपस्थित थे। मेजबान महिलाओं का भारतीय पहनावा देखकर मुक्ता को लगा कि महिलाओं के झुंड में अलग-अलग देश की महिलाओं को पहचानना असंभव है। वैसे भी मुक्ता को हमेशा लगता है कि महिलाओं के लिए जाति, धर्म, देश की सीमाएँ बहुत अधिक मायने नहीं रखतीं। उसे लगता है कि पूरे संसार की महिलाओं की जाति, धर्म, सब एक समान है। लंच ब्रेक में अपने आप सभी एक मेज पर इकट्ठी हो गईं। लखनऊ की वह कलाकार जिसके गीतों ने मुक्ता के मन में रस घोल दिया था, उसके साथ बैठकर बातें करती रही। हँसमुख, चंचल, मिलनसार महिला। मुक्ता से बोली–

"आपकी कहानियाँ पढ़ी हैं मैंने, आप कैसे इतना अच्छा लिख लेती हैं।"

"वैसे ही, जैसे तुम इतना अच्छा गा लेती हो।"

"गाने की क्या बात है, सीखा, रियाज किया, गा लिया। लेकिन क्रियेटिव राइटिंग

तो बिलकुल अलग चीज है। इसमें तो सबकुछ स्वयं सोचना होता है।''

''गाने में भी स्वयं गाना पड़ता है। सिर्फ सीखना ही काफी नहीं है, गले में सुर होना चाहिए, सुर में मिठास होनी चाहिए। हर कोई नहीं गा सकता है।''

''हर कोई लिख भी तो नहीं सकता। यह तो गॉड गिफ्टेड चीज है।''

''संगीत भी ईश्वर का वरदान है। संगीत साधना पूजा की तरह है। तुम्हें तो मालूम होगा।''

''और लिखना।''

''उसके साथ भी ऐसा ही है। कम-से-कम मुझे तो ऐसा ही लगता है। मेरे लिए तो वही पूजा है, वही साधना, वही योग है, वही मेडिटेशन।''

''अरे हर कोई ऐसा नहीं सोचता है मुक्ता। आजकल तो लोग प्रोफेशनल अधिक होने लगे हैं।'' अनुराधा वर्मा बोलीं।

''परिस्थिति इंसान को प्रोफेशनल भी बना देती है अनुराधा जी। साहित्य और कला किसी को रोजी-रोटी न दे तो इंसान क्या करे। वरना साहित्य, संगीत, ये सब तो मन के आनंद की चीज है। पर मन के आनंद से जिंदगी की बाकी आवश्यकताएँ तो पूरी नहीं हो जातीं।''

''पर आप तो प्रोफेशनल नहीं हैं।''

''सिर्फ मैं ही क्यों? और फिर मेरी तो अभी शुरुआत है, मेरी क्या गिनती। जुम्मा-जुम्मा चार दिन हुए लिखते। हमारे साहित्य का इतिहास तो ऐसे कलम के पुजारियों से भरा पड़ा है अनुराधा जी, जिसने अपनी जिंदगी में कोई भौतिक सुख न तो देखा, न ही उसको महत्त्व दिया। उनकी आर्थिक स्थिति कभी अच्छी नहीं रही। फिर भी उन्होंने एक सार्थक जिंदगी जी, संसार से, समाज से कुछ न लेकर बहुत कुछ दे गए। भौतिक, आर्थिक, सामाजिक बाधाएँ कभी उनकी कलम को प्रभावित नहीं कर सकीं। कोई तो ऐसी चीज होगी जिसके सहारे उन्होंने जीवनयापन किया। ये वही उनके मन का सुख, मन का आनंद था, जो उनकी जीवनी-शक्ति बनकर हमेशा साथ-साथ रहा।''

बातचीत गंभीर होने लगी थी, तब तक वहीं बैठी एक मेजबान मॉरीशन महिला मुस्कुराते हुए बोल उठी, ''उनके मन का आनंद कई पीढ़ियों तक इंसान के मन को आनंदित करता है। अपनी रचनाओं के रूप में, पुस्तकों के रूप में वे हमेशा जीवित रहते हैं।''

''इसलिए कहते हैं कि किताबें इंसान की सबसे अच्छी मित्र होती हैं। किताबों से दोस्ती करने वाला कभी अकेला नहीं होता, बोर भी नहीं होता।'' लखनऊ की वह गायक कलाकार बोली।

''और बातें भी अच्छी करना सीख जाता है, वरना हम महिलाएँ तो बदनाम होती हैं बेकार की बातें करने के लिए।'' मुक्ता हँस पड़ी।

"बेकार की बातें मतलब।" अनुराधा जी ने भौंहें टेढ़ी कीं।

"मतलब गहनों की, कपड़ों की, साड़ियों की।"

"वो तो हम यहाँ भी करेंगी। मैं तो सुबह से कहने वाली थी कि ये तुम्हारी साड़ी बहुत खूबसूरत लग रही है, कहाँ से ली।"

"तिरुवनंतपुरम् से, ये केरल की ब्राइडल साड़ी है।"

"अरे, वहाँ शादी में सफेद साड़ी पहनते हैं। हमारे यहाँ तो लाल जरी की भारी बनारसी साड़ी पहनते हैं। ऊपर से ढेर सारे गहने।"

"अब तो लोग अलग-अलग रंग भी पहनने लगे हैं। आजकल तो फैशन है गोल्डेन कलर, सिल्वर कलर, रस्ट कलर, पेस्टल कलर।"

"लो हमने यहाँ भी वही सब बातें शुरू कर दीं।" अनुराधा जी मुक्ता को तिरछी निगाहों से देखती हुई बोलीं।

"फिर भी यहाँ इस अंतर्राष्ट्रीय कॉन्फ्रेंस में, भोजन की टेबल पर इस तरह की बातें करना अधिक भला लग रहा है। वरना अभी अगर हम लखनऊ में होते तो इस वक्त रसोई में बैठकर कढ़ी के लिए बेसन फेंट रहे होते या फिर अचार का मसाला कूट रहे होते।" मुक्ता अनुराधा जी का वार व्यर्थ करते हुए बोल उठी।

भोजन की टेबल पर कई सुरीले कंठों की हँसी गूँज उठी। मुक्ता को एक बार फिर महसूस हुआ कि महिलाएँ पूरे संसार में एक ही स्वभाव की होती हैं। क्षणेरुष्टा, क्षणेतुष्टा। पल में तोला, पल में माशा। देश बदल जाने से, उनका स्वभाव नहीं बदल जाता।

शाम का सांस्कृतिक कार्यक्रम ठीक साढ़े पाँच बजे शुरू हो गया। एक बात मुक्ता को बड़ी अच्छी लगी कि यहाँ हर काम अपने निर्धारित समय से शुरू हो जाता है। ठीक सवा पाँच बजे मुख्य अतिथि आ गए। दीप प्रज्वलन के बाद कार्यक्रम शुरू हुआ तो हाल में चौथाई कुर्सियाँ भरी थीं, पर आधे घंटे में पूरा हाल भर गया। मुख्य अतिथि वहाँ के कोई मंत्री थे। सम्मेलन के अध्यक्ष ने मुक्ता से भी दीप प्रज्वलन करने के लिए कहा जो उसने खुशी-खुशी स्वीकार कर लिया।

सांस्कृतिक कार्यक्रम खत्म होते-होते रात के नौ बज गए। हाल से बाहर निकलकर भोजन के पंडाल तक जब सब पहुँचे तब तक हल्की बारिश शुरू हो चुकी थी। आज भी भोजन में मॉरीशन व्यंजनों के साथ ठेठ भारतीय भोजन की व्यवस्था थी। कढ़ी, मीठी दही, मिली-जुली सब्जी पूड़ी, अचार साथ में पानी की बोतल के साथ पेप्सी, लिम्का, मिरांडा की कई बोतलें रखी थीं। बस जब 'फ्लीक एम फ्लैक' के लिए रवाना हुई तो बारिश पूर्ववत हो रही थी। बस में बैठे सभी सहयात्री आपस में बातें कर रहे थे, दिन भर के कार्यक्रम की चर्चा हो रही थी। मुक्ता ने बस की खिड़की का शीशा थोड़ा खिसका दिया। उसकी काँच से सर टिकाया तो हल्की भीगी हुई ठंडी हवा का परस मिला। चेहरे के साथ-साथ आँखें ठंडी हो गईं, मन भी ठंडा

हो गया। बस अपनी गति से चली जा रही थी। सड़क के दोनों ओर पहले शहर दिखा, फिर बस्ती और फिर गन्ने के खेत शुरू हो गए। दिनभर की थकान थी। पिछली दो रातें केतकी के साथ बातें करने में गुजरी थीं। मुक्ता की आँखों में नींद उतरने लगी। अचानक मन के भीतर वही पंक्तियाँ गूँजीं–

'माइल्स टू गो बिफोर आई स्लिप।'

मुक्ता जैसे जाग उठी। उसके मन में ख्याल आया कि ये पंक्तियाँ जितनी आज प्रासंगिक हैं शायद उतनी ही तब भी रही होंगी जब यहाँ पर जंगल ही जंगल थे, घने, गहरे जंगल। उस वक्त यहाँ आए हुए प्रवासियों के मन में भी यही ख्याल आया होगा, यही भाव जगे होंगे। अपने एग्रीमेंट के तहत उन्होंने उन घने, गहरे जंगलों को देखकर वही तो सोचा होगा जो 'राबर्ट्स फ्रॉस्ट' ने ब्रिटेन में बैठकर सोचा, लिखा, अभिव्यक्त किया–

> ''द वूड्स आर लवली, डार्क एण्ड डीप,
> बट आई हैव ए प्रामिस टू कीप।
> माइल्स टू गो बिफोर आई स्लिप,
> एण्ड माइल्स टू गो बिफोर आई स्लिप।।''

मुक्ता अपने आप चिहुँक उठी। कवि देश और काल की सीमा से परे होते हैं यह बात उसने बड़ी शिद्दत के साथ महसूस की। हो सकता है उन प्रवासियों के पास अंग्रेजी भाषा न हो, कविता की वह किताब भी न हो, पर मन के भाव तो वही थे और भाव भाषा के मोहताज नहीं होते। वह तो इंसान की परिस्थिति के अनुसार व्यक्त होते हैं, अभिव्यक्त होते हैं। उन प्रवासियों ने अपने विश्राम से पहले, प्रस्थान से पहले, सोने से पहले जाने कितने माइल्स तक जंगल का जंगल काटकर रास्ता बनाया होगा। खेत बनाए होंगे, पर बनाया होगा, बसाया होगा, रास्ते बनाए होंगे। अनजाने ही मुक्ता उन प्रवासियों के प्रति कृतज्ञ होते-होते विह्वल हो उठी।

''यहाँ आकर अलग-अलग जाति, अलग-अलग धर्म वाले सभी भारतीय मिलकर एक हो गए। आपस में उन्होंने रोटी का रिश्ता जोड़ा, बेटी का रिश्ता जोड़ा। एक सुदृढ़, सभ्य, सुसंस्कृत समाज की स्थापना की।'' केतकी ने बताया था। केतकी को याद करके मन का एक कोना सूना सा लगा उसे। फ्लीक एम फ्लैक पहुँचते-पहुँचते बारिश थम चुकी थी, पर हवा में नमी बरकरार थी। होटल की लॉन में कुर्सियाँ लगवाकर कुछ लोग बैठ गए। मुक्ता भी उनके साथ ही बैठ गई। अनुराधा जी बोलीं, ''घर पर फोन करना है, यहाँ होटल में आई.एस.डी. की सुविधा है।''

''हाँ, मैंने सुबह बात की थी। आप फोन कर लीजिए।''

अनुराधा जी फोन करने चली गईं। बाकी लोग अपनी बातचीत में मशगूल थे। मुक्ता फिर कुछ सोचने लगी। उसकी यह एक खास आदत थी। अक्सर भीड़ में बैठकर भी अपनी सोच में गुम होकर अकेली हो जाती। थोड़ी-सी एकांतप्रिय थी।

दिन में थोड़ा एकांत मिलने पर पुस्तकें पढ़ती या कुछ लिखती। लगातार अगर चार-पाँच दिन तक एकांत नहीं मिलता तो अनजाने ही उसमें एक बेचैनी समाने लगती। उसके व्यवहार में एक चिड़चिड़ाहट सी झलकने लगती। उसे हमेशा लगता कि शारीरिक खुराक के साथ मानसिक खुराक भी जरूरी है। अपनी ही सोच में डूबी हुई सी वह बैठी थी कि सामने वह मेस वाली महिला आ खड़ी हुई। छींट का लंबा ट्यूनिक नुमा स्कर्ट, तथा नारंगी रंग का टॉप। मुक्ता ने पहचानने की कोशिश की, पहले दिन मेस में वह रसोई से व्यंजन ला-लाकर परोस रही थी। आज हाथ में कुछ फूल लिए हुए थी। मुक्ता को देखकर बोली–

"डिडि, आप कल कहाँ गए थे। हम आपको हेर रहे थे।"

"हेर रहे थे" यानि कि "खोज रहे थे।" मुक्ता को उसका मंतव्य समझने में कठिनाई नहीं हुई। भोजपुरी के ये प्रचलित शब्द उसे खूब मालूम थे। उसकी बात का जवाब देते हुए वह बोली–

"क्यों, आप मुझे क्यों ढूँढ़ रही थीं।"

"हम आपके लिए ये फूल लाए थे इसलिए। कल होटेल में कोई बुके छोड़ गए थे। आज शाम में भी दो ठो गुलदस्ता मिला तो हम उसमें से ये फूल छाँटकर आपके लिए निकाल लाए। आप ये फूल लाइक करते हैं न।"

मुक्ता ये सुनकर चमत्कृत हो उठी। आश्चर्य में डूबते हुए बोली, "आपको कैसे मालूम कि मुझे ये फूल पसंद हैं।"

"फर्स्ट डे हम आपको देखा था। आप व्हाइट फूल अपने बुके में से निकालकर रख रहे थे तो हमको लगा कि आप व्हाइट फ्लावर्स लाइक करते हैं।"

मुक्ता अभिभूत हो उठी। पहले दिन जब वह अपने गुलदस्ते में से रजनीगंधा की दो टहनियाँ छाँटकर अपने कमरे में ले गई थी तो इस महिला ने न सिर्फ देखा, अपितु याद भी रखा और सिर्फ यही नहीं अपनी व्यस्त दिनचर्या में से समय निकालकर उसके लिए ले भी आई। उसके इस व्यवहार को वह क्या नाम दे समझ नहीं पाई। आवरणरहित, मिलावट रहित, निःस्वार्थ, निश्छल भाव। ईमानदारी इतनी कि खुद ही स्वीकार कर रही है कि वो ये फूल खरीदकर नहीं लाई, अपितु किसी और के गुलदस्ते से निकाल लाई है। वह मंत्रमुग्ध हो उठी, उसके हाथ से रजनीगंधा की टहनियाँ लेते हुए बोल उठी–

"कितने सुंदर फूल हैं, मैं आपको कैसे धन्यवाद दूँ बहन।"

"आज के ही हैं। कल के तो बासी हो गए थे। हम वो फेंककर ये फ्रेश फ्लावर्स ले आए आपके लिए।" वह खुश होकर उत्साह से बोली। मुक्ता को कोई जवाब नहीं सूझा। वही महिला आगे बोली–

"आप इंडिया से आए हैं।"

"हाँ।"

"हमारे डाडा के डाडा का पिता आया था इंडिया से।"

"आप कभी गई हैं वहाँ।"

"नहीं, उसमें बहुत पइसा लगता है न, पर हमारा पति जा सकता है उहाँ।"

"अच्छा।"

"हाँ, उसका कंपनी उसको काम देके टूर पर भेजने सकता है, कंपनी का खर्चा पर। आप अभी कितना दिन रहेगा इहाँ।"

"दो दिन और हूँ, परसों शाम को जाना है।"

"कल हमारा ऑफ है डिडि। परसों हम आपको मिलेंगे। अच्छा डिडि, गुडनाइट।"

कहकर वह चली गई। मुक्ता चुपचाप उसे देखती रही। कमरे में आकर उसने देखा, पहले दिन की दोनों टहनियाँ उसी तरह ग्लास में पड़ी थीं। रंग कुछ मटमैला सा हो गया था। पानी बदलकर उसने सारे फूल उसमें लगा दिए। "हमारी जिंदगी में कुछ कर्ज ऐसे होते हैं जिन्हें हम कभी नहीं चुका सकते।" मुक्ता ने मन-ही-मन सोचा। "इस महिला की भावनाओं का कर्ज चुकाना संभव नहीं है। आगे शायद वह दुबारा उससे कभी नहीं मिल पाएगी, ये फूल भी मुरझा जाएँगे, सूखकर यहीं रह जाएँगे, पर इनकी खुशबू उसके साथ जाएगी, शायद हमेशा उसके मन में बसी रहेगी।"

कपड़े बदलकर अपनी साड़ी तह करते हुए वह सोचती रही। साड़ी तह करके सहेजकर जब रखने लगी तो उसके मन में आया कि इसी तरह परदेश जाने से पहले जाने कितनी महिलाओं ने अपना सामान, अपनी साड़ियाँ सहेजकर रखी होंगी कि पाँच वर्ष बाद लौटकर उसे दुबारा पहनेगी। किसी ने अपनी शादी की चुनरी रखी होगी, किसी ने बच्चे के जन्म की पियरी। वे खराब न हो जाएँ इसके लिए उसमें नीम की पत्तियाँ सुखाकर रखी होंगी, जाने और कितने जतन किए होंगे। महिलाओं की जान अपने घर-अपनी गृहस्थी की एक-एक चीज में बसती है। पति, बच्चे के साथ-साथ वह तो भावनात्मक रूप से घर के कोने-कोने से जुड़ी होती हैं, चाहे वह उसके रसोई का चूल्हा हो या भंडार घर। आँगन की तुलसी हो या आँगन में बिछी हुई चटाई। बारिश होने पर अपने बच्चे को आँचल से ढँककर भीगने से बचाती हुई झटपट चटाई समेटना भी नहीं भूलती। दोनों को भीगने से बचाने के लिए स्वयं चाहे पूरी तरह सराबोर हो जाए। उन महिलाओं के लिए अपना घर-आँगन छोड़कर परदेश जाना, हमेशा के लिए वहीं रह जाना, अपना गाँव, अपनी गली, अपना घर, अपनी देहरी, अपना आँगन, अपने बाकी बचे हुए परिवार को कभी नहीं देख पाना कितना कठिन हुआ होगा, मुक्ता ने मन-ही-मन अनुमान लगाने की कोशिश की पर कोई थाह नहीं ले पाई। उनकी आज की पीढ़ियाँ यहाँ सुख-चैन से रह रही हैं, उन्होंने उस दर्द को नहीं सहन किया है जो अपनी जड़ों से छूट जाने पर हमेशा रिसता रहता

है, टीसता रहता है। वे खुशकिस्मत हैं, पर उन्होंने अपने पूर्वजों के इस संघर्ष की कदर जरूर की है, शायद इसलिए उन्होंने अपने नाम के साथ अपने उन पूर्वजों का नाम जोड़कर रखा है जो सबसे पहले भारत से यहाँ आए थे। उनमें से अधिकतर नाम धार्मिक हैं, रामदीन, रामगुलाम, गजाधर, त्रिशूल, राधाकिशन आदि। ये सब उनके सरनेम या टाइटिल नहीं हैं, उनके पूर्वजों के नाम के पहले शब्द हैं जो पीढ़ी-दर-पीढ़ी वे अपने नाम के साथ बड़े गर्व से लिखते आ रहे हैं।

अगले दिन सुबह से ही शाम में होने वाले चुनाव की मीटिंग की चर्चा थी। नए अध्यक्ष का चुनाव होना था साथ-साथ अगला सम्मेलन कहाँ किया जाए इस बात का भी निर्णय होना था। दोपहर के बाद मीटिंग आयोजित की गई थी। वरिष्ठ सदस्य वहीं इंस्टीट्यूट में बने हुए हाल की तरफ चले गए, जिन लोगों को नहीं जाना था उन्होंने घूमने का प्रोग्राम बना लिया। एक बस लेकर सब ग्राम्बे की तरफ चल पड़े। मुक्ता कह नहीं पाई कि वह यह सब देख चुकी है। वाटर गेम्स के उसी प्वाइंट पर पहुँचकर सब रुक गए। दो दिन पहले मुक्ता केतकी के पूरे परिवार के साथ आई थी, उसके बच्चों को याद करके थोड़ी अनमनी सी हो आई। कुछ लोग ग्लास बोट में तथा कुछ सी वॉक के लिए चले गए। मुक्ता वहीं बने रेस्टोरेंट में एक छतरी के नीचे बैठ गई। कॉफी का एक मग लेकर सागर की लहरों की तरफ देखती रही। सागर को देखना उसे हमेशा भला लगता था। यहाँ पर सागर की लहरें अपेक्षाकृत शांत थीं। अपितु फ्लीक एम फ्लैक में होटल के सामने वाले बीच की लहरें चंचल थीं। रात में उस बीच के किनारे से गाने-बजाने की आवाजें आया करती थीं। वहाँ के स्थानीय निवासी रात में फुर्सत पाकर देर तक गाते-बजाते रहते। उनके गीतों में वहाँ के लोकगीत के साथ-साथ पॉप संगीत भी होता।

करीब पौने घंटे के बाद अनुराधा वर्मा हाँफती हुई आईं। खासी उत्तेजित थीं, आते ही बोलीं–

"अरे मुक्ता तुम क्यों नहीं गईं सी वॉक करने। अरे पूछो मत कितना थ्रिलिंग है। समुद्र के बिलकुल भीतर ले जाते हैं।"

"मैं गई थी अनुराधा जी, ग्लास बोट में।"

"अरे उसमें क्या देखा होगा, इसमें तो बिलकुल समुद्र के तल में ले जाकर वॉक करवाते हैं।"

"अच्छा!" मुक्ता ने आश्चर्य व्यक्त किया।

"हाँ, और क्या, मछलियाँ आ-आकर छूती हैं, हाथों को, पैरों को।"

"चेहरे को भी।"

"अरे उस पर तो ऑक्सीजन मास्क लगा रहता है, उसे कैसे छू सकती हैं। पर, हाँ मास्क को जरूर छू-छूकर देखती हैं। गोल-गोल मुँह खोलकर बुलबुले निकालती हुई इतनी प्यारी लगती हैं कि बस पूछो मत।"

"ऐसा लगता है मानों हमसे बातें कर रही हों, हमारा हाल-चाल पूछ रही हों, है न।"

"हाँ और क्या, इतनी क्यूट-क्यूट मछलियाँ, मेरा मन तो कर रहा था कि उनमें से थोड़ी मछलियाँ लेकर इंडिया चली जाऊँ, एक्वेरियम में रखकर सबको दिखाऊँ।"

मुक्ता कुछ नहीं बोली, अनुराधा जी की यह बात उसे जँची भी नहीं। किसी भी जीव-जंतु की आजादी को खत्म कर उसे कैद करके रखना उसे पसंद नहीं था। यद्यपि बच्चों की फरमाइश पर उसने अपने घर में एक्वेरियम जरूर रखा था पर यहाँ आकर समुद्र की मछलियों की खूबसूरत दुनिया देखकर उसके मन में आया कि केवल अपने शौक के लिए एक्वेरियम में मछलियों को रखना ठीक नहीं है।

ग्राम्बे से निकलकर वे लोग पोर्टलुई के मेन मार्केट की तरफ बढ़ गए। जगमग करता मार्केट, चमचमाती दुकानें कपड़ों की, जूतों की ठीक वैसी ही जैसी दिल्ली के पालिका बाजार में हैं। कुछ गहनों की दुकानें, कुछ साड़ियों की। मुक्ता ने गौर से देखा, अधिकतर स्टोन के गहने, डायमंड, रूबी, गार्नेट के अलावे मोती के विभिन्न प्रकार के गहने शो केस में लगे थे। साथ चलती हुई उनकी मॉरीशस मेजबान महिला ने बताया।

"यहाँ के हीरे बहुत मशहूर हैं।"

"यहाँ पाए जाते हैं।" मुक्ता ने पूछा।

"नहीं, यहाँ हीरे की कटिंग होती है, आप चाहें तो देख सकती हैं, देखना चाहेंगी।"

"अरे नहीं।" मैंने तो यूँ ही पूछ लिया। "अभी खरीदना नहीं है, देखकर क्या करूँगी।" अनुराधा जी किंचित उदास होते हुए बोल उठीं।

"नहीं-नहीं ऐसी बात नहीं है। समय होता तो हम जरूर देखने जाते। हीरा कैसे काटा जाता है, कभी देखा नहीं है।" मुक्ता बोली।

कुछ दुकानों पर साड़ियाँ भी थीं। अधिकतर चटख रंगों की नायलॉन की साड़ियाँ, लाल, नारंगी, नीली, हरी। खिलौनों की दुकान पर मुक्ता रुक गई। दुकान के बाहर कुछ बड़े साइज के खिलौने लगे थे। इतने बड़े कि ग्यारह-बारह साल के बच्चे उसमें आसानी से बैठ सकें। कार, स्कूटर, मोटर साइकिल, जीप, हेलीकॉप्टर के सुंदर मॉडल। मुक्ता ने कार पर लगी पर्ची देखी, महँगा था। बेटे की याद आ गई, उसे इस तरह के खिलौने बहुत पसंद हैं, यहाँ साथ में होता तो खरीद लेने को मचल उठता। पर अगर हिम्मत करके खरीद भी ले तो लेकर कैसे जाएगी, मुक्ता अपने मन को समझाते हुए आगे बढ़ गई।

पोर्टलुई से वापस मोका पहुँचते-पहुँचते रात हो आई। जब इंस्टीट्यूट पहुँचे तो डिनर चल रहा था। मीटिंग में हुए फैसलों की चर्चा जोरों पर थी। बातचीत से पता चला कि नए अध्यक्ष का चुनाव हो गया है। कुछ लोग उनके बारे में बता

रहे थे, तो कुछ निवर्तमान अध्यक्ष के बारे में। अधिकतर डेलिगेट्स मुक्ता की तरह निर्लिप्त बैठकर उनकी बातें सुन रहे थे। अनुराधा जी ने पूछा–

"अगला सम्मेलन कहाँ होगा?"

"तीन साल बाद, नेपाल में।"

"नेपाल में, कहाँ काठमाण्डू में।"

"शायद।"

"अरे वहाँ तो मैं कई बार जा चुकी हूँ। मेरे लिए वो कोई नई जगह नहीं है।"

"कल का क्या प्रोग्राम है?" मुक्ता ने पूछा।

"कल का क्या प्रोग्राम होगा, कल तो आखिरी दिन है।" अनुराधा जी बोलीं।

"कल सुबह आखिरी सेशन है। नए अध्यक्ष तथा कैबिनेट सदस्यों का परिचय होना है। कुछ पुस्तकों का विमोचन होगा और उसके बाद लंच। वही समझ लीजिए कि लास्ट गेटटुगेदर है। उसके बाद सब फ्री हो जाएँगे। आप लोग कहीं घूमना चाहें तो घूमकर आ सकती हैं।" प्रो. तिवारी बोले।

"अरे हम लोग तो आज भी खूब घूमकर आए हैं।" अनुराधा जी ने बताया।

"सब लोग कल ही जा रहे हैं।" मुक्ता बोली।

"जिनको मुंबई की फ्लाइट लेनी है वो कल शाम जाएँगे। दस-बारह लोग परसों जा रहे हैं, वे यहाँ से सीधे दिल्ली जाएँगे। आप लोगों का टिकट तो मुंबई का है।"

मुक्ता ने हाँ में सिर हिला दिया। होटल की ओर लौटते हुए मुक्ता सोचती रही। बस आज की रात यहाँ रहना है, कल रात सफर करना है, परसों सुबह वह अपने देश की धरती पर होगी। सोचकर सुखद लगा। परसों सुबह दस बजे मुंबई से ही दिल्ली की फ्लाइट है। मॉरीशस की फ्लाइट सुबह साढ़े छः बजे लैंड कर जाती है। वैन में अनुराधा जी बोलीं–

"मुक्ता हम लोगों ने शॉपिंग तो की ही नहीं।"

"हाँ, मैंने भी नहीं खरीदा कुछ।"

"ऐसा करते हैं, कल हम लोग शॉपिंग के लिए चलते हैं।"

"ठीक है, आपको क्या-क्या खरीदना है।"

"देखती हूँ, और किसी के लिए कुछ लूँ या न लूँ, अपनी पोती के लिए तो कुछ लेना ही है।"

"आपकी पोती है, यानि आप दादी भी हैं। कितनी बड़ी है।"

"साल भर की है। होली के समय पैदा हुई थी, इसलिए उसका नाम मैंने फागुनी रखा है। खूब प्यारी है। अब तो चलने लगी है। मेरे बिना तो एक दिन नहीं रहती। उसे देखे सात दिन हो गए। पत्ता नहीं कैसी होगी। कल फोन किया तो बहू बता रही थी कि मेरे कमरे में जा-जाकर ढूँढती है मुझे।" अनुराधा जी के चेहरे पर

वात्सल्य छलक आया।

"आप बहुत प्यार करती हैं उसे।"

"अरे बहुत, मैंने तो अपने बच्चों को भी इतना प्यार नहीं किया। वह है ही ऐसी। फागुनी के दादा कहते हैं कि उसकी शक्ल मुझसे बहुत मिलती है।" कहते हुए उनके चेहरे पर प्रेम और वात्सल्य का मिलाजुला भाव अंगराग बनकर बिखर गया। मुक्ता को अपने विदेशी प्रवास में पहली बार अनुराधा जी बहुत ही प्यारी, बहुत सुंदर लगीं। उसे अपनी दादी की याद आई। अपनी पोतियों को वह भी बहुत प्यार करती थीं, पर किसी की बेटी होने की खबर सुनकर ऐसी प्रतिक्रिया व्यक्त करतीं कि मुक्ता को हँसी आ जाती। एक दिन ताऊजी का ड्राइवर एक निमंत्रण-पत्र लेकर आया, दादी के पैर छूकर बोला–

"माताजी, मुझे बेटी हुई है। उसकी बरही है।"

"बरही है, बेटी हुआ है। तो किया हुआ। इत तुम्हारा पहला बच्चा ही है न। अभी बेटी हुआ है तो आगे बेटा भी होगा।"

ड्राइवर चुपचाप सिर झुकाए सुनता रहा। मुक्ता ने उसके हाथ से निमंत्रण-पत्र ले लिया, उसके जाने के बाद बोली–

"तुम भी न दादी। हद करती हो। वह बेचारा न्यौता देने आया और तुम लगीं सहानुभूति जताने।"

"अरी तो किया हुआ। ठीके तो कह रहे थे। एक तो बेटा होना बहुत जरूरी है।"

"क्यों–क्यों जरूरी है?"

"बेटे से वंश चलता है री।"

"क्यों, बेटी से नहीं चलता?"

"नहीं उ त दूसरे घर का धन है।"

"और जो बेटा बड़ा हो के नालायक निकल गया तो।"

"तो किया हुआ, एगो कहावत है न कि 'घी का लड्डू टेढ़ो भलो'।"

मुक्ता फिर कुछ बोलती, तब-तक छोटी सी गोलमटोल पिंकी रट्टू तोते की तरह बोल उठी–

"एक और कहावत है न दादी।"

"किया है।"

"सुग्गे की चोंच बाँकी भली।"

मुक्ता को हँसी आ गई। बोली–

"तुझे कैसे मालूम।"

"मालूम नहीं होगा भला, दिन-रात दादी-ताई-चाची यही सब तो कहती रहती हैं।" पिंकी गोल-गोल आँखें घुमाते हुए बोल पड़ी।

अब मुक्ता खुलकर हँस पड़ी। दादी ने भौंहें सिकोड़ने की कोशिश की पर हँसी तो उन्हें भी आ गई।

अपने बचपन की इस तरह की कई बातें याद करके मुक्ता के होठों पर मुस्कुराहट खेल गई। अनुराधा जी बोलीं—

"क्या बात है, बहुत मुस्कुरा रही हो।"

"कुछ नहीं, आपकी बात सुनकर मुझे अपनी दादी की बात याद आ गई। वे भी मुझे बहुत प्यार करती थीं।"

होटल पहुँच कर सबसे पहले उसने केतकी को फोन मिलाया। उधर से देवयानी ने फोन उठाया—

"हैलो।"

"हैलो देवी, मैं मुक्ता...।"

"हाय मौसी, आप कैसे हो?"

"अच्छी हूँ बेटी, मम्मी हैं।"

"अभी ड्यूटी से नहीं लौटीं, आने वाली हैं।"

"ठीक है बेटा, आप कह देना मेरा फोन था। केशव कैसा है।"

"ओ ही इज वेरी नॉटी, ही बीट्स मी।"

"नो बेटा, ही इज यूअर यंगर ब्रदर।"

उधर तब तक केशव ने फोन ले लिया, बोला—

"हैलो मौसी, हाऊ आर यू।"

"फाइन, आप कैसे हैं।"

"आप कल जा रहे हो।"

"हाँ, बेटा।"

"मम्मी टोल्ड मी। उनकी ड्यूटी उसी प्लेन में है जिसमें आपको जाना है।"

"आप लोग लखनऊ आना।"

"आप मम्मी को बोलना मौसी।"

"जरूर।" मुक्ता का मन उमड़ आया।

"ओके मौसी, बॉय, गुडनाइट।"

"गुडनाइट बेटे।" मुक्ता फोन रखकर कुछ देर सोचती रही। दो दिनों में बच्चों से एक लगाव सा हो गया था। कात्रीवोर्न पास में होता तो एक बार जाकर मिल आती उनसे। पर एक तो समय नहीं था, फिर वह अकेली जा भी नहीं सकती थी।

अगले दिन सुबह से ही चहल-पहल थी। अनुराधा जी जल्दी ही तैयार हो गईं। बोलीं, "मैंने तो अपना सामान पैक कर लिया। तुम भी कर लो।"

"अभी तो काफी वक्त है। सेमिनार तो दो बजे खत्म हो जाएगा।"

"तो क्या, उसके बाद हम लोग घूमने जाएँगे। यहाँ होटल तो अब सिर्फ सामान

लेने आएँगे।''

मुक्ता ने उनकी बात मान ली। नीचे उतरी तो सब लोग करीब-करीब तैयार थे। नाश्ता करके वे लोग मोका के लिए चल पड़े। ड्राइवर वही गणेश थे। वैन चलाते हुए बोले—

''आज आप लोग का, वो क्या बोलते हैं, मीटिंग खतम हो जाएगा।''

''मीटिंग नहीं, सेमिनार।'' अनुराधा जी ने एतराज व्यक्त किया।

''हाँ-हाँ, वही, आज खत्म हो जाएगा।''

''हाँ गणेश जी, आज हम लोग वापस जा रहे हैं, कल आप कहाँ नौकरी करेंगे?''

''अबी मोका में जा के पता चलेगा हमको। आप लोग फिर इधर कब आएँगे?''

''देखिए कब आना हो पाता है।''

''इधर इंडिया से बहुत लोक फिलम का सूटिंग करने आता है, इधर बहुत फिलम बनता है।''

''अच्छा।'' मुक्ता ने आश्चर्य व्यक्त किया।

''आप फिल्म देखते हैं।''

''हमको टाइम नहीं मिलता डिडि। पर हम गाना सुनता है, हमारे पास बहुत हिंदी फिलम का कैसेट है। भोजपुरी गीत का भी कैसेट है। इंडिया से भोजपुरी गीत गाने वाला आर्टिस्ट लोक आता है तो हम उनके साथ भी नौकरी करता है।''

रास्ते भर इसी तरह की बातें होती रहीं। इंस्टीट्यूट पहुँचकर वैन रुक गई। मुख्य हाल पूरी तरह से भर गया था। स्टेज की पुष्पसज्जा नई थी। हाल के मुख्य दरवाजे के दोनों ओर कलश रखे थे, चमचमाते हुए पीतल के कलश। उन पर स्वस्तिक बना हुआ था तथा आम्रपल्लव लगे थे। ठीक दस बजे कार्यक्रम शुरू हो गया। लंबे ऊँचे दीपस्तंभ में जलती हुई ज्योति वातावरण में मानों शुचिता, पवित्रता का आभास करा रही थी। अधिकतर लोगों ने अपना भाषण भोजपुरी में दिया। कुछ लोग मुक्ता की तरह हिंदी में भी बोले। दो पुस्तकों का विमोचन किया गया। सौहार्दपूर्ण वातावरण में कार्यक्रम संपन्न हुआ। नए अध्यक्ष को लोगों ने बधाइयाँ दीं तथा निवर्तमान अध्यक्ष के पाँव छूकर लोगों ने आशीर्वाद लिया, वयोवृद्ध, कई पुरस्कार प्राप्त, जाने-माने लेखक, जिन्हें उस सेमिनार में आने वाला हर सदस्य जानता था, पहचानता था, पूरे कार्यक्रम के दौरान बैठकर मंद-मंद मुस्कुराते रहे।

लंच के बाद सभी एक-दूसरे से विदा ले रहे थे। वातावरण अनायास ही थोड़ा खाली-खाली सा लगने लगा। ठीक उसी तरह, जैसे किसी यज्ञ के संपन्न हो जाने के बाद किसी आँगन का होता है। कुछ लोगों ने हाथ मिलाकर विदाई ली, कुछ ने गले मिलकर। छोटी उम्र के सदस्यों ने बाकायदा वयोवृद्ध सदस्यों के पाँव छुए। अलग-अलग होटल में ठहरे हुए अलग-अलग ग्रुप के सदस्य अपने-अपने वाहन में जाकर बैठ गए। हाथ हिलाते हुए एक-दूसरे से विदा लेकर टोलियाँ चल पड़ीं। एक

के पीछे एक-एक करके गाड़ियाँ इंस्टीट्यूट की सीमा के बाहर आ गईं, उस समय दिन के ढाई बज रहे थे।

मुक्ता की वैन में जो लोग सवार थे उनमें से अधिकतर घूमने के मूड में थे। कुछ लोग होटल में जाकर आराम करना चाहते थे, उन्हें भी सभी ने मिलकर मना लिया।

"हमारे पास मात्र चार घंटे का समय है, ठीक साढ़े छः बजे हमें एयरपोर्ट के लिए निकलना है।" प्रो. तिवारी बोले।

"इन चार घंटों में हम कहाँ-कहाँ जाएँगे।" अनुराधा जी बोलीं।

सभी ने मिलकर तय किया कि ड्राइवर गणेश से ही पूछा जाए कि कहाँ जाया जा सकता है। गणेश को यह सुनकर गंभीर होना पड़ा। कुछ सोचते हुए बोला–

"हम आप सबको एक जगह ले चल सकता है, आपको अच्छा लगेगा।"

"कौन सी जगह।"

"टू डू डूस।"

"क्या, ये कौन सी जगह है।" कई कंठ एक साथ बोल उठे।

"टू डू डूस।" गणेश ने दोहराया। फिर कहा–

"वहाँ स्पीड बोट से जाने को मिलेगा। वहाँ ब्लैक सी है, समुद्र का पानी का रंग काला है, समुद्र में एक पहाड़ है तथा उस पर झरना गिरता है।"

"समुद्र, पहाड़, झरना, सब एक साथ, क्या कह रहे हैं आप।" प्रो. तिवारी अविश्वास से बोले।

"हम ठीक कह रहा हूँ दादा। आप चलिए हम दिखाएँगे। पर आपको टिकट कटाना पड़ेगा।"

"ठीक है ठीक है, हम चलेंगे।" कई लोग एक साथ बोल उठे, मुक्ता को भी रोमांच हो आया। बोली–

"समय कितना लगेगा!"

"तीन घंटे में हम सब दिखाकर आपको होटल पहुँचा देगा।"

"और हमारी शॉपिंग।" अनुराधा जी ने चिंता व्यक्त की।

"हमें एयरपोर्ट पर बहुत समय मिलेगा, वहीं ड्यूटीफ्री शॉप से हम शॉपिंग कर लेंगे।" मुक्ता बोली तो अनुराधा जी मान गईं।

आधे घंटे में वे सब टू डू डूस पहुँच गए। पहली बार देखने पर तो जगह वीरान सी लगी। लंबा-चौड़ा बीच। हवाएँ तेज थीं। लाइन से लगी हुई कई बोट। छोटी-छोटी, बाँस तथा पुआल की बनी हुई इक्का-दुक्का दुकानें वैसी ही जैसी समुद्र की तट पर इंडिया में होती हैं। एक आई.एस.डी., एस.टी.डी. तथा पी.सी.ओ. टेलीफोन का बूथ। कुछ लोग टिकट लेने चले गए। कुछ लोग वहीं बने हुए एक झोंपड़ीनुमा दुकान में बैठ गए।

अनुराधा जी बोलीं, ''स्पीड बोट तो बहुत तेज चलती है मुक्ता, मुझे तो डर लगता है, मैं नहीं जाऊँगी।''

''मैं भी नहीं जाऊँगी। चलिए हम लोग वैन में ही बैठते हैं, औरों को घूम कर आने दीजिए।''

दोनों आकर वैन में बैठी ही थीं कि तब तक गणेश वहाँ आ गया। उन दोनों को देखते ही बोल उठा, ''अरे आप दूनों ईंहाँ कहाँ बैठा है। ईंहाँ से क्या लौकेगा। बाहर निकलकर देखो, बाहर से सब कुछ लौकेगा।''

गणेश जी ने यह बात इतने अधिकार से कही कि वे मना नहीं कर सकीं। उनसे पैसे लेकर वही उनका टिकट भी कटा लाया।

''वहाँ तक साधारण बोट नहीं जाती, स्पीड बोट से जाना जरूरी है।'' मुक्ता ने पूछा।

''जाती है डिडि, पर आपका पास टाइम नहीं है, साधारण बोट से तो एक ही तरफ तीन घंटा लग जाएगा।'' हिम्मत करके मुक्ता अनुराधा जी के साथ एक बोट में जाकर बैठ गई। एक बोट में छः लोग बैठ सकते थे। मुक्ता की बोट में चार सदस्य और बैठे। तीन बोट में वे सब आ गए। बाकी बचे हुए पाँच-छः लोग उनके साथ आने को तैयार नहीं हुए। गणेश जी उन सबके ऊपर तरस खाते हुए उनके साथ ही रुक गए।

बोट स्टार्ट हुई और जैसे तीर की तेजी से सागर का सीना चीरती हुई चल पड़ी। सागर का रंग बीच पर आसमानी था, छींटे उड़कर कभी-कभी उनको भिगो जाते। हवा और तेज हो गई। मुक्ता ने आँचल से पीठ ढँकते हुए कसकर पल्लू लपेटकर कमर में खोंस लिया।

''पता होता तो सूट पहनकर आती।'' अनुराधा जी बोलीं।

बोट की गति इतनी तेज थी कि स्पष्ट कुछ सुनाई नहीं दे रहा था। सबसे आगे बोट चलाने वाला बैठा था। बीच में तीन महिलाएँ, मुक्ता, अनुराधा जी तथा बंबई से आई हुई महिला सुमन जी जिनके पति दो सदस्यों के साथ बोट के पिछले हिस्से में बैठे थे तथा उन्होंने हाथ में पकड़े हुए पॉलिथिन बैग से अपना सर ढँकते हुए अपना शरीर आधा झुका रखा था मानों डर रहे हों कि अब गिरे कि तब गिरे। मुक्ता तेजी से पीछे छूटे जा रहे सागर की लहरों को देखती रही, सागर का रंग आसमानी से पहले नीला हुआ, फिर गहरा नीला, फिर हरा, उसके बाद वह हरा रंग गहरा होते-होते बिलकुल ही स्लेटी-काला हो गया। मुक्ता चिहुँक उठी। यह तो सचमुच ब्लैक सी है। काला सागर। सागर का यह रंग उसने देखा तो क्या सुना भी नहीं था। बोट में बैठे बाकी सदस्य भी आश्चर्यचक्ति थे। बोट की गति कुछ धीमी हो गई, धीरे-धीरे बोट मानों तैरने लगी। चालक ने इंजन बंद कर दिया। सामने ही काले रंग की एक पहाड़ी थी। पानी के बीचोंबीच विशाल चट्टान की तरह निकली हुई वह पहाड़ी, पर्वत

का आभास दे रही थी। काले पत्थर की उस पहाड़ी के ऊपर घनी हरियाली थी तथा चोटी से एक झरना गिर रहा था, मध्यम गति के साथ। पहाड़ी के आस-पास का क्षेत्र छोटे-मोटे टापू की तरह लग रहा था, जो पहाड़ी की तलहटी थी। एक स्पीड बोट वहाँ लगी हुई थी। कुछ लोग उतरकर पहाड़ी की तलहटी पर घूम रहे थे, फोटोग्राफी कर रहे थे।

उन्हें देखकर मुक्ता को अपने पर्स में पड़े हुए कैमरे का ध्यान आया। केतकी के साथ घूमते हुए कई तस्वीरें खींची थीं, पाँच-छः तस्वीरें अब भी खींची जा सकती थीं। मुक्ता ने कैमरा निकाला तथा तस्वीरें खींचने के लिए खड़ी हो गई। बोट थोड़ी हिली, अनुराधा जी हाँ-हाँ कर उठीं–

''अरे, क्या कर रही हो। बैठ जाओ, नहीं तो गिर जाओगी, डूब जाओगी।''

''कुछ नहीं होगा अनुराधा जी। आप निश्चिंत रहिए।'' सुमन जी अपेक्षाकृत सहज थीं।

तस्वीरें लेकर मुक्ता बैठ गई। प्रकृति के इस अनोखे रूप को देखकर वह आश्चर्य में डूब गई। मन में पहली बार महसूस हुआ कि काश विशाल और बच्चे साथ होते तो वे भी यह सब देखते। जाने क्यों मुक्ता का मन उनके लिए उमड़ आया। चलने से पहले घर में इतना तनाव था, इतनी बहस हुई, कि साथ चलने के बारे में किसी ने सोचा ही नहीं, यह बात ही नहीं उठी।

वापसी में बारिश शुरू हो गई। जब सब भीगने लगे तो बोट वाले ने बोट ले जाकर एक बीच पर रोक दिया। सब बोट से उतरकर बीच पर बने हुए शेड के भीतर खड़े हो गए। बीच पर एक परिवार और था। वे सब शायद समुद्र स्नान के लिए आए थे। पति-पत्नी दो बच्चे। समुद्र का वह किनारा और किनारों से थोड़ा अलग था। इस किनारे पर दूर तक मानों केवल डेढ़-दो फुट पानी था। काँच की तरह साफ, नीचे का बालू स्पष्ट दिखाई दे रहा था। समुद्री किनारे पर इतना साफ पानी मुक्ता ने पहले नहीं देखा था। पानी में तेज लहरें भी नहीं थीं। डूबने का कोई डर नहीं, ऐसे बीच में छोटे बच्चे भी नहा सकते हैं, मुक्ता ने मन-ही-मन सोचा। करीब पंद्रह मिनट सब वहाँ रुके, फिर बारिश रुक गई। मुक्ता ने राहत की साँस ली। सभी की तरह वह भी मन-ही-मन डर रही थी कि अगर बारिश न रुकी, उन्हें लौटने में देर हो गई तो कहीं उनकी फ्लाइट न मिस हो जाए।

दुबारा बोट पर सवार होने से पहले मुक्ता ने नजर भर कर उस किनारे को देखा, दूर तक केले के पेड़ लगे थे। उस परिवार के दोनों बच्चे फिर से पानी में उछल-कूद मचाने लगे थे, पति-पत्नी दोनों कोई पेय पीते हुए उन्हें देख रहे थे। इस बार बोट के चालक के साथ एक लड़का और आकर बैठा। बैठने से पहले उसने केले का एक मोटा-लंबा तना बोट के पीछे रस्सी से बाँध दिया। उन दोनों के हाव-भाव देखकर यही लगा कि वे अक्सर इसी तरह यहाँ से केले का तना ले जाते हैं। स्लेटी-काले

समुद्र का रंग जब हरा, नीला होते-होते आसमानी हुआ तो बोट अपने गंतव्य तक पहुँच गई। सभी उतर पड़े, खुश, प्रसन्नचित्त। एक स्वर में सभी ने गणेश को धन्यवाद दिया जिसकी वजह से उन्हें इतना सुंदर दृश्य देखने को मिला।

अपने वादे के मुताबिक गणेश ने ठीक छः बजे उन्हें होटल इजी वर्ल्ड पहुँचा दिया। जाने क्यों मुक्ता को आज होटल का परिसर सूना-सूना सा लगा। आज उन सबको होटल छोड़ देना था शायद इसीलिए। मन की भावना का असर बाहर के वातावरण पर होता ही है, मुक्ता के मन में यही ख्याल आया। कमरे में आकर उसने जल्दी से भीगे कपड़े बदले। साड़ी बदलकर सलवार-कुर्ता पहना, सफर में आराम रहता है। अपना सामान उठाकर जब चलने लगी तो अनायास ही उसकी निगाह साइड टेबल पर पानी के गिलास में रखी हुई रजनीगंधा की टहनियों पर पड़ी। फूलों का रंग कुछ म्लान सा लगा, फूल दो दिन पुराने थे, पर जाने क्यों मुक्ता को लगा कि वे फूल उसे कमरा छोड़कर जाते हुए देखकर उदास हो रहे हैं। मुक्ता दो पल उन फूलों को देखती रही, सीढ़ियों से अनुराधा जी ने आवाज दी।

"जल्दी करो मुक्ता, बस जाने को तैयार खड़ी है।" मुक्ता अपना सामान लिए जल्दी से उतर आई। जी में आया एक बार फिर से जाकर उस कमरे में झाँक आए, उन फूलों को छू आए। पर इस तरह की भावुकता के लिए वक्त नहीं था। फिर हर कोई मुक्ता की तरह सनकी नहीं होता। केतकी ठीक ही कहती है कि "तुम आधी पागल हो।" केतकी को याद करके थके हुए पैरों में जैसे ताकत आ गई, "वह एयरपोर्ट पर मिलने वाली है।" सोचकर मन थोड़ा हल्का हुआ। नीचे उतर कर उसने देखा होटल के कर्मचारी दोनों वैन के ऊपर सामान सहेजने में व्यस्त हैं। जाते हुए यात्रियों को होटल का स्टाफ ऑरेंज जूस तथा कोक सर्व कर रहा था। मुक्ता ने ऑरेंज जूस का एक गिलास उठा लिया, पीकर थोड़ी ताजगी महसूस हुई। खोजती हुई निगाहों से उसने उस महिला को ढूँढ़ने की कोशिश की जिसने उसे फूल दिए थे। पर वह नहीं दिखी। सोचा, होटल के किसी स्टाफ से पूछे, फिर यह सोच कर रुक गई कि नाम क्या बताएगी। उसे तो उस भली महिला का नाम भी नहीं मालूम है।

सामान रखा जा चुका था। वैन चलने को तैयार खड़ी थी। मुक्ता भी औरों के साथ उसमें बैठ गई। वैन जब होटल परिसर से निकलने लगी तो मुक्ता ने खिड़की से झाँककर देखा। होटल 'इजी वर्ल्ड' की वह इमारत मौन खड़ी मानों उन सबको विदाई दे रही थी। 'फ्लीक एम फ्लैक' की बस्ती पीछे छूट गई। एयरपोर्ट पहुँचते-पहुँचते साँझ उतरने लगी। रास्ते के दोनों ओर बत्तियाँ जल उठीं। रास्ते में सभी इस हफ्ते भर के प्रवास की ही बातें करते रहे। गणेश अपेक्षाकृत कम बोल रहे थे। एयरपोर्ट पहुँचते-पहुँचते पूरी तरह अँधेरा उतर आया। मुक्ता ने घड़ी देखी, साढ़े आठ बजे थे। भारत में इस वक्त शाम का छः बजा होगा।

कतार में लगी ट्रालियों में से एक ट्राली लाकर मुक्ता ने अपना सामान रखा। चलने लगी तो गणेश ने नमस्ते करते हुए कहा–

"अच्छा डिडि, गुडबॉय, हैव ए प्लीजेंट फ्लाइट।"

मुक्ता ने मुस्कुराते हुए प्रत्युत्तर दिया। पहले दिन जो एयरपोर्ट मुक्ता को थोड़ा सूना सा, बेरौनक लगा था आज उसी एयरपोर्ट पर खासी चहल-पहल थी। एंट्री गेट पर लंबी लाइन लगी थी। मुक्ता ने अपने वैनिटी बैग से अपना पासपोर्ट तथा टिकट निकालकर रख लिया। फार्म भरकर अंदर दाखिल होने में करीब एक घंटा लग गया। अंदर जाने से पहले मुक्ता ने चारों ओर निगाह डाली, केतकी नजर नहीं आई। सोचा शायद अंदर होगी। अंदर सबसे ज्यादा भीड़ ड्यूटी फ्री शॉप पर थी। अनुराधा जी के साथ मुक्ता उस ओर बढ़ गई। एक-एक करके उसने कई चीजें खरीद लीं। बच्चों के लिए डिस्पोजेबुल कैमरा, चॉकलेट, खिलौने। विशाल के लिए, विशाल से छोटे मृणाल के लिए तथा अपने ससुर के लिए टाई, परफ्यूम तथा आफ्टर शेव लोशन लिया। अपनी सास के लिए खरीदारी करते वक्त वह सोच में पड़ गई, क्या ले, फिर कुछ सोचकर उसने नेचुरल शेड्स की कई लिपिस्टिक तथा नेलपॉलिश खरीदीं। यही नहीं अपनी देवरानी नीलम के लिए जिसे वह हमेशा नकचढ़ी कहती है, उसके लिए जाने कितना कॉस्मेटिक्स खरीद लिया उसने। मेकअप का उसे बेहद शौक है, वह जानती थी। कई तरह के आईलाइनर, आई शैडो, लिपिस्टिक, हेयर कलर, नेलपॉलिश, परफ्यूम्स और फेस पाउडर, फाउंडेशन वगैरह। यही नहीं, अनुराधा जी के साथ जब सॉफ्ट ट्वाएज कार्नर पर गई तो कुछ सोचकर उसने दो टेडिबियर्स खरीद लिए। यद्यपि इरा बड़ी हो गई है पर टेडिबियर का उसे बहुत शौक है। अनुराधा जी ने पूछा–

"अरे यह दूसरा टेडिबियर, बेटे के लिए।"

"नहीं, उसके लिए कैमरा लिया है, रिमोट वाली कार ली है।"

"तो फिर किसके लिए है।"

"मेरी देवरानी अगले महीने माँ बनने वाली है। उसी आने वाले नन्हे मेहमान के लिए है यह।"

"आपकी ज्वाइंट फैमिली है।"

"हाँ, सब एक ही घर में रहते हैं।"

"लगता है आप अपने पूरे परिवार से बहुत अटैच्ड हैं।" मुक्ता कुछ नहीं बोली। शॉपिंग बैग में सारा सामान सहेजती रही। बड़ा-सा शॉपिंग बैग देखकर वह सोच में पड़ गई। लखनऊ के हजरतगंज या दिल्ली के पालिका बाजार में सिर्फ पति और बच्चों के लिए शॉपिंग करने वाली मुक्ता के बैग में आज मॉरीशस की इस विदेशी धरती पर पूरा परिवार आकर कब समा गया वह स्वयं जान नहीं पाई। इसके पीछे कारण क्या था। केतकी के साथ बिताए गए दो दिन या फिर प्रवासी भारतीयों की डेढ़, पौने दो सौ साल पुरानी गाथा। अपना देश, अपना परिवार या फिर अपनी जड़ों

के छूट जाने की दास्तान। कारण जो भी हो, कुछ ऐसा भाव उसके अंदर जरूर जन्म ले रहा था जो पहले या तो था नहीं या था भी तो कहीं खो गया था। केतकी ने मानो उसके मन की गाँठें खोल कर रिश्तों का एक सहज, सरल, रेशमी सूत्र उसके हाथ में थमा दिया था।

केतकी का ध्यान आते ही वह सोच में पड़ गई। अपना सामान रखकर वहीं पड़ी कुर्सी पर बैठ गई। मन में संदेह हुआ, कहीं उसकी ड्यूटी बदल तो नहीं गई। चेकईन का समय होने वाला था। केतकी अभी तक आई क्यों नहीं।

मुक्ता इसी उधेड़बुन में डूबी बैठी थी कि कानों में आवाज आई–

"हैलो, डॉ. मुक्ता श्रीवास्तव।"

आँखें उठाईं, तो सामने केतकी खड़ी थी। अपनी यूनिफार्म में। दोनों हाथों में पेप्सी के दो गिलास थामे हुए तथा पोटेटो चिप्स का पैकेट कंधे से लटके वैनिटी बैग में डाले हुए।

"तुम्हारा सेमिनार खत्म हो गया।"

"हाँ हो गया।"

"तो ऐसी संजीदा हुई क्यों बैठी हो। अब साहित्यकार से वापस मुक्ती बन जाओ तो मैं ये पेप्सी और चिप्स पेश करूँ।"

"क्या मतलब।"

"मतलब ये कि ऐसी धीर गंभीर कहानीकार को मैं यह अदना सी पेप्सी और वेफर्स कैसे दूँ। साहित्यकार क्या ये सब खाते-पीते हैं।"

"तो फिर क्या खाते हैं, क्या पीते हैं तुम ही बता दो।" पेप्सी का गिलास उसके हाथ से लेते हुए मुक्ता ने कहा।

"लो इतना भी नहीं मालूम। वे सब यह विदेशी सॉफ्टड्रिंक नहीं, देशी चाय पीते हैं शीशे के गिलास में तुम्हारी तरह। और अगर मिट्टी का कुल्हड़ मिल जाए तो वो क्या कहते हैं, हाँ, सोने पे सुहागा। या फिर जो जरा हाई-फाई होते हैं वे ब्लैक कॉफी पीते हैं। सिगरेट पीते हैं। कुछ लोगों को ड्रिंक से भी परहेज नहीं रहता है।"

"और क्या करते हैं" मुक्ता हँसी रोकते हुए बोली।

"और, और शाल ओढ़ते हैं, सफेद कशमीरी पशमीने की। गोल्डेन फ्रेम का खूबसूरत चश्मा पहनते हैं। असली खादी या असली रेशम के कपड़े पहनते हैं। तुम्हारी तरह यह-यह सिंथेटिक सलवार-कुर्ता नहीं पहनते। धीमे मुस्कुराते हैं, धीमा बोलते हैं। तुम्हारी तरह खिलखिलाकर नहीं हँसते। लोगों पर अपना ऑब्लाइज लुक डालते हैं। ऑब्लाइज लुक को हिंदी में क्या कहते हैं।"

"मेहरबान नज़र।"

"हाँ वही, मेहरबान नज़र से सबको देखते हैं। मानों जिसकी तरफ वे ताक

दें, वो धन्य हो जाए। अरे वो साहित्य ओढ़ते हैं, साहित्य बिछाते हैं। तुम्हारी तरह गपागप आलू चिप्स खाते हुए गटागट पेप्सी नहीं पीते।''

मुक्ता खुलकर हँस पड़ी, ''साहित्यकारों के बारे में जानकारी तो कम नहीं है तुम्हारी। पर क्या सभी एक से होते हैं?''

''नहीं, पर अधिकतर होते हैं। मैं तुम्हारी सहेली हूँ। तुम्हारी वेलविशर हूँ इसलिए कह रही हूँ कि जरा अपने आपको दुर्लभ बनाकर रखो। क्योंकि अब जो तुम इंडिया जाओगी तो फॉरेन रिटर्न स्कॉलर कहलाओगी।''

''जर्रानवाजी का शुक्रिया, सलाह के लिए धन्यवाद। अब ये बताओ गणपति नहीं आए।'' मुक्ता हँसते-हँसते बोली।

''आए थे न मुझे छोड़ने। जब बाहर तुम नहीं दिखीं तो मैं समझ गई कि उतावली होकर अंदर चली गई होगी जैसे प्लेन तुम्हें यहीं छोड़कर इंडिया चला जाता।'' केतकी अदा से बोली।

''छोड़ भी देता तो क्या। तुम्हारा घर तो है ही।''

''सो तो है। पर अभी तो हवाई जहाज में सवार हुए बिना और कोई उपाय नहीं है। चेकईन के संकेत शुरू हो गए वो देखो।'' केतकी ने लाल बत्तियों में लिखे अंग्रेजी अक्षरों की तरफ इशारा किया।

मुक्ता उठकर खड़ी हो गई। अचानक केतकी गंभीर हो गई।

''मैं अपनी ड्यूटी पर जाऊँ मुक्ती। तुम भी लाइन में लग जाओ। प्लेन में तो मैं साथ रहूँगी, पर बातें कहाँ कर पाऊँगी। सच कहूँ तो तुमसे बातें करके जी नहीं भरा।''

''मेरा भी मन नहीं भरा, तुम कल मुंबई रुकोगी।''

''नहीं, इसी फ्लाइट से वापस आ जाना है। तुम कल ही लखनऊ चली जाओगी।''

''देखूँगी, टिकट तो मुंबई से दिल्ली का है।''

''तो मैं चलूँ अब, ओके सी यू।''

अपना पहिए वाला छोटा-सा सूटकेस खींचते हुए वह सधे कदमों से चली गई।

फ्लाइट संख्या एम के सेवन फाइव वन के यात्रियों की चेकईन शुरू हो गई थी। मुक्ता चुपचाप जाकर सबसे पीछे खड़ी हो गई। थोड़ी ही देर में मुक्ता के पीछे यात्रियों की एक पंक्ति और लग गई।

विमान के अंदर अधिकतर जाने-पहचाने चेहरे थे, जाना-पहचाना परिवेश था। मुक्ता अपनी सीट ढूँढ़कर अपना केबिन लगेज रखने लगी तो उसे ध्यान आया कि अपने लिए तो कुछ खरीदा ही नहीं। फिर सोचा, सबको देने के बाद जो सामान बच जाएगा, वही उसके काम आ जाएगा। अपने भीतर शुरू हो चुके परिवर्तन को वह महसूस करती रही। प्लेन ने टेकऑफ किया तो उसने खिड़की से झाँककर देखा।

नीचे रात के अँधेरे में अपनी बिजली की रोशनियों से झिलमिलाता मॉरीशस जैसे सोने की तैयारी में था। 'उसकी सुबह अब इंडिया की धरती पर होगी' सोचकर उसे सुखद लगा। विमान में भोजन का समय हो गया था। इस वक्त मुक्ता की खाने की बिलकुल इच्छा नहीं थी। मुक्ता की सीट के ठीक बगल वाली कतार में एक नवविवाहित जोड़ा बैठा था। लड़की ने लाल चूड़े पहन रखे थे, एयर होस्टेस को रोककर उसने पूछा–

"व्हेयर इज वेजिटेरियन फूड।"

"वेट प्लीज।" कहकर वह चली गई। घने बादलों की वजह से उड़ान थोड़ी बाधित हो रही थी, प्लेन कभी-कभी हिल जाता, इसलिए भोजन सर्व करना थोड़ी देर के लिए रोक दिया गया था। रास्ता साफ होते ही चालक ने सीट बेल्ट बाँधने का संकेत बंद कर दिया। विमान में दुबारा भोजन सर्व होने लगा। भोजन की ट्राली लेकर दो एयर होस्टेस मुक्ता के करीब से गुजरीं, तो मुक्ता ने मना कर दिया। शायद वह केतकी का इंतजार कर रही थी। थोड़ी ही देर में केतकी प्रकट हुई। पहले दिन की ही तरह हाथ में चाय तथा कॉफी की केटली लेकर। मुक्ता ने अपने सामने की कुर्सी में लगा छोटा-सा टेबल खोलकर अपनी चाय का कप रख दिया जो उसने भोजन परोसने वाली होस्टेस से लिया था। केतकी ने उसके कप में गरम चाय डाली और मुस्कुराती हुई आगे बढ़ गई। सामने की सीट से अनुराधा जी पीछे मुड़कर झाँकने की कोशिश करती हुई बोलीं–

"मुक्ता, वो, वो तुम्हारी सहेली ही है न। जो तुम्हारे साथ बी.ए. में पढ़ती थी।"

"हाँ अनुराधा जी, वही है।"

चाय पीकर उसे अच्छा महसूस हुआ। थोड़ी-सी ठंड महसूस हुई तो उसने वह नीला शॉल निकालकर ओढ़ लिया जो सीट पर रखा मिला था। सामने स्क्रीन पर कोई अंग्रेजी फिल्म चल रही थी। कुछ लोग कानों में ईयरफोन लगाए फिल्म का आनंद ले रहे थे। मुक्ता को फिल्म में कोई दिलचस्पी नहीं थी। वह आँखें बंद करके बैठ गई। शॉल के साथ आँखें ढँकने के लिए कवर भी था, पर मुक्ता को उसे पहनने में हमेशा उलझन महसूस होती। मन में कहीं केतकी को आते-जाते देखते रहने की इच्छा भी छुपी थी। पूरे साढ़े पाँच-छः घंटे की यात्रा थी। मुक्ता को लगा कि वह सो नहीं पाएगी, पर शॉल की गरमाहट या मन की तृप्ति दोनों ने मिलकर नींद को बुला लिया। नींद हौले से उसकी बंद पलकों में उतर आई।

सुबह किसी की आवाज सुनकर नींद खुली, देखा सामने केतकी मुस्कुराती खड़ी है, हाथ में चाय लिए। मुक्ता को लगा वह प्लेन में नहीं, केतकी के घर में बैठी है।

"टी प्लीज।"

मुक्ता चौंक उठी। जाने क्यों अभी केतकी के मुँह से 'प्लीज' सुनना उसे अटपटा लगा। नींद से बोझिल पलकें खोलते हुए उसने मुस्कुराने की कोशिश की। चाय का प्याला थामते हुए वह कुर्सी सीधी करके बैठ गई। केतकी आगे बढ़ गई। मुक्ता ने घड़ी देखी, भारतीय समयानुसार सुबह के साढ़े छः बज रहे थे। यानि वह पूरे साढ़े चार घंटे सोती रही है। फिर भी पलकें मुँदी जा रही हैं। और केतकी, इस दौरान लगातार खड़ी ही रही है। यात्रियों की हर जरूरत, हर फरमाइश पूरी करती रही है। चाय, कॉफी, साफ्टड्रिंक, ड्रिंक, बीयर, जूस, ब्रेकफास्ट वगैरह-वगैरह। फिर भी चेहरे पर मुस्कुराहट खिली हुई है। चुस्ती, फुर्ती ऐसी मानों अभी-अभी फ्रेश हो कर तैयार होकर खड़ी हुई हो। एयर होस्टेस की ऊपर से ग्लैमरस दिखने वाली नौकरी कितनी कड़ी मेहनत और धैर्य का काम है, यह मुक्ता को पहली बार महसूस हुआ।

"हमारा विमान थोड़ी ही डेर में मुंबई के सहार एयरपोर्ट पर उतरने वाला है। आशा है आपकी याट्रा सुकद रही, ड्न्यवाद।" एनाउंसमेंट शुरू हो चुका था। साढ़े सात बजने वाले थे। यात्रा खत्म होने वाली थी। अचानक मुक्ता को महसूस हुआ कि यात्रा खत्म होने के साथ-साथ केतकी का साथ भी यहीं छूट जाएगा। मन में एक हूक सी उठी। जी में आया केतकी से कुछ और कहे। पर क्या कहे, समझ नहीं पाई। करीब दो घंटे बाद उसकी दिल्ली की फ्लाइट का रिपोर्टिंग टाइम था। घंटा भर तो सहार एयरपोर्ट पर औपचारिकाएँ पूरी करने तथा सामान लेने में लगेगा। उसके बाद सहार से छत्रपति शिवाजी एयरपोर्ट तक जाना है। इंडियन एयर लाइंस की आई.सी. 806 में उसकी सीट कन्फर्म है। मुक्ता की सोच को झटका लगा। प्लेन भारत की धरती पर लैंड कर चुका था।

एक-एक करके अपना केबिन लगेज सँभालते हुए यात्री निकलने लगे। सभी खड़े थे, भीड़ सी लग रही थी। मुक्ता की आँखें केतकी को ढूँढ़ती रहीं, वह नहीं दिखी। अपना शॉपिंग बैग तथा हैंडबैग उठाकर वह गेट की ओर बढ़ी, गेट पर केतकी मुस्कुराते हुए हाथ जोड़े यात्रियों को विदा दे रही थी। मुक्ता को देखकर उसकी मुस्कुराहट थोड़ी पिघली, मुक्ता को ऐसा लगा मानों वह बलपूर्वक हाथ जोड़े हुए अपनी हँसी कायम रखने की कोशिश कर रही है। मुक्ता ठिठक गई, कुछ कहने को तत्पर हुई, पर जैसे शब्द नहीं मिले, आगे का यात्री चार सीढ़ियाँ उतर चुका था, पीछे लंबी कतार थी, केतकी ने उसके मन का भाव समझकर आगे की तरफ इशारा करते हुए सिर हिलाया। मुक्ता इशारा समझकर एक भीगी हुई हँसी हँसते हुए सीढ़ियाँ उतर गई। बस में बैठने से पहले मुड़ कर देखा, आखिरी यात्री भी उतर चुका था, केतकी गेट पर खड़ी थी, मानों मुक्ता के पलटकर देखने की प्रतीक्षा कर रही हो। मुक्ता को देखकर उसने हाथ हिलाया, मुक्ता उसे देखती हुई बस में सवार हो गई। बस चल पड़ी, केतकी आँखों से ओझल हो गई। मुक्ता को अपनी आँखों के पास कुछ तरल सा महसूस हुआ, सहयात्रियों की आँख बचाकर उसने रूमाल

से आँखें पोंछ लीं (शायद केतकी ने भी केबिन में जाकर अपनी गीली आँखें पोंछी होंगी)।

पासपोर्ट तथा अन्य कागजातों का क्लीयरेंस कराकर वह बाहर निकल आई। सामान आने की प्रतीक्षा करते हुए चारों ओर देखा। शीशे की दीवार के बाहर उसे कुछ लोग दिखे जो हाथ में फूल-माला लिए हुए प्रतीक्षारत खड़े थे। अनुराधा जी ने उस तरफ देखते हुए कहा, ''लगता है कोई भारतीय टीम कहीं से जीतकर लौटी है।''

''शायद।''

सामान लेकर बाहर निकलने लगी तो देखा गेट से निकलने वाले हर डेलिगेट को वे ताजे खिले गुलाबों की माला पहना रहे हैं। मुक्ता जब निकलने लगी तो उन्होंने उसके हाथ में भी बड़े-बड़े गुलाबों की माला दी। खिले, ताजे, ओस में भीगे गहरे गुलाबी गुलाबों का स्पर्श मुक्ता के मन-प्राण को मानों ताजगी से भर गया। अपने देश की धरती पर फूलों से स्वागत किया जाना, इसलिए कि वह इस समय अपने देश का प्रतिनिधित्व विदेश में करके आने वाले चंद-इनेगिने लोगों में से एक है। इस अहसास ने मुक्ता को मानों थोड़ी देर के लिए ही सही हल्के से सुरूर से भर दिया। फूलों से स्वागत करने वाले लोगों को मुक्ता नहीं पहचानती थी। वे सब भी शायद मुक्ता को अलग से नहीं पहचानते थे। यह एक भारतीय का दूसरे भारतीय के प्रति निःस्वार्थ सम्मान से भरा हुआ भाव था, जो मुक्ता को भावविभोर कर गया। अनुराधा जी ने बताया कि यह व्यवस्था उनके उन सहयात्रियों में से किसी ने की थी जो मुंबई का स्थानीय निवासी था। बिना किसी भेद-भाव के उसने पूरे डेलिगेशन के लिए इस भाव-भीने स्वागत का आयोजन किया था।

बाहर निकलकर सभी एक-दूसरे से विदा लेते हुए अपने अपने गंतव्य की ओर चल पड़े। डोमेस्टिक एयर टर्मिनल पर पहुँचकर मुक्ता ने अपना सामान टैक्सी से निकालकर ट्राली पर रखा, घड़ी देखी, दिल्ली की फ्लाइट का रिपोर्टिंग टाइम हो चुका था। ट्राली ठेलते हुए वह आगे बढ़ी। अभी तो दो दिन दिल्ली में रुकना है, सेमिनार में भाग लेना है उसके बाद तीसरे दिन वह लखनऊ पहुँचेगी। अपनी ही सोच में गुम वह चली जा रही थी। जी में आया एक कप चाय पी ले। टी स्टाल से कागज के गिलास में 'टी बैग' वाली चाय लेकर वहाँ खड़ी होकर पीने लगी। टाइम हो गया था पर जाने क्यों उसे जल्दी नहीं थी। चाय पीते हुए वह लाइन से लगे हुए टिकट बुकिंग के काउंटर्स की ओर देखती रही। इंडियन एयरलाइंस, जेट एयरवेज, मोदी लुत्फ एयरलाइंस, सहारा एयरलाइंस। इत्मीनान से उसने चाय खत्म की। सामान लेकर इंडियन एयरलाइंस के काउंटर की ओर बढ़ी। काउंटर के पीछे बैठी महिला से उसने पूछा—

''एक्सक्यूज मी, लखनऊ की फ्लाइट कितने बजे मिलेगी।''

महिला ने कंप्यूटर के की बोर्ड पर अंगुलियाँ घुमाईं, फिर बोली—

"ऐट फोर पी एम।"

"एक सीट मिलेगी, मे आई हैव ए सीट प्लीज।" मुक्ता का स्वर अनायास ही विनम्र हो आया।

"लेट मी सी मैम।"

उसने फिर की बोर्ड पर अंगुलियाँ घुमाईं। कंप्यूटर स्क्रीन की ओर देखकर बोली–

"ओके, वी कैन गिव यू ए सीट।" मुक्ता ने अपना वैनिटी बैग खोलकर टिकट निकाला, उसकी ओर बढ़ाते हुए कृतज्ञ स्वर में बोली–

"इस टिकट को वापस करके लखनऊ का एक टिकट दे दीजिए प्लीज।"

टिकट लेकर उसने घड़ी देखी, अभी लखनऊ की फ्लाइट जाने में पूरे पाँच घंटे का समय था। तब तक वह क्या करे, सबसे पहले फोन करना जरूरी लगा उसे। टेलीफोन बूथ पास में ही था, अंदर जाकर उसने विशाल के ऑफिस का नंबर मिलाया। उधर से फोन पर विशाल की आवाज आई।

"हैलो।"

"विशाल, मैं मुक्ता।"

"अरे, तुम पहुँच गईं, बोल कहाँ से रही हो।"

"यहीं मुंबई से।"

"अभी तो तुम्हारी दिल्ली की फ्लाइट होगी।"

"मैं दिल्ली नहीं जा रही।" जाने क्यों स्वर संकोच से भर उठा।

"नहीं जा रही हो, क्यों भला, वहाँ मुंबई में रुकोगी कहाँ?"

"रुकने की जरूरत नहीं है, मैं शाम चार बजे की फ्लाइट से लखनऊ पहुँच रही हूँ।"

"अरे, तुम्हारी तबीयत तो ठीक है, दिल्ली का प्रोग्राम ड्राप क्यों कर दिया?" स्वर में चिंता झलक आई।

"मैं ठीक हूँ, अभी दिल्ली जाने की इच्छा नहीं है, बच्चों को छोड़े कई दिन हो गए।"

"बच्चों के लिए परेशान हो। वो ठीक हैं।"

"जानती हूँ, तुम छः बजे एयरपोर्ट पहुँच जाना।"

"मैं पहुँच जाऊँ, जैसे मुझे कोई और काम नहीं है, मैं गाड़ी भेज दूँगा।" स्वर में परिहास का पुट था।

"नहीं तुम खुद आ जाना।"

"कमाल है, अकेली यहाँ से विदेश जा सकती हो, और एयरपोर्ट से घर नहीं आ सकतीं।" स्वर में हँसी थी, कुछ-कुछ चिढ़ाती हुई सी।

"नहीं, नहीं आ सकती, मैं कहे देती हूँ, तुम चुपचाप आ जाना।" मुक्ता ने

अपने खास लहजे में कहा।

"ठीक है, कोशिश करूँगा।" स्वर पूर्ववत था।

मुक्ता ने फोन रख दिया। जानती थी विशाल जरूर आएँगे, हो सकता है बच्चों को भी साथ में लाएँ। यही नहीं घर में आज उसकी पसंद का डिनर भी तैयार मिलेगा। आखिर उसका इतना बड़ा परिवार है, पूरे दस दिन बाद वह लौट रही है।

टेलीफोन बूथ से जब बाहर आई तो उसे लगा सामने केतकी खड़ी तिरछी नजर से उसे देखते हुई मुस्कुरा रही है, जैसे कह रही हो—

"क्यों मुक्ती, कहती थी जी में आता है यहाँ मॉरीशस में ही हमेशा के लिए रह जाऊँ। कभी वापस ही न जाऊँ। इंडिया में रखा ही क्या है। अब क्या हुआ। घर पहुँचने की इतनी जल्दी है कि अच्छा-खासा दो दिन का दिल्ली का प्रोग्राम ही कैंसिल कर दिया।"

मुक्ता ने आँखें झपकाईं, नहीं, केतकी कहीं नहीं थी, पर वह जानती थी कि अगर अभी वह साथ होती तो यह कहने से नहीं चूकती। उसे लगा कि आज केतकी उसके साथ नहीं होकर भी उसके साथ-साथ है। जैसे केतकी के अनुसार वह हमेशा उसके साथ-साथ रही। केतकी की कही हुई बात का मतलब उसकी समझ में अच्छी तरह आ गया। उसने कहा था—

"उससे क्या हुआ। देखा नहीं तो क्या। इन पंद्रह वर्षों में हर दिन, हर पल, हर समय तू जो भूत की तरह सवार रही मुझ पर।"

अनायास ही उसके होठों पर हँसी खेल गई। केतकी क्या कर रही होगी अभी। शायद वह भी अपने देश की वापसी की उड़ान की तैयारी में हो। उसने अनुमान लगाया।

ठीक चार बजे विमान ने लखनऊ के लिए टेकऑफ किया। विमान के अंदर वही शांति, सुकून से भरा हुआ, ठंडक देता परिवेश था, ठीक वैसा ही जैसा लखनऊ से आते वक्त था। पर मुक्ता के मन की दशा बिलकुल बदली-बदली सी थी। न शांत थी, न क्लांत जैसा कि पहले वह हर सफर की शुरुआत में महसूस करती थी। जबकि आज पूरा दिन उसे आराम करने की फुर्सत नहीं मिली। पाँच घंटे उसने एयरपोर्ट पर काटे थे। कभी चहलकदमी करते, कभी मैगजीन पढ़ते हुए। पूरे दिन उसने कुछ खाया भी नहीं था। चाय, कोल्डड्रिंक ही दो-तीन बार लिया था। दिल्ली में अपनी छोटी बहन पिंकी के घर पर फोन कर अपने न आने की सूचना अवश्य दे दी थी। सीट पर बैठ कर उसे आराम महसूस हुआ। शायद यह उसके घर पहुँचने की ललक थी, जो उसकी थकान पर, भूख पर हावी हो गई थी। विमान में शाम का नाश्ता सर्व किया गया, होस्टेस ने पूछा—

"टी प्लीज, कॉफी प्लीज।"

"टी।" मुक्ता ने कहा, जाने क्यों फिर केतकी याद आ गई जिसने पहली

बार ही उसे देखकर बिना पूछे कप में चाय डाल दी थी। पर यह होस्टेस तो नहीं जानती थी कि वह कॉफी नहीं पीती, जानेगी भी कैसे, वह क्या उसकी सहेली है। मुक्ता यह सोचकर मुस्कुरा उठी। मन की शांति, या मन की खुशी उसके चेहरे पर झलक उठी। 'जब इंसान खुश होता है तो हर बात को थोड़ा बढ़ाकर सोचता है, कोई सुनने वाला हो तो बोलने से भी नहीं चूकता।' मुक्ता ने मन-ही-मन सोचा, अपने मन के रहस्य को धीरे-धीरे समझने लगी हो जैसे।

मुक्ता ने खिड़की से झाँक कर देखा। नीचे मुंबई का छत्रपति शिवाजी एयरपोर्ट अपनी पूरी हलचल के साथ मुखर था। धीरे-धीरे विमान एयरपोर्ट की सीमा पार कर सागर के ऊपर से हो कर गुजरने लगा। मुक्ता सागर की उन लहरों को, मंत्रमुग्ध होकर, मानो डूबकर देखने लगी। उसे मॉरीशस का समुद्र तट याद आया। ठीक वहाँ भी ऐसे ही लहरें दौड़ती हुई आतीं, किनारे से पूरे जोश के साथ टकरातीं, और फिर लौट जातीं अपने उसी सागर की ओर। लौटती हुई लहरों की चंचलता अनायास ही थोड़ी कम हो जाती। मुक्ता को भारत तथा मॉरीशस की समुद्री लहरों में कोई फर्क नहीं महसूस हुआ। एक सी प्रवृत्ति, एक सी ही प्रकृति। जाती हुई लहरों की चंचलता, लौटती हुई लहरों की व्याकुलता में बदलने लगती है और धीरे-धीरे यही व्याकुलता गंभीरता में परिवर्तित हो जाती है। अंततः तट से लौट कर आई हुई लहर तत्परता से अपने विशाल, अनंत तथा गहरे सागर में समा जाती है। मानों इधर-उधर घूमती, भटकती लहरें धीरे-धीरे तैरती हुई, तिरती हुई उसी सागर की विशालता में, उसकी गहराई में अपना ठौर, अपनी ढाँव पा कर, अपनी सारी चंचलता, व्याकुलता को भूल कर चैन पा गई हो।

मुक्ता अपलक निगाहों से देखती रही। अपने मन को टटोलने की कोशिश की। मन में कोई चंचलता, कोई व्याकुलता, कोई बेचैनी नहीं थी। सिर्फ अपनों के बीच, अपने घर पहुँचने की ललक थी। मुक्ता ने पलकें झपकाईं। इतनी ऊँचाई से भी क्या उसकी निगाहें सागर की उन लौटती हुई लहरों का परस पा गईं। आँखों में कुछ तरल सा महसूस हुआ। सागर की उन मुक्त लहरों का अपने सागर से जाने कौन सा एक लगाव है, आवेश है, आकर्षण है या रागात्मक संबंध है जो उन्हें मुक्ति की सीमा तक पहुँचाकर भी अपनी ओर फिर-फिर आकृष्ट करता है, खींचता है और अंततः लौटा लाता है अपनी उसी गहराई में। मुक्ता ने नामालूम ढंग से आँखें पोंछ लीं। विमान समुद्र की तट से काफी दूर आ चुका था। नीचे का सागर अपेक्षाकृत शांत था, ठीक मुक्ता के मन की तरह। लखनऊ पहुँचने में अभी दो घंटे और लगेंगे। मुक्ता ने मन ही मन सोचा। तब तक शाम ढल जाएगी। गोधूली की वेला हो जाएगी। झुंड के झुंड पशु-पक्षी, पखेरू अपने बसेरे की ओर, घर की ओर लौट रहे होंगे। उन सबके साथ मुक्ता भी तो होगी। मन सुकून से भर गया। उसने कल्पना की। मन की आँखों से उस पल को, उस क्षण को, उस ढलते हुए सूरज को देखा जिसकी

सुनहरी किरणों का स्पर्श पा कर यह सागर की लहरें सिंदूरी रंग में रंग जाएँगी। मुक्ता उस रंग को कहाँ देखेगी, तब तक तो विमान लखनऊ पहुँच जाएगा। पर मुक्ता उस रंग को अवश्य देखेगी। उसके मन में पुलक जागी। गोमती की लहरों में भी तो उन्हीं रंगों का अक्स कौंधता है। गोमती की लहरें भी तो ढलते हुए सूरज की किरणों का स्पर्श पा कर वैसी ही लाल, नारंगी, सुनहरी, सिंदूरी हो जाती हैं। लखनऊ की पूरी शाम उन रंगों में रंग कर और खूबसूरत हो जाती है जैसे। तभी तो लखनऊ की शाम को 'शामे अवध' कहते हैं। 'शामे अवध' के साथ-साथ उसे 'सुबहे बनारस' की याद आ गई। सुंदर सुबह वाले उस शहर में कभी उसकी सखी केतकी रहा करती थी। उसने भाव-विभोर होकर सोचा।

विमान सागर की सीमा पार कर रहा था। वह नीला रंग आँखों से ओझल होने लगा। विमान और ऊपर आ गया। आकाश भी सागर की ही तरह नीला था। हल्के-फुल्के रुई के फाहे के समान बादल इधर-उधर उड़ रहे थे। मुक्ता का मन सागर की गहराई के समान शांत तो था ही बादलों के रुई से फाहे देख कर हल्का भी हो आया। मुक्ता मुस्कुरा उठी। आज प्रकृति का हर रूप उसे अपने मन के अनुरूप ही दिखाई देने लगा। मानव मन का प्रकृति से कैसा अनोखा यह तालमेल है। असीम शांति तथा संतोष से भर कर उसने खिड़की से निगाहें हटाकर दो पल के लिए अपनी पलकें मूँद लीं।

••